伯爵とシンデレラ

キャンディス・キャンプ
井野上悦子　訳

MIRA®

An Independent Woman

by Candace Camp

Published by Harlequin K.K., Tokyo, 2008

伯爵とシンデレラ

■主要登場人物

ジュリアナ・ホルコット……下級貴族のお相手役。
ミセス・スロール……ジュリアナの雇い主。下級貴族の夫人。
クレメンタイン……スロール家の長女。
フィオーナ……スロール家の次女。
エレノア・タウンゼント……ジュリアナの親友。
ニコラス・バール……伯爵。
トレントン・バール……ニコラスのおじ。故人。
リリス……ニコラスのおば。ジュリアナの母のいとこ。
クランダル……ニコラスのいとこ。
ウィニフレッド……クランダルの妻。
ピーター・ハックボーン……クランダルの友人。
セラフィナ……ニコラスのいとこ。クランダルの妹。
サー・ハーバート……セラフィナの夫。

1

彼に再会するなんて思ってもみなかった。

ニコラスが爵位を継承してイングランドに戻ってきたという話は、ジュリアナも知っていた。聞いたときは驚いたものだった。なにしろ物心ついてからというもの、リクウッド・ホールの跡継ぎはニコラスではなく、彼のおじのトレントン・バールだと信じてきたのだから。事実、誰ひとりニコラスを未来の伯爵として見てはいなかった。もはやこの先ふたりの道がまじわることはないだろう、とジュリアナは思った。ニコラスは今や伯爵だ。うなるほどお金を持っている。一方のわたしはただのお相手役。お金で雇われて、彼が属する上流社会の端っこをうろちょろしているにすぎない。

ニコラスがアメリカから帰国し、上流階級の頂点までいっきにのぼりつめたという噂《うわさ》を耳にしたときには、一瞬だけ、彼にまた会えるのではという期待が苦しくなるほどの興奮とともにこみあげてくるのを感じた。時がたち、理性が戻ってみると、とうていあり得ないことにおのずと気づいたけれど。

かつて親しかったといっても、もう何年も前のこと。ニコラスがわたしを思いだすことくらいはあるかもしれないが、せいぜいが過去のかすかな記憶として——なつかしさなど感じるはずもない土地と時代の人間としてだろう。わたしにとってもリクウッド・ホールでの日々は幸せではなかったが、彼の生活はさらにひどいものだった。ニコラスは過去を忘れるべく、懸命に努力をしてきたに違いない。間違ってもわたしを捜そうなんて思っていない。捜しに来てくれるなんて期待を抱くのは、愚かなロマンティストくらいなものだわ。

どこかでばったり顔を合わせる可能性も皆無に等しかった。ジュリアナの雇い主、ミセス・スロールは自分はロンドン社交界の上のほうにいると考えたがっているが、実際には池からはみだしそうになりながらその縁を泳ぐ、ごくちっぽけな魚にすぎない。よく言って、そこそこの地方地主《ジエントリー》という程度で、街に来たものの、多少なりとも人目を引くのは、娘のクレメンタインの抜きんでた美貌《びぼう》だけだ。

ところが今夜、スロール一家はレディ・シャーボーンから舞踏会に招待されていた。大々的なパーティで、社交界の末端にいる者も大勢招かれている。ジュリアナはつまるところ誰でも参加できるパーティなのだと理解していたが、ミセス・スロールの解釈はもちろん違った。ミセス・スロールはこの一週間、レディ・シャーボーンから招待を受けたと鼻高々で吹聴《ふいちょう》し続けていた。

パーティの規模から考えて、ジュリアナはほとんど無意識ながら、ニコラスも現れるのではないかとかすかな期待を抱いていた。もっとも、本気でそう思っていたわけではない。クレメンタインや彼女の友人たちが噂話をするのを横で聞きかじったところからすると、ニコラスはめったにパーティに顔を出さないらしい。そんなつきあいの悪さが、当然ながら彼の神秘性に輪をかけていた。

けれども、ニコラスは来ていた。数多い求愛者のひとりに腕をとられてダンスフロアをくるくるとまわるクレメンタインを見守っていたジュリアナが目をあげると、そこに――舞踏室におりる広い階段のてっぺんに、ニコラス・バールが立っていたのだ。

心臓が跳ねあがり、束《つか》の間、ジュリアナは息ができなくなった。ニコラスはハンサムだった。記憶にあるよりさらにハンサムで、仕立屋に詰め物を入れてもらう必要のない広い肩と、長くて筋肉質な脚を持つ大人の男性に成長していた。階下の人ごみを冷ややかに見おろすその顔には、いささか傲慢《ごうまん》ささえ感じさせる自信が刻まれている。豊かな黒髪が無造作に顔にかかっていた。瞳の色も髪と同じく黒で、やはり黒のまっすぐな眉がその瞳をいっそう引きたてている。

パーティに来ているほかの男性たちとは明らかに違った。礼装用の黒の上着と真っ白なシャツでさえ、ニコラスにまつわりつく野性的な雰囲気を隠しきれていない。どこへ行っても彼は一瞬で人の視線を集めているに違いない。本人がそれに気づいているかどうかはわからないけれど。

たぶん、もう慣れてしまったのだろう。ニコラスは昔から孤立していた。あいつは危険だとか問題児だとか言われていたものだ。同じような言葉が今も投げつけられているのかもしれない。

ジュリアナは自分がじっとニコラスを見つめていることに気づき、あわてて目をそらした。わたしったら、なにをしているの？　ごくりとつばをのみこみ、膝の上で拳《こぶし》を握りしめる。

最後にニコラスに会ったときのことが胸によみがえった。彼の顔は月光に照らされ、目は深い闇《やみ》をたたえていた。当時ニコラスはまだ十六歳だったが、いずれたくましく男らしい体格に成長することを予感させる、細身ながら筋肉質な体つきをしていた。髪は今よりも長く、風に吹かれたり彼が落ち着きなくかきあげたりするせいでいつもくしゃくしゃに乱れていた。そのころから顔には険しさがあり、ニコラスの過去を如実に物語る一種の用心深さが垣間《かいま》見えたものだった。

ジュリアナはニコラスにしがみついていた――そうすれば引きとめられるとでもいうように、両手で彼の腕をぎゅっとつかんで。十二歳の胸は今にもはり裂けそうだった。

〝お願い〟彼女は訴えた。〝行かないで〟

〝そうはいかないんだ、ジュリアナ〟ニコラスはつらそうな顔でこたえた。〝ぼくは行かなくちゃ。もうここにはいられない〟

〝じゃあ、わたしはどうなるの？〟ジュリアナは悲痛な声できいた。〝あなたがいなかったら、ここはいやなことばっかり。あの人たちしかいないんだもの……〟最後の言葉には嫌悪感がにじんだ。

〝きみは大丈夫だよ。なんとかやっていける。あいつらもきみにはひどいことはしないさ〟

〝ええ、たぶん……〟涙があふれるのを感じながら、ジュリアナは消え入りそうな声でこたえた。自分がニコラスのような仕打ちを受けることがないのはわかっていた。彼とは違って思いきり平手打ちされることもないし、食事も話し相手もなしで何日間も部屋に閉じこめられることもない。とはいえニコラスがいない生活は、単調で味気ない、ほとんど耐えがたいものに思えた。

　八歳のとき母に連れられてリクウッド・ホールに来たときから、ジュリアナにとってニコラスはただひとりの友達であり、いちばんの遊び相手だった。ふたりは自然と親しくなった。どちらもバール卿《きょう》の屋敷に住むよそ者で、ニコラスのおじとおば、そしてその子供たちから蔑《さげす》まれる存在だったからだ。お情けで暮らしているのだとなにかにつけ言われたものだった。やがてふたりはがっちりと同盟を組み、普通の十二歳の少年と八歳の少女以上に親密になった。ニコラスが成長して大人への階段を駆けあがっていくにつれ、興味の対象や行動範囲といった面では徐々に距離ができていったものの、ふたりはずっと特別な絆《きずな》で結ばれていた。

〝一緒に行っちゃだめ？〟拒否されることはわかっていながら、ジュリアナはきいてみた。

ニコラスは首を振った。〝きみを連れていったら、間違いなくあとを追われる。だけどひとりなら、逃げられるチャンスがあるんだ〟

〝戻ってくる？　戻ってきてくれるわよね？〟

ジュリアナがそう言うと、ニコラスはほほえんだ。彼女以外の人間にはめったに見せることのない、すてきな笑みだった。〝もちろんだよ。ぼくはお金をたくさん儲《もう》ける。そしたら戻ってきて、きみをここから連れだすよ。きみはお金持ちになり、みんなにレディと呼ばれるようになるんだ。セラフィナも膝を折って丁寧なお辞儀をしなきゃいけなくなる。どうだい？〟

〝すてきだわ〟

ジュリアナの胸はニコラスへの愛ではちきれそうになった。とはいえ心の奥底では、彼が戻ってこないこと、父と同じく自分の人生から消えてしまうであろうことはわかっていた。

〝わたしのこと、忘れないでね〟ジュリアナは涙をこらえながら言った。ニコラスの前で子供じみたふるまいはしたくなかった。手を持ちあげ、首にさげた質素な革紐《かわひも》をはずすと、彼にさしだした。紐には、印章が彫りこまれた金の指輪がついていた。飾り気のない男物の指輪だった。

ニコラスは驚いてジュリアナを見つめた。〝だめだよ、ジュリアナ。きみのお父さんの形見じゃないか。これは受けとれない。きみがどんなに大切にしているか知っているからね〟

〝あなたに持っていてほしいの〟ジュリアナは言いはった。〝これがあなたを守ってくれるわ。お願いだから受けとって〟

やっとのことでニコラスは指輪を受けとった。そして最後にあいまいな笑みを浮かべると、夜の闇へと消えていった。真っ暗な庭にジュリアナをひとり残して。

それから十五年間、ジュリアナはニコラスに会うことはなかった。

ジュリアナはもう一度、階段のてっぺんに目をやった。ニコラスはもうそこにいなかった。おそるおそる舞踏室を見渡したが、人ごみのなかに彼の姿はなかった。彼女は視線を自分の膝の上に戻した。どうしたらニコラスに見つかることなくここを出られるかしら？

胃がぎゅっとねじれる気がした。興奮のせいもあったが、なにより恐ろしかったのだ。ニコラスと顔を合わせたくなかった。彼に無視される……いや、彼が自分に気づきもしないかもしれないという事実と向きあいたくなかった。

ニコラス・バールは大切な思い出の人だ。鼻であしらわれたりしたら耐えられない。ジユリアナは彼を愛していた。子供ならではの一途《いちず》な愛だった。ニコラスが出奔してからも、彼の記憶を薄れさせることはなかった。その後もずっとあの約束を忘れずにいて、いつかニコラスが戻ってきて自分を連れだしてくれると――母の悲しみから、クランダルの意地悪から、リリスの卑劣な中傷から、ジュリアナは自分の言いなりになるものというセラフィナの勝手な思いこみから連れだしてくれると期待していた。年ごろになると、ニコラスは夢に現れてジュリアナの心をかきたてた。夢のなかで彼は白馬に乗ってリクウッド・ホールに現れ、彼女を抱きあげて自分の前に乗せ、暗い生活から救いだしてくれる。そしてみごとな宝石やはやりのドレスとともに、妻の座を与えてくれるのだった。

もちろんジュリアナはそんな夢をずっと抱いているほど愚かではなかった。大人になり、自活するようにもなった。ニコラスが幼なじみを捜しに戻ってくるなんて、とうの昔に信じなくなっていたし、そのうち願うことすらやめた。ニコラスがそれまで住んでいたどこか遠くの国からロンドンに戻ったと聞いたときですら、彼が自分に会いに来るとは考えなかった。というより、そんな考えがちらりとでも芽生えると、頭のなかいっぱいにはびこる前にぎゅっと握りつぶしてきた。

結局のところニコラスが必ず戻ると約束したとき、ふたりは言ってみれば、ほぼ同じ立場――〝バール家のお情けで暮らす、望まれない親戚《しんせき》〟だった。けれども今や彼はバール卿であり、噂によると個人としても相当な資産を持っているらしい。そのうえ祖父の地所を相続することになったのだ。ニコラスが幼なじみを捜そうとすると期待するなんて愚の骨頂だ。十六歳のときの約束など、覚えているわけがない。

　その考えが正しかったことは、悲しいことにすでに実証されていた。ニコラスがロンドンに戻ったという噂を聞いてからすでに二カ月がたっていたが、彼はジュリアナの前に姿を現していない。現実的に考えて、今夜ばったり出会ったとしても、彼が喜びの声をあげるとはとても思えなかった。それどころか、ジュリアナがかつての幼なじみだということに気づきもしないかもしれない。

　わかってはいても、そういう状況に直面したくなかった。ニコラスに、赤の他人を見るような目で見られたくない。もっとつらいのは、こちらを見て誰だか気づき、それからかつての絆を思いだすことなくそっぽを向かれることだ。初対面のようにぎこちなくよそよそしい態度で話しかけられるのも、できれば会いたくなかったというような、迷惑げな表情で見られるのも同じくらいつらいだろう。

　なんとかこのパーティから逃げださなくては、とジュリアナは思った。もっとも、実行するのは口で言うほど容易ではない。ジュリアナがミセス・スロールにお相手役として雇われたのは、わがままで危なっかしい娘を監督するためなのだ。クレメンタインは美人なうえに甘やかされて育ったせいで、なんでも自分の思いどおりにしようとする。しかも軽薄で、自分は社交界のルールを無視してかまわないと思っているのだ。監督する人間がいなければ、適切と考えられている以上に男性に媚《こび》を売ったり、同じ独身男性と二度以上踊ったりしかねない。一度など、熱心な求愛者とふたりでこっそり外に出て、暗い庭へ入っていこうとしたこともあった。

ミセス・スロールはどちらかといえば不精な性格で、ジュリアナをクレメンタインの主なお目付け役《シャペロン》として使っていた。しかもこの仕事はジュリアナにとって役得だと考えており、あちこちのパーティに出席できていいわねと恩着せがましく言うのだった。正直に言ってジュリアナとしては、夜は自分の部屋で読書をするか、スロール家の次女で、クレメンタインよりはるかに感じのいいフィオーナとゲームでもしているほうがよかった。孔《く》雀《じゃく》にまじった雀《すずめ》さながらに質素なドレスを着て壁際に座り、楽しげに踊る人々を眺めているなんて、これっぽっちもうれしくなかった。

だけど、ここで頭痛だの体調不良だのを訴えて帰りたいと言ったら、ミセス・スロールは恐ろしく機嫌を損ねるだろう。娘がデビューして以来最大の舞踏会を台なしにするつもりかと雇い主からお小言をちょうだいするのは気が進まなかった。というより、ひとしきりお説教をくらったところで、ミセス・スロールが帰してくれるとも思えない。どうせ、淑女らしくただ我慢しなさいと言われるに決まっている。それからパンチをとりに行かされるのがおちだろう。

いちばんいいのはひたすらクレメンタインから目を離さないでいることだわ、とジュリアナは結論を出した。そうすれば、ニコラスと偶然目が合うこともないし、彼の顔に浮かんだ表情も見なくてすむ。バール卿が若い娘を監督しているシャペロンのほうを見るはずもないけれど、仮に目を向けたとしても、わたしが見ていなければ、少なくとも彼がひと言も言わずにそっぽを向いたことに気づかずにすむだろう。

「ジュリアナ？」人ごみのなかから、深い、男らしい声がした。その声には驚きと喜びが満ちていた。

ジュリアナはぱっと頭をあげた。最後に会ってから十五年たつが、その声はすぐにわかった。ニコラス・バールが急ぎ足でこちらへ向かってくる。ハンサムな顔いっぱいに笑みが広がっていた。

「ニコラス！」喉をつまらせながら言うと、ジュリアナは思わず立ちあがった。

「ジュリアナ、やっぱりきみか！」

ニコラスはジュリアナの目の前に立った。頭をのけぞらせて見あげなくてはならないほど背が高い。黒い瞳はきらめき、引きしまった唇は笑みを浮かべていた。

「信じられないな。ずっときみを捜していたというのに……」彼は手をさしのべた。かすかに震えているその手に、ジュリアナは手をあずけた。

「ご、ごめんなさい。バール卿とお呼びしなくてはいけなかったのに」彼女はあわててつけ加えた。

うに聞こえる」

「頼むからやめてくれないか」ニコラスはこたえた。「もう友達じゃないと言っているよ

なんと言っていいかわからず、ジュリアナは頬を赤らめた。珍しくおどおどしてしまう。ニコラスは少しも変わらないようでありながら、昔とはまったく違っていた。少年のころの面影はまだはっきりと残っているものの、かつての彼とはかけ離れた大人の男性に成長していた。

「わたしがわかるとは思わなかったわ」ジュリアナは言った。「最後にあなたに会ってから、もうずいぶんたつもの」

ニコラスは肩をすくめた。「きみは大人になったな」視線がさっとジュリアナの体をなぞった。「でも、顔だちは変わってない。その顔は忘れられなかった」

横の椅子からとがめるような咳払《せきばら》いが聞こえ、ジュリアナははっとした。「まあ、これは失礼しました。バール卿、ミセス・スロールをご紹介させていただきますわ」雇い主のほうに体を半分向けて言う。「ミセス・スロール、こちらはバール卿です」

ミセス・スロールはつくり笑いを浮かべてニコラスに手をさしだした。「バール卿、お会いできて光栄ですわ。あなたのお目当てはクレメンタインなのでしょうけれど、残念ながら、娘は今、ダンスフロアに出ておりますの。ご存じのとおり、あの子とダンスをしたがっている男性が大勢いらっしゃるものですから」

「はじめまして、ミセス・スロール」ニコラスは丁寧にお辞儀をしたが、その黒い瞳ですばやく彼女の人となりを見てとると、ジュリアナに視線を戻した。「ワルツを踊っていただけませんか、ミス・ホルコット」

こんな形で仕事をほうりだしたらミセス・スロールが間違いなく眉をひそめるだろうとは思ったが、ジュリアナはどうしてもニコラスの誘いを受けたかった。これまで出席したパーティでは一度も踊ったことがない。ほかの男女が楽しげにダンスフロアを舞うのを、爪先でリズムをとりながら胸の痛みをこらえて眺めていたことが幾度あったか、数えきれないくらいだ。

「喜んで」ジュリアナは思いきってこたえ、それから雇い主のほうを向いた。「お許しをいただけるなら、ミセス・スロール」

しかめっ面が返ってくるだけなら御の字だと思っていた。クレメンタインを監督していなくてはならないときに若い独身男性の誘いにのってダンスフロアに出るなんてどうかしているとあとから説教を受けることも覚悟している。ジュリアナは、由緒ある貴族の目の前で言下に断る度胸がミセス・スロールにないことを願った。

ところが驚いたことに、ミセス・スロールはにっこりほほえんで言った。「もちろん、どうぞ。ちょうどいいわ。あなた方がダンスを終えるころには、クレメンタインも戻ってきているでしょうから」

ニコラスはミセス・スロールにお辞儀をすると、ジュリアナに手をさしのべた。ジュリアナはその手をとり、うれしさのあまり胸が高鳴るのを必死に抑えながらダンスフロアのほうへと導かれていった。

「クレメンタインというのはいったい誰だい？」ニコラスが顔を近づけてきて、小声できいた。

ジュリアナは忍び笑いをこらえきれなかった。「ミセス・スロールの娘よ。今年、社交界にデビューしたの」

「やれやれ、またか」ニコラスがうんざりしたように言う。

クレメンタインに夢中になった男性たちが滔々《とうとう》と求愛の言葉をまくしたてるのを何度も聞いてきたジュリアナは、少しばかり胸のすく思いがした。

ニコラスがジュリアナのほうに向き直り、片手を軽く腰にあて、もう一方の手で彼女の手をとった。音楽が始まると、ふたりはステップを踏みながらダンスフロアへ出ていった。ジュリアナは呼吸が浅くなり、興奮が高まるのを感じる一方、うまく踊れないのではないかと不安を覚えてもいた。彼女は社交界にデビューしていないし、お相手役の女性がダンスを申しこまれることはめったにないため、ワルツを踊ったのは数えるほどしかないからだ。

踊り始めてしばらくは、ステップに意識を集中するあまりほかのことに注意を払う余裕もなかった。けれどもしだいにリズムにのれるようになり、気がつくといとも軽快にダンスフロアを舞っていた。ちらりとパートナーを見あげる。夢みたいだわ。長い時を経て、またこうしてニコラスといるなんて。

ジュリアナの心を読んだかのように、ニコラスが話しかけてきた。「ずいぶん前からきみのことを捜していたんだ」

「ごめんなさい」ジュリアナはこたえた。「あなたが捜しているなんて思わなくて」

「捜すに決まっているじゃないか。捜さないわけがないだろう」

「だって、ずいぶん昔のことだもの。あなたがリクウッド・ホールを出たとき、わたしはほんの子供だったわ」

「きみはぼくのたったひとりの友達だった」ニコラスはあたり前のように言った。「忘れるなんてできないさ」

ニコラスが言ったことは真実だった。彼に初めて出会ったとき、ジュリアナはこんなに孤独な人はほかにいないと思ったものだ。十二歳にして、反抗的な問題児というニコラスの評判は定着しており、当時でさえその顔には他者をしめだす一種の険しさがあった。けれどもジュリアナは、自分自身、愛する父の死後どこにも居場所がないように感じていたこともあって、この暗く陰気な少年に親近感を抱いた。ニコラスの黒い瞳に寂しさや傷つきやすさがひそんでいるのに気づき、心を引かれたのだ。

「わたしたち、リクウッド・ホールでは厄介者だったものね」明るい口調を保ちつつ、ジュリアナも今度は同意した。

「きっと戻ってくると言っただろう」ニコラスが言った。

「そうだったわね」その言葉を支えに何年も生きてきたのよ。ジュリアナは心のなかでつけ加えた。大人になって、もう少し賢くなるまでだけれど。「でも、なんの連絡もなかったわ」

「筆まめなほうじゃなくてね」ニコラスが苦笑まじりに認める。

ジュリアナはくすりと笑った。「あら、それってずいぶん控えめな表現だわ」

「連中にぼくの居場所を知られたくなかったのさ」ニコラスは肩をすくめた。

「わかるわ」子供心にさえ、それはわかっていた。「手紙が来るとは期待していなかった」

ジュリアナは正直に言った。

「なんとなく、きみはまだあそこにいるんじゃないかと思っていたんだ」

「リクウッド・ホールに?」ジュリアナは驚いてきき返した。

「ぼくはばかだな。きみだって連中から逃げたかっただろうと考えて当然なのに」

「セラフィナと寄宿学校へ行っているあいだに母が亡くなったの」ジュリアナは説明した。

「そのあとはあそこにいる意味もなくなったわ」

「連中にきみのことを尋ねたんだ」ニコラスは続けた。「おじはもう他界していたが、おばのリリスから返事があった。おばによると、きみは数年前から外国で暮らしているが、どこに住んでいるかは知らないということだった」

ジュリアナは片眉をつりあげた。「リリスおばさまの記憶はそのとき、どうにかなっていたのね。わたし、イングランドに戻ってもう何年にもなるし、おばさまには毎年クリスマスカードを送っているのよ」

「どうやらおばはひどく都合よく記憶をなくしたようだな。部下にきみを捜させていたんだ。きみは大陸のほうにいると言ってあったから、見つからなかったのも無理はない」ニコラスはジュリアナに問いかけるようなまなざしを向けた。「きみがずっとロンドンにいたなら、どうしてこれまで見かけなかったんだろう？」

ジュリアナは弱々しくほほえんだ。「お相手役って、そう目につくものじゃないから」

「お相手役だって？」ニコラスは眉をひそめた。「きみが？　ジュリアナ、まさか……」

「ほかになにをしろというの？」ジュリアナはいささか挑戦的に顎をあげた。「なんとかして生きていかなきゃいけなかったんだもの。家庭教師をする気にはなれなかったし、お針子として生計をたてられるほど裁縫はうまくないわ。お門違いだと言われるかもしれないけれど、メイドの職を探すのはさすがにプライドが許さなかったのよ」

ニコラスの口もとが引きつった。「ばかなことを言うんじゃない。そんな仕事、どれもきみにふさわしくないよ」

「あのままおじさまのお情けにすがって生きていくなんてできなかったわ。あなたは誰よりもその気持ちをわかってくれていいんじゃなくて？　あなたは自分の道を踏みだした。わたしもそうしただけのことよ」

「女性にとっては意味が違うよ」ニコラスは指摘した。

「ええ、もちろんよくわかっているわ。女性が自活する道はごく限られている。世間体がいいと考えられているものはさらに限られるわ」ジュリアナは辛辣《しんらつ》な口調で言った。「わたしだって、もっとわくわくするような、せめて多少なりともおもしろいと感じられる仕事をしたいという気持ちはあるわよ。でも、女性にはほとんど選択肢がないのが現実なの」

　ニコラスは小さくほほえんだ。「きみが自分の信念をはっきりと主張する女性だってことを忘れていたよ。頼むから、ぼくの言ったことにそうかっかとしないでくれ。批判するつもりはなかったんだ。きみの情熱と熱意を目のあたりにできてうれしいよ。結局のところ、かつてはぼくもその対象だったわけだからね」

　ジュリアナは肩の力をぬき、笑みを浮かべた。「謝らなくちゃならないのはわたしのほうだわ。あなたは気づかいを示してくれただけなのに、こんなにかりかりして。自分が世の中を変えられるわけじゃないのはよくわかっているの。もちろん、あなたにはなにひとつ責任がないこともね」

「知っていたらと思うよ。いや、知っていてしかるべきだった。考えればわかることだったのに」

「それで、どうできたっていうの？」ジュリアナはからかうような口調できいた。

「きみの力になるべきだった。ぼくは……」ニコラスはふと、途方に暮れたように言葉を切った。

「ほらね。あなたにもどうにもできないことなのよ。〝生活の足しにお金を送ったのに〟と言おうとしたのかもしれないけれど、それが適切な行為と考えられていないことくらい、あなただってわかっているはずよ。わたし、男性の援助を受けて暮らすつもりはないの」

「きみがそんなことをするなんて思っていないよ」ニコラスはきっぱりと言った。

ジュリアナは笑った。「あなたにそう言ってもらえてうれしいわ。いずれにしても、わたしを哀れむ理由なんてないのよ。だいたいのところは快適に暮らしてきたんですもの。実際、何年間かお相手役を務めたミセス・シモンズは、とても知的でやさしい女性だったわ。彼女は体が弱ってひとり暮らしが難しくなり、息子一家のもとへ引っ越してしまったけれど。使用人というより、姪《めい》か養女のように扱ってもらったの。上等な部屋を与えられて、食事も一緒。代わりにわたしがすることといえば、数時間楽しく話をして、手紙を書くのをお手伝いするだけ。ふたりで大陸を旅行したこともあるのよ。言わせてもらえば、学校を卒業したあとリリスおばさまとセラフィナに付き添って行ったときよりはるかに楽しかったわ」

ニコラスはひるんだ。「そうだろうな。それは旅行というよりは拷問だ」

「たしかにそうね。ことあるごとにリリスおばさまに恩着せがましいことを言われ続けたから、なおさらよ。視野を広める機会を与えられて幸運でしょうって」

「あいつらは、いいことをしたらそれを相手にわからせないと気がすまないんだ」

「あなたとおしゃべりするのはとても楽しいわ」ジュリアナは思わず口走った。「リクウッド・ホールでの生活が実際どんなものだったか、ほかの誰にも理解してもらえないもの。食べ物のひと口ひと口、服のひと針ひと針に感謝しなくちゃいけないのよね」

「そしてぼくたちは、彼らの仲間入りを許されるというすばらしい機会を与えられておきながら、恩知らずだというわけだ」

「そのとおり」ジュリアナはほほえんだ。

ニコラスとこんなに早くまた気持ちが通じあうなんて信じられないわ、とジュリアナは思った。離れ離れになっていた年月が嘘《うそ》のようだ。ニコラスは今でも、クランダルの下品な悪ふざけや手のこんだいじめからわたしを守ってくれた少年——わたしの相談相手であり、友人だったニッキーだ。

だけど同時に、今では状況がまったく異なっていることもよくわかっている。ふたりはもう子供ではない。ニコラスは立派な大人の男性だ。大柄でたくましく、圧倒されるほど男らしい。彼の腕に抱かれて舞踏会で踊るのは、小川のほとりで素足を水に浸しながら並んで座っているのとは大違いだ。ニコラスの体が間近にあり、その手がウエストに置かれているのを感じると、激しい興奮がわきあがってくる。だが一方、今や彼は見知らぬ他人も同然なのだと思わずにはいられない。彼がなにを考えているのか、なにをしているのかまったくわからないし、過去十五年間についてはなにも知らないのだ。

曲がついにフィナーレを迎えると、ふたりは足をとめ、体を離した。ジュリアナはニコラスを見あげた。まだ少し息が切れている。激しいダンスのせいだけでないことはわかっていた。

ニコラスが腕をさしだし、ふたり一緒にミセス・スロールのほうへと戻った。クレメンタインがさっそく母親の隣に立っているのを見て、ジュリアナはかすかにいらだちを覚えた。あの娘は典型的なイギリス美人だ。ブロンドに、ブルーの目、しっとりとした肌。うっすらとピンク色を帯びた頬にはえくぼが浮かぶ。白いドレス姿は可憐《かれん》そのものだった。

男性はみなクレメンタインの繊細な愛らしさに魅せられてしまうのだ。クレメンタインは今シーズン、なかなかの成功をおさめていた。とはいえ、まだ爵位を持つ紳士の目にはとまっていない。彼女は母親ともども、今こそそのとりこぼしを挽回《ばんかい》しようと意欲満々なのだろう。ミセス・スロールはバール卿に紹介されて明らかに舞いあがっていた。彼がジュリアナを席に連れ帰ったときに紹介しようと、クレメンタインをダンスフロアから引きずりだしてきたに違いない。渋面の若い紳士が一緒にいるのをひと目見て、ジュリアナはそう確信した。

「ジュリアナ」ミセス・スロールは親友に向けるかのような笑顔を見せて言った。「それから、バール卿、娘のクレメンタインを紹介させてくださいませ」

クレメンタインは乙女らしく恥じらってみせながら、魅惑的なえくぼをつくってニコラスを見あげた。「はじめまして、伯爵さま。お会いできて光栄ですわ」

ジュリアナは歯噛《はが》みした。自分でも意外なほど、クレメンタインに対する嫌悪感が胸を貫いた。

「はじめまして、ミス・スロール」ニコラスはほほえみ、クレメンタインにお辞儀をした。後ろに立つ若い紳士にちらりと目をやり、軽く会釈をする。

クレメンタインは扇子を広げてゆっくりあおぎ、その扇子越しにじっとニコラスを見つめた。

ニコラスはジュリアナのほうを振り返った。「ミス・ホルコット、そのうちお宅を訪問させていただければと思うんだが」

ジュリアナはほほえんだ。「もちろん……というか、つまり……」ミセス・スロールのほうを向いてつけ加える。「お許しをいただければですが」

「もちろん、けっこうですとも」ミセス・スロールは歯をむきだしにして満面の笑みを浮かべた。「伯爵にいらしていただけたら光栄ですわ」住所を告げ、卑下するような笑い声をあげて続ける。「いちばん人気のある地区とは言えませんけれどもね。なにせクレメンタインの最初のシーズンでございましょう。本当に高級な地区の家はどれくらい前に借りなくてはいけないかわからなかったものですから」

「こんな魅力的なご婦人方が住んでいらっしゃるとなれば、どんなところだって人気の場所となるでしょう」ニコラスはそつなくこたえた。

クレメンタインと母親がこの発言に照れ笑いで応じるのを見て、ジュリアナは子供じみた強い怒りを覚えた。ニコラスはわたしのものよ、と叫びたくてたまらなくなる。

もちろん、そんなことはばかげている。ニコラスはわたしのものではない。わたしのものではあり得ないのだ。

ニコラスはお辞儀をし、全員に分け隔てなく笑みを向けると立ち去った。彼の姿が見えなくなるやいなや、クレメンタインとその母親はぱっとジュリアナのほうに向き直った。

「あなた、バール卿と知りあいだなんて、ひと言も言わなかったじゃない！」ミセス・スロールが非難と喜びの入りまじった口調で叫んだ。

「あの方が覚えていらっしゃるかどうかわからなかったものですから」ジュリアナはこたえた。「最後にお会いしたのはもう何年も前なので」

「でも、どうして知りあったの？」クレメンタインが無作法にも一緒にいる若い男性に背を向け、ジュリアナに近づいて問いつめた。

「子供のころの友達なんです」ジュリアナは説明した。「わたし……彼の家族の近くに住んでいたので」ニコラスとの複雑な関係を説明するのは難しかった。というより、自分の過去をスロール母娘《おやこ》に探られたくなかった。

「あなたと旧交をあたためようなんて、ずいぶんとやさしい方なのね」ミセス・スロールが言った。いつもながら、自分がどれほど無礼なことを言ったのか気づいていないのだろう。

ミセス・スロールのいやみには慣れていたので、ジュリアナは今の言葉に含まれる侮蔑《ぶべつ》は無視し、そっけなく認めた。「ええ、とても親切な方です」

「もちろん、クレメンタインと近づきになりたかったからに決まっていますけどね」ミセス・スロールは得意げに続けた。それで、爵位を持つ男性がジュリアナのような地位の低い人間に声をかけたことについての説明がつくと言わんばかりだ。「本当に運がよかったわ。あなたと知りあいだったから、紹介を受けられたんですもの」

ジュリアナは怒りをのみこみ、雇い主から目をそむけた。ミセス・スロールは育ちが悪く、常識のない女性なのだと自分に言い聞かせる。この人は無作法なつもりも、人を傷つけるつもりもないのだ。率直に言って、傷つけようと思うほど相手の感情に注意を払っているわけでもない。ただ、自分がなにを言っているかわかっていないだけだ。ニコラスはわたしに会えてうれしかったから、声をかけてきた。ミセス・スロールの娘と知りあいになりたかったからでは断じてない。

けれどもクレメンタインが大勢の求愛者に愛想を振りまき、次々にダンスに誘われるのを見ていると、その確信も揺らいでいった。クレメンタインには男性を引きつける飛びぬけた魅力があるらしい。一方のわたしは……。

自分の地味な黒っぽいドレスを見おろし、ジュリアナはため息をついた。まるで家庭教師みたいなドレスだ。髪はただ後ろでまとめてピンでとめているだけ。お相手役は、人の注目を集めるために雇われているのではない。まして今夜のような場合、娘より美しく見えるようなところが少しでもあれば、ミセス・スロールはひねりつぶしたに違いない。男性の視線がクレメンタインでなくわたしのほうに向くなんてことが、本当にあり得るのかしら？

2

　その夜、ジュリアナは気がつくとそんなことばかり考えていた。ニコラスが単にクレメンタインを紹介してもらいたいがために自分を利用したとは思わない。けれども現実的に考えると、紹介を受けたとき彼がクレメンタインの美しさに目をとめなかったとも思えなかった。スロール家を訪問したいという気持ちが、自分との友情ゆえか、クレメンタインの魅力ゆえかと考えずにはいられなかった。

　ニコラスがわたしに恋愛感情を持っているとまではうぬぼれていないけれど、とジュリアナはひとりごちた。そんな少女時代の夢はとうに捨てた。わたしは大人の女であり、自分が子供時代のニコラスを知っているだけで、彼のことはろくに知りもしないことくらいわかっている。それでも一時期はとても大切な人だった。訪問の目的が軽薄で美しいクレメンタインに会うことだけかもしれないと考えるのは、あまりにつらかった。

　家へと向かう道すがら、ミセス・スロールとクレメンタインはハンサムなうえに理想的な結婚相手であるバール卿《きょう》についてジュリアナに次々と質問を浴びせた。〝彼はいくつなの？〟〝ロンドンにお住まいはあるの？〟〝噂《うわさ》どおりのお金持ちなの？〟と。

「年齢は三十一歳です。でも、ほかのことについては本当に知らないんです」ジュリアナは歯を噛《か》みしめて答えた。「踊っているあいだはそうしたことは話題になりませんでしたし、子供のころ以来、ずっと会っていないものですから」

「聞いたところによると、ものすごいお金持ちらしいわね」クレメンタインは目を輝かせた。

「中国貿易でひと財産築いたんですってよ」ミセス・スロールが言った。「もちろん、紳士の職業ではありませんけどね。でも、家柄は申し分ないわ」

「それに莫大《ばくだい》な財産がありますし」ジュリアナは小声でつけ加えた。

「そのとおり」ミセス・スロールはジュリアナの皮肉にはまるで気づかず、上機嫌でこたえた。

「わたしは、戦争中、密輸でお金をつくったって聞いたわ」クレメンタインが割って入った。「サラ・サーグッドがおばさまから聞いた話では、彼はスパイだったこともあるそうよ」

「どちら側だったんでしょう？」ジュリアナはきいた。

「詳しいことは誰も知らないの」クレメンタインが目を見開いて答えた。「ともかく、とても危険な男性だって話よ」

「若いころは相当悪かったんでしょうね」ミセス・スロールが訳知り顔でつけ加えた。

「根拠のない中傷ですわ」ジュリアナはむきになって反論した。その手の話は、ニコラスと初めて会ったころからいやというほど聞かされてきた。

「みんな言っているのよ――」クレメンタインが言いかける。

「みんな彼のことを知らないんです」ジュリアナはぴしゃりとさえぎった。

「そうかもしれないけれどね……」ミセス・スロールがむっとした顔を向けてきた。

ジュリアナは怒りを抑えた。思ったことをそのまま口にしてしまう性格のせいで、お相手役としてしょっちゅう厄介ごとに巻きこまれてきた彼女は、雇い主とは口論をしないほうがいいということを学んでいた。

「失礼しました、ミセス・スロール」ジュリアナは謝った。「口答えするつもりではなかったんです。ただバール卿はいつも、まわりから実際以上に悪く言われてしまうのを知っているものですから」

ミセス・スロールはわざとらしくほほえんだ。ジュリアナは思わず膝の上で拳《こぶし》を握りしめた。「あなたよりもはるかに世の中を知っている人間の言葉として、素直に聞きなさい。火のないところに煙はたたないの」

幸い、持ち前のユーモアのセンスが怒りを打ち負かしてくれた。ミセス・スロールときたら、ただの諺《ことわざ》を、あたかも偉大な知恵を授けるかのように言うんだから。

「もちろんですわ」ジュリアナは笑いださないよう、唇を引き結んでこらえた。だいたいミセス・スロールのような愚かな人間がニコラス・バールのことをどう思おうと気にする必要はないわ。

その後は馬車の隅に身を寄せて、明日はなにを着たらいいかだの、どんな髪型がいちばんすてきに見えるかだのといったクレメンタインのおしゃべりを聞くとはなしに聞いていた。そして家に着くと、二階の自室に引っこんだ。使用人部屋にいちばん近い、廊下の端の部屋だ。育ちのいいお相手役の女性ということで、使用人と一緒に屋根裏部屋に押しこめられることはなかったものの、部屋は狭くてろくな家具もなく、快適とはほど遠かった。ミセス・シモンズと暮らしたときの環境がなつかしく思いだされた。

それでもリリスとトレントン・バールのお情けで暮らし続けるよりは、狭い部屋とミセス・スロールのような雇い主に我慢するほうがましよ、とジュリアナは自分に言い聞かせた。

顔をしかめてドレスを脱ぎ始める。思いはまたしても、リクウッド・ホールでの生活に戻っていった。今夜ニコラスに会ったせいで、記憶が呼び覚まされたのだろう。当時のことはとうに心の奥に押しこんでしまい、普段は思いだすことなどないのに。

愛する父――男爵家の末っ子で学者肌だった父が亡くなったのは、ジュリアナが八歳のときだった。その夜はベッドに横になったまま、隣の部屋で母のダイアナが声を押し殺して泣くのを聞いていた。怖くて、自分まで泣きたくなったのを覚えている。

一夜にして、ジュリアナの世界は百八十度変わってしまった。父が逝ってしまっただけではない。いつも笑顔を絶やさなかったやさしい母までがどこかへ行ってしまったのだ。代わりに青ざめた、哀れで不安げな女性が、ソファかベッドに倒れ伏すか、あるいはハンカチを両手でよじりつつ部屋を行ったり来たりするかしながら、すすり泣いていた。最初にメイドたちが家を出ていき、やがて家政婦もいなくなった。そして、荒っぽい感じの男たちが始終ドアをたたくようになった。そういう男たちがやってくると、母は決まってあとで泣いたものだった。

ついにふたりは、ジュリアナが生まれたときから住んでいた小さな家を出ることになった。服と母の宝石だけを持って、共同住宅のひと続きの部屋へ移ったのだ。そこで母はぼんやりと窓の外を眺めたり、手紙を書いたりして過ごした。また定期的に小さな宝石箱をとりだし、開けて中身を探ったあげく、ブレスレットやイヤリングを選びだした。そしてジュリアナにおとなしくしているよう言いつけて部屋を出ていき、数時間後に戻ってきた――目を赤くし、ジュリアナのためのお菓子の袋を手にして。

このか弱く美しい母が直面していた恐怖をジュリアナが理解できるようになったのは、何年もあとのことだった。幼い子供を抱え、お金も手に職もなく、大切な宝石を売って生活費をひねりだしているものの、このわずかな蓄えも近く底を突くことはわかっている。

そうなれば、文字どおりすっからかんになるのだ。一家の収入源といえば、祖母が父に遺《のこ》したわずかな信託預金だけで、それに父が学術論文で得るささやかな原稿料が加わる程度だった。どちらの収入も父が亡くなると同時にとだえてしまっていた。

ある日、背の高い黒髪の男性がふたりのもとを訪れた。彼の短い話を聞いたあと、母は椅子に座りこんで泣きだした。ジュリアナは母に駆け寄り、母を傷つけた男性に怒りを向けた。

けれども母は片腕をのばしてジュリアナを抱き、近くに引き寄せてこう言った。〝違うのよ、ダーリン。この方はいとこのリリスのだんなさまなの。わたしたちを救ってくださるのよ。ご親切にも、一緒に住もうと言ってくださったの〟

翌日、ふたりは駅馬車でリクウッド・ホールへ向かった。トレントン・バールは馬で同行した。リクウッド・ホールは堂々とした豪華な屋敷だった。灰色の石づくりで、細い黒のスレート板が交互に使われていた。幸い、ジュリアナと母は母屋のほうではなく、敷地内にある小さな家に住むことになった。その家もジュリアナは陰気で寒々しいと感じたが、母はただ、〝住むところが見つかってなんて幸運なんでしょう〟と繰り返し言うばかりだった。

母の説明によると、母のいとこのリリスがトレントン・バールと結婚しており、ふたりは住む家を提供してくれるうえに、親切にもジュリアナに母屋で彼らの子供たちとともに教育を受けさせてくれるということだった。母はジュリアナに、バール家の人々と一緒にいるときのふるまいについて事細かに指示を与えた。〝常に礼儀正しくするのよ。決して口答えをしたり、どんな形にせよ不愉快な思いをさせたりしてはだめ。わたしたちはバール家のお情けでここにいるということを忘れないで。あなたはバール家の子供たちの遊び相手になるのだけれど、あくまで頼まれたときだけ。なんでもあちらの思いどおりにさせることよ。遊びでも勉強でもね〟

そうした注意は、常に自分の意のままに行動してきたジュリアナにとってはわずらわしくてならなかった。施しを受けるなんていやだし、常に他人の要望に合わせなくてはならないなんてぞっとする。それでも、見るからに不安げな母を安心させ、喜ばせたい一心から、ジュリアナは忠告にしたがうと約束した。そのあとバール一家に会うため、母屋に連れていかれた。そのときには彼らの存在はジュリアナの幼い心のなかで、この世のものとは思えないほど巨大なものとなっていた。

リリス・バールは淡いブロンドの髪をした、背が高くほっそりとした美人だった。小柄でふくよかな体つきのダイアナとはまったく似ていない。子供を膝によじのぼらせたり、肩に頭をもたせかけさせたりするようなタイプではなさそうね、とジュリアナは思った。リリスが明らかにジュリアナにもダイアナにも親愛の情などかけらも示していなかった。自分たちと多少なりとも血のつながりがあるなんて、容易には信じられなかった。

リリスは冷ややかな、品定めするような目でジュリアナを一瞥《いちべつ》すると、メイドのひとりに彼女を子供部屋に連れていって、家庭教師たちに引きあわせるよう命じた。

　家庭教師はミス・エマーソンといい、鉄のような色をした髪から木炭色のドレスまで、トーンは違うもののまさにグレー一色だった。彼女はジュリアナに、〝クランダル坊ちゃま〟と〝セラフィナお嬢ちゃま〟を紹介した。

　クランダルはジュリアナより一歳か二歳年上のがっしりした少年で、尊大な顔つきと冷たいはしばみ色の目をしていた。彼は〝おまえがもうひとりの貧乏な親戚《しんせき》か〟と言うと、舌を突きだした。

　ほかの子供と接した経験があまりないジュリアナは少なからずショックを受けたが、母に言われたとおり彼に丁重なお辞儀をしてから、妹のほうを向いた。ジュリアナと同い年のセラフィナは母親の容貌《ようぼう》を受け継ぎ、年のわりには背が高くすらりとしていた。長いブロンドの髪は丁寧に編んで頭に巻きつけてあった。

　〝こんにちは〟セラフィナは兄よりは友好的な口調で言った。〝あなたはわたしの遊び相手だってお母さまが言っていたわ〟

　〝ええ、あなたさえよければ〟ジュリアナはこたえた。この子は少なくとも兄と違ってわたしをすごく嫌っているわけじゃなさそうだわ、と思ってほっとした。

　ジュリアナの視線は、後ろの本棚にもたれかかっている少年にとまった。ポケットに手を突っこみ、むっつりと不機嫌そうな表情を浮かべている。くしゃくしゃに乱れた黒髪に、黒い瞳。わたしより数歳年上だろうか？　ジュリアナが不思議そうに見つめていると、無表情でこちらを見返してきた。

〝こんにちは〟好奇心をそそられて、ジュリアナは思いきって声をかけた。この少年のほうがあとのふたりよりも、はるかに興味深く思えたのだ。〝わたし、ジュリアナ・ホルコット。あなたは？〟

〝きみには関係ないだろう〟少年が答えた。

〝ニコラス！〟家庭教師が声を荒らげた。

〝この人、わたしたちと住んでいるの〟セラフィナが代わって答えた。

〝孤児《みなしご》なのさ〟クランダルがせせら笑いを浮かべてつけ加えた。

少年は険しい目つきでちらりとクランダルのほうを見たが、なにも言わなかった。

〝彼はニコラス・バール〟家庭教師がジュリアナに説明した。〝クランダル坊ちゃまとセラフィナお嬢ちゃまのいとこで、ミスター・トレントン・バールが後見人になっているの。ミスター・バールはとても寛大な方だから、ご両親が航海中に事故で亡くなった彼を引きとったというわけ。それはともかく、あなたの質問はとてもぶしつけね。言葉には気をつけなさい〟

ジュリアナは驚いて家庭教師の女性を見つめた。〝でも、きかなかったら、どうやって彼の名前を知ればいいんです?〟

ミス・エマーソンは眉をひそめて、もう一度言葉を慎むよう注意した。ジュリアナは母の言いつけを思いだして抗議の言葉をのみこんだ。クランダルのほうを見ると、彼はにやにや笑いを浮かべていた。

やがて授業が始まった。一方、ニコラスは冷ややかな目でこちらを見ていた。

業は簡単すぎ、はっきり言って退屈だった。学問好きの父に勉強を教わってきたジュリアナにとっては、授業は簡単すぎ、はっきり言って退屈だった。すでに読んだことのある本をミス・エマーソンが朗読を始めるにいたっては、目を開けているのがやっとだった。向かいのテーブルをちらりと見ると、ニコラスはテーブルに突っ伏して、聞いているそぶりすらしていなかった。あれくらい大胆になれたらいいのに、とジュリアナは内心思った。

昼近くに、ミス・エマーソンが壁にかけた黒板の前に立ち、算数の問題を書き始めると、クランダルはいかにも退屈そうにもぞもぞと身をよじりだした。しばらくすると、彼はポケットから小石をひとつとりだした。まわりを見渡してジュリアナの視線に気づくと、にやりと笑って眉をつりあげてみせてから、向きを変えて家庭教師をねらって石をほうった。小石は的をはずれて黒板にあたったが、ミス・エマーソンはびくっと飛びあがった。

家庭教師は目に怒りをたぎらせてくるりと振り返った。〝ニコラス! なんて危ないことをするの。手を前に出しなさい〟

ミス・エマーソンは定規をつかんで、つかつかとニコラスに近づいた。

〝ぼくじゃない！〟ニコラスは激しい口調で言い返した。〝クランダルのしわざだ〟

〝そのうえ嘘《うそ》までつくつもり？〟家庭教師は定規を振りかざして言った。〝今すぐ両手を出しなさい〟

〝ぼくはやっていない！〟ニコラスは繰り返し、立ちあがって負けじと教師をにらんだ。

〝わたしに歯向かうなんて許しません！〟ミス・エマーソンは叫んだが、その表情は少し怯《おび》えているように見えた。〝自分の部屋に戻りなさい〟

〝ニコラスが言っているのは本当のことです〟ジュリアナは抗議した。〝石を投げたのはクランダルです。わたし、見ました〟

ニコラスの冷ややかな黒い瞳がジュリアナに向けられた。家庭教師もくるりと振り返って彼女を見た。その顔は怒りで上気していた。

〝嘘を言うんじゃありません〟ミス・エマーソンは厳しい口調で言った。

〝嘘なんか言ってません！〟ジュリアナはいきりたって叫んだ。〝やったのはクランダルです。ニコラスはなにもしてません〟

ジュリアナの弁護は家庭教師を激昂《げっこう》させただけのようだった。〝もうニコラスから悪影響を受けたの？　それとも、そもそも同じ穴のむじなってことかしら？　それならあなたが世間から見放されたのも無理はないわね。人のお情けにすがらざるを得なくなったのも当然……〟

ジュリアナの目に涙がこみあげた。ミス・エマーソンに体あたりしてぶったり蹴《け》ったりしてやりたくてたまらなくなった。

〝あんたのお情けにすがらなくてすんでいるのはありがたいよ〟ニコラスが脇《わき》で両手を握ったり開いたりしながら言った。〝あんたが情けなんてかけらも持っていないのは一目瞭《りょう》然《ぜん》だからな〟

〝今すぐ自分の部屋に行きなさい。今夜は夕食ぬきよ。それでも明日、こんなに強気でいられるかしらね〟

〝そんなの、フェアじゃないわ！〟ジュリアナは叫んだ。

〝それからあなたも、わたしがいいと言うまで隅で立ってなさい。今の自分の言動についてよく考えてみることね。育ちのいい女性があなたみたいなことを言ったりしたりするものかどうか自問するといいわ〟

ニコラスは大股で教室を出ていき、隣の狭い部屋に入ると、ばたんとドアを閉めた。

ジュリアナは命じられたとおり部屋の隅に立っていたが、しばらくしてミス・エマーソンに授業に戻ることを許された。彼女はクランダルの悦に入った顔を無視し、口をしっかりと閉じていた。昼食時にはポケットに食べ物を少し忍ばせておいた。午後は読書の時間だった。ミス・エマーソンが椅子の上で船をこぎだし、クランダルとセラフィナもこの機会に机に頭をつけて居眠りを始めたのを見はからって、ジュリアナはニコラスの部屋へ近づき、静かにドアを開けた。

ニコラスは椅子の上に立ち、高い窓から外を見ていたが、人が入ってくる気配を感じて振り返った。眉をひそめて椅子から軽々と飛びおりると、ジュリアナに近づいた。

〝なにをしに来たんだ？〟彼はあまり友好的とは言えない口調でささやいた。〝見つかったら、鬼ばばあにとっちめられるぞ〟

〝今は眠っているわ〟ジュリアナはささやき返し、ポケットに手を入れてナプキンをとりだすとニコラスに手渡した。

ニコラスはジュリアナがくすねたロールパンとハムを見おろした。それから目をあげて、物問いたげに彼女を見た。〝どうしてこんなことをするんだい？〟

〝あなたはおなかがすいているだろうと思ったから〟彼女は無邪気に答えた。

彼はもうしばらくジュリアナを見つめていたが、やがて食べ始めた。

〝わかっているだろうけど、こんなことはしないほうがいいぜ〟

〝あなたに食べるものをあげること？〟

ニコラスは肩をすくめた。〝それと、鬼ばばあに口答えをすること。クランダルはいつだって正しいんだ。で、ぼくはいつだって悪者。リクウッド・ホールではそういうことになっているんだよ〟

〝そんなのフェアじゃないわ〟

ニコラスはまた肩をすくめた。そのまなざしは、実際の年齢よりもはるかに大人びていた。〝そんなことは関係ないのさ。とにかく、そういうことになっているんだ〟彼はドアのほうへひょいと頭を向けた。〝もう行ったほうがいい〟

ジュリアナはうなずき、無言でドアへ向かった。

ドアノブに手をのばすと、ニコラスが小声で言った。〝ありがとう〟

ジュリアナは振り返ってほほえんだ。ニコラスもほほえみを返した。そのやさしい笑みは彼の表情を一変させた。その瞬間、ふたりのあいだには絆《きずな》が生まれたのだった。

ニコラスの言葉が正しかったことは後日わかった。クランダルとセラフィナは決して悪くないし、罰せられることもない。なんにせよ悪事が発覚した場合、とがめられるのはいつもニコラスだった。

ジュリアナは家庭教師のえこひいきぶりを母に嘆いたが、母は首を振って、心配そうに眉間《みけん》にしわを寄せるだけだった。

〝家庭教師の先生に逆らってはいけないわ〟ダイアナは忠告した。〝先生の言うとおりにして、いい子にしているのよ。彼女が自分の意思でそうしていると思う？　彼女だってミスター・バールに雇われているんだもの、彼にたてつくようなまねはできないの。ここにいる誰もがそうなのよ〟

ジュリアナは初め、母の言葉の意味が正確にはわからなかったが、トレントン・バールの名前が出ただけで不満をのみこむには十分だった。彼のことが怖くてならなかったのだ。トレントンは無口で物静かな男性で、声を荒らげるようなことはないが、その冷たいまなざしひとつで人を萎縮《いしゅく》させてしまう。クランダルの泣き言やいたずらも、父親にその目でにらまれるとぴたりとやむのが常だった。

トレントンの視線をまっこうから受けとめられるのは、ニコラスだけだった。生意気だと言われ、トレントンの書斎で鞭《むち》打たれるとわかっているときでも、ニコラスは背筋をぴんとのばし、顔をあげていた。

ニコラスがどうして勇気を奮い起こせるのか、ジュリアナにはわからなかった。彼女の場合、クランダルに反撃したり、ミス・エマーソンの非難に抗議したりすることはできても、トレントンの前に出るとどうしてもおじけづいてしまう。リリス・バールのことはニコラスにならって〝リリスおばさま〟と呼んでいたものの、トレントンのほうは〝サー〟と呼びかけるのがせいいっぱいだった。トレントンは儀礼訪問として定期的に彼女たちの家を訪れたが、ジュリアナは彼が来る日が憂鬱《ゆううつ》でならなかった。母に呼ばれ、ミスター・バールに挨拶《あいさつ》するように言われると、客間に入っていって、丁寧なお辞儀をしなくてはならない。顔をあげてトレントンと目を合わせることすらろくにできなかった。彼はそれをおもしろがっているようだったが。もうさがっていいというしるしに手を振られると、すぐさまジュリアナは自分の部屋に逃げ戻り、そのあと彼が帰るまで閉じこもっていたものだった。

　トレントンの訪問を母が気に病んでいたことも知っていた。玄関でトレントンの声がすると、母の顔に緊張が走るのが見ていてわかった。それから母は心配そうにジュリアナを見やり、おさげを引っぱったり、リボンを結び直したり、スカートのしわをのばしたりした。娘が面倒を起こさないか、トレントンの機嫌を損ねないかと心配しているのは明らかだった。

　そこまで身なりを整えなくてはいけないことにジュリアナが文句を言うと、母にしかられた。〝そんなことを言ってはだめよ。バール家の人たちはわたしたちにとても親切にしてくださっているんだから。ここに置いてもらえなかったら、わたしたちはどこへも行くところがないの。だから、ミスター・バールの気にさわるようなことをしてはだめ。それと、お願いよ、彼にあの性悪な少年のことは持ちださないでね〟

　〝ニコラスは性悪じゃないわ！　悪いのはクランダルのほうよ〟

　けれども母の青ざめた顔に刻まれた不安を目にすると、ジュリアナはなにも言えなくなった。常に礼儀正しくするよう心がけ、セラフィナやクランダルとの時間を耐え忍ぶしかなかった。

　その当時、ジュリアナはどうしてバール夫妻が親切にも自分たちを引きとってくれたのかということには考えが及ばなかった。人生の一部として受け入れていただけだ。けれども成長するにつれ、トレントンとリリスの寛大さが不思議に思えてきた。どちらも間違っても心根のやさしい人とは言えない。敷地内の空き家にダイアナとジュリアナを住まわせたところで彼らにとってはたいした出費にはならないだろうが、そんなささいな慈善行為も、ふたりの性格を考えれば似つかわしくなかった。一度母にきいてみたことがある。すると母はただつらそうな、いささか怯えた顔で――バール家での不安定な立場が話題にのぼるといつもそうなのだが――〝こんな幸運にけちをつけるようなことは言ってはだめよ〟とジュリアナを諭した。

大人になってリクウッド・ホールを離れてからは、リリスとトレントンが自分たちを引きとったのは、単に未亡人のいとこが金に困って飢え死にするに任せていては世間体が悪いからなのだろうと考えるようになった。突如同情を覚えてのこととは、どうしても考えられなかった。やがて、実はこの地所を引き継ぐのはニコラスであって、トレントンは彼の代わりに信託預金を管理していただけだと知ると、そのささいな慈善の費用すら彼らのではなく、ニコラスのポケットから出ていたのだと気づいたのだった。

ともかくジュリアナがリクウッド・ホールでの最初の数年をなんとか耐えていけたのは、ひとえにニコラスとの友情があったからだった。彼は四歳年上だったけれど、ジュリアナがあとをついてまわるのを許し、一度ならずクランダルの憎まれ口やいじめから守ってくれた。クランダルはなにかにつけニコラスが罰せられるよう仕向けていたが、その実、彼を怖がっていたのだ。ニコラスの冷ややかな、容赦のないまなざしには、クランダルをたじろがせるなにかがあった。

ニコラスが味方にいれば、ミス・エマーソンもバール家のきょうだいも無視できた。母がかつての明るさをとり戻すことは二度とないだろうという事実にも耐えられた。

だからニコラスが去っていったとき、ジュリアナは完全に打ちのめされた。もちろん、頭では理解していた。リクウッド・ホールでの彼の生活はあまりに悲惨だから、子供時代を両親と過ごしたコーンウォールに帰りたいに違いないと。わかってはいても、彼がいなくなったあとはただ心もとなく、寂しかった。

そして今、忘れたころになってニコラスが戻ってきた。彼との再会はわたしの人生にどんな影響を及ぼすことになるのだろう？　ジュリアナはベッドの端に腰かけ、眉をひそめた。そしてブラシを手にとって髪をときながら考えをめぐらせた。

ミセス・スロールとクレメンタインはどうやら、わたしとニコラスの友情を利用して今シーズン出会ったなかで最高の結婚相手をつかまえる気でいるらしい。大事な幼なじみがクレメンタインの美貌《びぼう》に目がくらむほど愚かでないことを祈るばかりだ。とはいえ、わたしだって、消え去って久しい愛や結婚の夢を再燃させるほど世間知らずではない。

実際のところニコラスになにを期待しているのか、自分でもよくわからないのだ。わかっているのはただ、彼の腕に抱かれてダンスフロアで踊っていたときは天にものぼる心地だったこと、彼の笑顔に胸が熱くなったこと、そして、久しくなかったことだけれど明日がわくわくするほど楽しみだということだけだった。


翌日の昼過ぎ、ジュリアナが居間でハンカチに刺繍《ししゅう》をしていると、メイドが入ってきて来客を告げた。ジュリアナは浮きだし印刷の名刺を受けとり、立ちあがった。メイドがニコラスを招き入れたときには、心臓が早鐘を打っていた。

「ニコラス！」思わず顔いっぱいに喜びの笑みが広がる。

「ジュリアナ」ニコラスは部屋を横切り、彼女のさしだした手をとった。「驚いているみたいだね。ぼくが来ないと思っていたのかい？」

「そんなことはないわ。ただ……」ジュリアナは小さく肩をすくめた。今の驚きとうれしさをうまく説明できそうになかった。ゆうべ再会してすぐに訪ねてきてくれるほど、ニコラスがこの訪問を大事に思っていたなんて……。「どうぞ座って」

ジュリアナがソファに腰をおろすと、ニコラスも向かいの椅子に座った。背が高く男らしい彼の存在が、狭い部屋をいっそう窮屈に感じさせる。ジュリアナは胃のあたりがざわざわするのを感じた。突然なんと言っていいかわからなくなり、じっとニコラスを見つめた。

ニコラスが手袋を脱いだ。ジュリアナは彼が右手に指輪をしていることに気づいた。印章が彫りこまれた、シンプルな金の指輪だ。ゆうべは気づかなかったが、今よく見ると飾り文字でHと刻まれているのがわかった。

「父の指輪ね！」ジュリアナは驚いて叫んだ。

「なんだって？」ニコラスはジュリアナの視線を追って自分の手に目をやった。「ああ、そうだ。ぼくがリクウッド・ホールを出るとき、きみがくれた指輪だよ」

「ずっとつけていたの？」妙なことに涙で喉がつまりそうだった。

「もちろんじゃないか」ニコラスは笑った。「ぼくの幸運のお守りなんだ」

ジュリアナはつばをのみこんだ。ニコラスが長いこと自分の思い出の品を肌身離さず持っていてくれたと知って、どうにかなってしまいそうなほどうれしかった。だが同時に、落ち着かない気持ちになった。

「わたし……いえ、ずいぶん久しぶりだから、なにから話していいかわからないわ」ジュリアナは小さく笑って言った。「あなた、どこへ行っていたの？　なにをしていたの？　知っているでしょうけど、街じゅうがあなたの噂でもちきりよ」

ニコラスは顔をゆがめた。「どんな噂だ？」

「たとえば、あなたは密輸業者だったとか、海賊だったとか、スパイだったとか。本当にありとあらゆることが言われているわ。わたしとしては、真実はもっと平凡なんじゃないかと思っているんだけれど。貿易商とかそんなところじゃないかって」

彼の黒い瞳が愉快そうに輝いた。「どれも少しはあたっているようだな。もっとも実際に船をとめて、金だの宝石だのを要求した記憶はないが」

「あら、残念」ジュリアナは言った。「そのことは若いお嬢さまたちに教えないほうがよさそうね。これまで彼女たちが築いてきたあなたのイメージが壊れてしまいそうだもの」

「頼むから、ぜひそのイメージを壊してやってくれないか。ぼくを誘惑しようと躍起になっている頭の空っぽな小娘と、婿探しに目の色を変えている母親たちにでくわさずに歩けたら、ありがたいことこのうえない」ニコラスは実感のこもった口調で言った。

「それはかなわぬ望みというものね」ジュリアナは言い返した。「あなたは大変なお金持ちだって噂だもの。そのうえ爵位も持っている。残念ながら、あなたにそういう女性たちが群がってくるのはどうしようもないわ。そのうちの誰かとの結婚を決めるまではね」

「一生ごめんだよ」ニコラスはしかめっ面で言い放った。

「それなら忠告するけど、ここにも長居しないほうがいいわよ」

ニコラスの黒い眉がひょいとつりあがる。やがてその目に、わかったというような表情が浮かんだ。「ブロンド娘か」

ジュリアナはうなずいた。「クレメンタインよ」

ニコラスがなにか言おうと口を開いたちょうどそのとき、あわただしい足音が聞こえ、ミセス・スロールが居間に飛びこんできた。

「バール卿！　なんてうれしい驚きでしょう。留守をしておりましてお迎えができず、本当に失礼いたしました」

ニコラスは恨めしげにジュリアナをちらりと見てから、立ちあがって丁重にお辞儀をした。「ミセス・スロール、今ちょうどあなたの話をしていたところなんです」

ミセス・スロールはニコラスに意味ありげな視線を投げながら、くすくす笑った。「お世辞をおっしゃって！　あなたのお目当てがわたくしでないことくらい、ちゃんと存じあげてますわよ。心配なさらないで。クレメンタインもすぐにおりてまいりますから」それからジュリアナのほうを向いて続けた。「ジュリアナ、ベルを鳴らしてお茶を用意するよう言ってくれない？　客間のほうでいただきましょう」笑顔でニコラスに向き直る。「ずっと広うございますからね。こんなところであなたをお迎えするなんて、ジュリアナときたら、まったくなにを考えているのかしら」

ニコラスは部屋を見渡した。「部屋よりも、ミス・ホルコットとの話に興味があったものですから」

「お上手ですこと。でも手前のお部屋でお話しするほうがもっと快適だと思いましてよ」

ミセス・スロールがニコラスをせきたてるようにして居間を出、廊下を歩いて家の表通りに面する正式な客間へ案内していったので、ジュリアナもやむなくあとに続いた。それから言われたとおりメイドに紅茶の用意を頼むと、自分も腰をおろした。ニコラスとのおしゃべりが中断されたことに内心ため息をつきながら。

クレメンタインは数分後に客間に駆けこんできた。息を切らし、魅力的に顔を上気させている。部屋で先ほどとは違うドレスに着替えてきたのだろう。巻き毛には新しいブルーのリボンが編みこんであった。

「バール卿！」クレメンタインは進みでて愛らしくお辞儀をすると、手をさしだして彼にほほえみかけた。「あなたがわたしに会いにいらしたと母から聞いて、本当に驚きましたわ」

ニコラスはこの発言に片眉をつりあげた。「正確に言うと、ぼくはミス・ホルコットに会いに来たのですが」

クレメンタインは予想外の返事に目を丸くして一瞬言葉を失ったが、母親のほうがすばやく口をはさんだ。

「ええ、わたくしども、ジュリアナがあなたのお知りあいと聞いて、とてもびっくりしたんですの」ミセス・スロールはそう言うと、ジュリアナに向かっておどけたように指を振った。「だめじゃない、こんな大切なことを秘密にしておくなんて」

わたしが誰と知りあいで誰と知りあいでないかなんて、あなたには関係ないでしょう、とジュリアナは言い返したかった。だが、代わりにニコラスが巧みに言葉を返した。「ぼくみたいな放蕩者《ほうとう》をあなたが相手にするはずがないとミス・ホルコットが考えたとしても無理はありませんよ、ミセス・スロール」

ミセス・スロールがけたたましい笑い声をあげる。「まあ、伯爵さまったら……」扇子を広げ、まるで少女のように顔の下半分を隠す。彼女がとっくの昔に中年の域に達していることを考えると、いささか異様な光景だった。

しばし蚊帳の外に置かれてむっとしていたクレメンタインが、再び会話に割りこんできた。「バール卿はとてもドラマティックな人生を送っていらしたんでしょう」澄んだ大きな目でニコラスをじっと見つめる。「いろいろなところへ行かれたんでしょうね。あなたがどんなことをなさっていたのか、わたしには想像すらできませんわ」

「ええ、本当に」ミセス・スロールも言った。「ぜひ旅の話を聞かせてくださいましな、バール卿」

ジュリアナは、ミセス・スロールが話の断片を頭にしまっておいて、今後会話の端々にちりばめるところが目に浮かぶ気がした。〝先日、バール卿から聞いた話によりますとね……〟〝インドでは信じられないようなものを発見したとバール卿がおっしゃってましたわ。それというのが……〟と。

ジュリアナはちらりとニコラスを見た。その表情から察するに、彼はミセス・スロールと娘を前に旅行の話を始める気はさらさらないようだ。ニコラスはジュリアナに目をやってから、ミセス・スロールのほうに向き直って言った。「申し訳ありません。残念ながら、長居をしている時間はないのです。明日、わたしの二輪馬車に乗りませんかとミス・ホルコットをお誘いしたくて寄っただけなので」彼はジュリアナのほうを振り返った。「きみさえよければ、明日の朝、迎えに来るよ」

「ぜひご一緒したいわ」ジュリアナはミセス・スロールのほうを見て許可を求めることなく、即座にこたえた。クレメンタインを強引に同行させるチャンスを与えて、ニコラスとのひとときを台なしにされたくなかった。

「それはよかった」ニコラスは立ちあがった。「では、これで失礼させていただきます。ミセス・スロール、ミス・スロール」ふたりに向かってお辞儀をする。「それから、ミス・ホルコット」

「ごきげんよう」

クレメンタインは客間を出ていくニコラスをただ見送っていた。仰天するあまり、挨拶すらできなかったのだ。やがてくるりと振り返ると、怒りにゆがんだ顔でジュリアナを見すえた。この顔をクレメンタインの求愛者たちに見せてあげたいものだわ。ジュリアナの頭にそんな意地の悪い考えが浮かんだ。

「だめよ！」クレメンタインは叫んだ。「あなたが行くなんてとんでもない。わたしが許さないわ」

3

ジュリアナは体をこわばらせた。「なんとおっしゃいました?」

「お母さま!」クレメンタインはくるりと母親のほうを向いた。「ジュリアナにバール卿《きょう》との外出を許したりしちゃいやよ。彼の二輪馬車に乗るのはこのわたしなんだから」

バール卿が誘ったのはあなたじゃない。わたしよ! そう言い返さないために、ジュリアナは意志の力を総動員させなくてはならなかった。

「もちろんよ」ミセス・スロールは請けあった。「心配することはないわ。あの方としては、ジュリアナを誘わないわけにはいかなかったのよ。あなたのような若い娘は男性とふたりきりで馬車に乗るわけにはいかないもの。ジュリアナをお目付け役《シャペロン》として連れていかなくては」

「そんなのいやよ」クレメンタインは言いはった。「レディが紳士とふたりで馬車で出かけたからってぜんぜん問題ないのよ。二輪馬車のような屋根なしのタイプのものならなおのこと。ジュリエット・スローンが言っていたもの、紳士とレディはいつもそうしているって」

母親のほうは納得しかねるようだった。「年配のレディと紳士の場合はけっこうでしょうけれど、あなたみたいに若い娘となるとどうかしら？　ロンドンは初めてだから、よくわからないけれど……」

クレメンタインはジュリアナのほうを見た。「あなたはどう思って、ジュリアナ？」

「この場合、あまり問題にはならないと思いますけれど。バール卿はすでにわたしを誘ってくださっているんですから」

「たしかにそうね」ミセス・スロールの顔が明るくなった。「バール卿のような高貴な生まれの紳士がジュリアナに同行するよう頼んだということは、そうするのが筋なのよ、きっと」

ジュリアナは歯を嚙《か》みしめて、バール卿はクレメンタインを誘ってなどいないと指摘するのをこらえた。この娘がニコラスの馬車に割りこんでくると思うと気がめいった。彼女はひとりでしゃべり、くすくす笑っては彼に媚《こび》を売ることだろう。今日のようにニコラスとゆっくり話をするチャンスなどあるはずもない。ジュリアナはとても我慢できないと思ったものの、雇い主にあなたの娘はお呼びでないとはさすがに言えなかった。それにそんなことを言ったら、ミセス・スロールは当然ながら、わたしにも行くことを禁じるだろう。

クレメンタインはまだしばらくのあいだはふくれっ面で、ときどきジュリアナをにらみつけていた。だがミセス・スロールがふたりで帽子屋へ行って、明日の外出にかぶるすてきなボンネットを買いましょうと言うと、やっとのことで機嫌を直した。一方、ジュリアナは、フィオーナを本屋へ連れていくよう頼まれた。以前からフィオーナにうるさくせがまれているからと。

ジュリアナがクレメンタインやミセス・スロールといるよりも、フィオーナと一緒になにかをするほうがはるかに楽しいと知ったら、ミセス・スロールは仰天するだろう。フィオーナは十三歳だが、ウィットに富み、性格もよかった。ジュリアナはフィオーナとも多くの時間を過ごしていた。ミセス・スロールはフィオーナの質問を厄介と感じ、興味の対象も変わっていると考えていたので、なにかにつけ彼女の相手をジュリアナに押しつけていたからだ。

話を聞いてみると、フィオーナもジュリアナに負けず劣らず今日のクレメンタインにはうんざりしていたようだった。「あとひと言でもバール卿の話を聞かされようものなら、わたし、悲鳴をあげていたかもしれないわ」ふたりで本屋へ向かって通りを歩きながら、フィオーナは言った。

ジュリアナは少女を見おろしてほほえんだ。フィオーナは姉と同じく、ブロンドの髪にブルーの瞳をしている。けれども、似ているのはそこまでだった。すでに小柄な姉と同じくらいの背丈があるが、成長がとまる気配はない。顔の形は角ばっていて、意志の強そうな顔をしている。クレメンタインを有名にしたえくぼは見あたらなかった。また姉とは対照的に、フィオーナのブルーの目には知性が感じられた。

「お姉さまは一日じゅうその方の話しかしないのよ」フィオーナはいらだたしげに言った。「彼がどれほどのハンサムか、どれほどお金持ちか、どれほど立派な家柄か」

「バール卿はその……めだつ方だから」ジュリアアナは言った。

フィオーナは顔をしかめた。「お姉さまが言うような、白馬に乗った王子さまみたいな人なんて、この世にいるはずないわ」

ジュリアアナは笑った。「たしかにそうだけど、バール卿は……ニコラスはわたしのお友達なの。一緒に育ったのよ。昔はいちばんの友達だったわ」

「本当?」フィオーナはびっくりしてジュリアアナを見あげた。「お姉さまが結婚しようとしている方って、あなたのお友達なの?」

ジュリアアナは片方の眉をつりあげた。「彼女がそう言っていたの?」

「ええ、そうよ。数日もすれば彼もわたしにぞっこんになるって言っていたわ」フィオーナはまた顔をしかめた。「男性に関しては、お姉さまの言うことはいつもあたっているの。それ以外のことに関しては救いようがないくらい無知なんだけれど。あきれたことに、男性はみんなあっさりだまされちゃうみたい」

ジュリアアナは思わず、姉をそんなにばかにするのはよくないとフィオーナをたしなめかけた。だが、本当のことを口にしたからといって少女をしかるのは間違いだと思い直す。

「ニコラスに関しては、彼女がいつもどおりの成功をおさめるかどうか、わからないわよ」

昨夜はジュリアナ自身、ニコラスもクレメンタインの美貌《びぼう》にまいってしまったのではないかと考えていた。なんだかんだ言ってもニコラスは笑顔で彼女と会話を交わしていたのだから。けれども今日の行動を見ると、もはや疑いの余地はなかった。彼はクレメンタインが客間に入ってきて会話を引き継ぐと、ほどなくして時間がないと言って帰っていった。あの招待をミセス・スロールがどう解釈しようが、彼は断じてクレメンタインのことは誘っていなかった。明日の朝、ミセス・スロールはクレメンタインも同行させるよう仕向けるだろうから、結果的には彼女も一緒に馬車で出かけることになるかもしれないが、ニコラスが彼女目当てでないのは間違いない。

クレメンタインが何人もの男性を手玉にとるのはジュリアナも見てきた。だから、いずれニコラスがその手管に引っかからないとは言いきれない。だが、簡単でないのは確かだろう。

「それはおもしろいわ」フィオーナが笑いながら言った。「その方、お姉さまがこれまでに会った男性たちよりずっと賢そうね」

「たしかにそうね。ニコラスは昔から鋭かったわ」

「その方とはどういう知りあいなの？」

「彼はご両親を亡くして、おじさまのところに身を寄せることになったの。わたしの母がそのおじさまの奥さまのいとこだったので、わたしと母は敷地内の小さな家に住んでいたわ。ニコラスとわたしはいわば……よそ者同士だったから、仲よくなったのよ」

「どうして彼がよそ者だったの？　だって彼、今では伯爵なんでしょう？」フィオーナが指摘した。

「おかしな話よね」ジュリアナも同意した。「ニコラスが将来伯爵になるとは誰も思っていなかったわ。わたしも爵位を引き継いだと聞くまで、彼が跡継ぎだとは知らなかったの。ニコラスのおじいさまが病気でバースに住んでいて、おじさまが彼の後見人だったなんて。実際にきいてみたわけではなかったんだけど、まわりの態度からして、おじさまのトレントン・バールが爵位と財産を相続し、そのあとは彼の息子のクランダルが受け継ぐものと思っていたの。トレントンが地所を管理していたし、誰もが彼こそが主人であるかのようにふるまっていたから」

「どうして？」

「トレントンは暴君だったの。みんな彼のことが怖くて逆らえなかったんじゃないかしら。使用人や近くに住む借地人たちのなかにはニコラスに親切な人もいたけれど、トレントンの前では決してそういうそぶりを見せなかったわ。当時はわたし、トレントンがどうしてニコラスをあそこまで嫌うのか理解できなかったの。だけど今では想像がつくわ。爵位を継ぐのが自分や息子ではなく、ニコラスだとわかっていたからなんでしょうね。自分が管理している土地や屋敷をいずれニコラスに明け渡し、彼を〝伯爵〟と呼ばなくてはならないと思うと、悔しくてしかたがなかったんでしょう」

「なるほど。でもその人、あまり賢くないわね。だって、甥《おい》に親切にしておいたほうがよかったんじゃない？　そうしていたら、バール卿が爵位を継いだとき、すべてを失わずにすんだかもしれないわ」

「トレントンはそう考えてはいなかったようよ。常にすべてか無かだったんでしょうね。自分がとり仕切らなくては気のすまない人だったのよ。あの土地を自分のものと見なしていたから、実はそうでないことを思いださせるニコラスが憎かったんだと思う」ジュリアナは肩をすくめた。「いずれにしても、トレントンはニコラスが爵位を継ぐのを見ずにすんだの。数年前に亡くなったから」

「ずいぶんひどい人だったみたいね」フィオーナが感想を述べた。

「事実、そうだったわ。トレントンが亡くなったとき、わたしはミセス・シモンズと大陸にいたため葬儀に出席できなかったのがありがたかったくらい。哀悼の意を表するなんてできそうになかったもの」

　数分ほど無言で歩いたあと、ふとフィオーナが言った。「バール卿があなたのお友達なら、わたし、その方のことを嫌いになれそうにないわ。お姉さまと恋におちない限りだけど」

「そうね」ジュリアナも認めた。「もしそうなったら、わたしも彼と友達でいることができそうにないわ」

やがてフィオーナは、読み終えたばかりの本の話を始めた。ジュリアナはそのおしゃべりを聞いていたが、頭のなかは明日の外出に着ていく服のことでいっぱいだった。わずかな手持ちのドレスをざっと思い浮かべ、さほど見栄えの悪くないものを選ぼうとしてみる。

まもなくジュリアナは、それは不可能な作業だと気づいた。どれもこれもグレーかブルー、ブラウンといった地味な色合いの、ぱっとしないドレスばかり。丈夫で実用的で、おもしろみはないけれど信頼できるという印象を与えられることを条件に選んだものなのだから、それも当然だった。結局のところお相手役というのは、人々の興味を引き、楽しませることを期待して雇われるわけではない。お相手役に求められるのは、それなりに品があることと、使い走りをしたり、退屈な会話にも興味深げに応じたりすることなのだ。

明日の朝、さえない身なりでニコラスと会うのは耐えられないと思ったジュリアナは、夜になるといちばんいいボンネットをとりだし、地味に見せるためにはずした、さくらんぼの房をつけ直した。ドレスも見栄えをよくしたかったが、襟もとと袖口《そでぐち》にレースをつけるくらいがせいぜいだった。

さっそく新しい帽子をかぶってくるに違いないクレメンタインの横に座ることを思うと、

ジュリアナは嫉妬《しっと》を感じずにはいられなかった。これまでずっと、自分より裕福な人々に囲まれて生きてきたので、ねたみの気持ちを抱かないことにはたけているつもりだった。それよりも、自分の恵まれたところに目を向けるようにしてきた。健康、そこそこ魅力的な容姿、母とは違って人の情けに頼ることなくひとりで生きていける能力。しかも自由だし、わずかながら貯金もある。いい友人も数人いる。それだけでもはるかに恵まれているのだ。ジュリアナは普段はそのことに感謝し、他人の持ち物をねたむようなことは決してなかった。

けれども今回ばかりはジュリアナも、本来自分のものであるはずの時間にクレメンタインが割りこんでくることを考えると、怒りがこみあげてくるのを抑えられなかった。クレメンタインは得意になってしゃべりまくり、ニコラスとのひとときを台なしにしてしまうに違いない。とはいえ、どうすることもできなかった。いつものようにクレメンタインの支度が大幅に遅れることを期待するくらいだ。そうすれば、彼女抜きで出発できるかもしれない。

残念ながら翌朝、クレメンタインはジュリアナより数分遅れただけで、支度を整えて居間に入ってきた。興奮のあまり顔が上気し、目はきらめいている。すばらしくきれいに見えることはジュリアナも認めざるを得なかった。予想どおり昨日買った帽子をかぶっている。麦わらで編んだ、つばの浅い帽子で、ブルーの目を引きたてるブルーのサテンのリボンが結んであった。

数分後、ニコラスの訪問が告げられ、彼が居間に入ってきた。クレメンタインと母親にさっと目をやる。「これはミセス・スロール、ミス・スロール」ニコラスの視線がジュリアナにとまると、暗い顔にかすかな笑みが浮かんだ。「ミス・ホルコット、支度はできているかい？」

「ええ」ジュリアナは立ちあがり、クレメンタインのほうを見やった。彼女も同時に立ちあがっていた。

「伯爵さま」クレメンタインは愛らしい笑顔で前に進みでると、彼の腕にかけようと手をのばした。「なんだかどきどきしてしまいますわ。あなたの馬車はすごく座席が高いのかしら？　だとしたらわたし、怖くなってしまうかも」そう言うと、小さく笑い声をもらした。

ニコラスはこわばった顔でクレメンタインを見つめ返した。彼女に近づき、腕をさしだそうともせずに言う。「申し訳ありません、ミス・スロール。どうやら誤解があったようですね。ぼくが今日お誘いしたのは、ミス・ホルコットなんです」

面と向かってつれなく断られ、クレメンタインはあんぐりと口を開けた。ジュリアナは笑いだしてしまわないよう、しっかりと唇を閉じていなくてはならなかった。

ミセス・スロールも同様に仰天して目をむいていたが、すばやくたち直って言った。

「つまり、それは……ふたりともということなんでございましょう。紳士とレディがふたりきりで馬車に乗って街中を散策するというのは、あまり世間体のいいものではありませんもの」

ニコラスはミセス・スロールのほうに冷ややかな視線を向けた。「ミス・ホルコットの名誉を気づかってくださるのはありがたいのですが、なんの問題もないと断言できますよ。屋根のない馬車ですからね。しかもとても小さいんです。一度にふたりしか乗れません。ですから、ぼくはミス・ホルコットだけを誘ったのです」

ミセス・スロールは答えにつまり、ただ突っ立ってニコラスを見つめていた。彼がその機会をとらえて振り返り、ジュリアナに腕をさしだす。彼女は急いで前に出て、ニコラスの腕に手をかけた。もたもたしていては、ミセス・スロールがわれに返ってこの外出を禁じるかもしれない。

ニコラスも同じ思いらしく、ジュリアナを引きずるようにして足早に廊下を抜けて玄関を出た。そして、ジュリアナがぴかぴかの黄色い二輪馬車を感心して眺める間もなく、彼女の手をとって座席に座らせると、自分も乗りこんでその横に腰をおろした。

「とんでもないご婦人だな！」ニコラスは言い放ち、二頭の馬を手綱でたたいて出発させた。

ジュリアナはミセス・スロールのもくろみから逃れたことがうれしくて笑いだした。戻ったら間違いなくしっぺ返しが待っているだろうが、今のところは気にならなかった。ニコラスとふたりで外出するなんてすてきすぎる。このあと一時間は自由の身だ。最新流行の馬車の高い座席から見るロンドンの眺めはまた格別だった。ジュリアナは帽子をしっかりとかぶり、顎の下でリボンを結ぶと、笑顔でニコラスのほうを見やった。

ニコラスも笑みを返した。「ところで、いったいどういうわけできみはあのふたりと暮らすはめになったんだい？」

ジュリアナは肩をすくめた。「お相手役の仕事を探すのって、そう簡単じゃないのよ。たいていの人が求めているのはわたしよりも年配で、わたしより……その……」

「魅力的でない女性？」ニコラスが推測する。

ジュリアナは横目で彼を見てからにっこりした。「まあ、うれしいことを言ってくれるのね。わたしは〝腰の低い女性〟って言おうとしたのよ」

ニコラスは大声で笑いだした。「きみが他人の言いなりになっているところなんて想像できないよ。なんだってお相手役になろうなんて考えを起こしたんだい？」

「何年もセラフィナやリリスおばさまと暮らしたあとですもの、それが自然に思えたのよ」ジュリアナは答えた。「わたし、セラフィナと一緒に寄宿学校へ行ったでしょう」娘がいい学校に行けると知って、母がとても喜んでいたことを思いだす。たしかにふたりだけの暮らしではとても無理なことだった。けれどもジュリアナはもちろん、トレントンとリリスの本当の動機を知っていた。「要はセラフィナから目を離さず、彼女が厄介なことにならないよう気をつけている人間が必要だったの。はっきり言って、簡単な仕事ではなかったわ。セラフィナは子供のときと変わらず、気まぐれで愚かなまねばかりしていたから。学校を卒業すると、セラフィナは大陸へ旅行に行ったの。そのころには戦争も終わっていたのよ。わたしはまた、世話役として同行したわ。そして帰ったとき、自分がお相手役として十分経験を積んでいることに気づいたの。あれこれ雑用をしたり、退屈な会話に耳を傾けたり、人を喜ばせたりすることにすっかり慣れていたから」

「おばに追いだされたのか？」ニコラスの声が危険な響きを帯びた。

「いいえ、違うの。リクウッド・ホールにいようと思えばいられたのよ。リリスおばさまに好かれているとまではうぬぼれていなかったけれど、おばさまにとってもセラフィナが社交界にデビューするにあたってわたしの手助けがあればありがたかったでしょうし、貧しい若い娘をほうりだしたと噂《うわさ》されたくはなかったでしょうから。でも、わたしはあの牢獄《ろうごく》にあれ以上住んでいられなかった。母も亡くなっていたから、実際、そうする理由もなかったわ。わたしが出ていくと決めて、おばさまも結局のところ、喜んだんじゃないかしら。あそこにいたら、わたしを社交界にデビューさせなきゃならなかったでしょう。少なくともささやかになにかしなきゃならない。それはいやだったと思うわ」

成長するにつれ、クランダルの戦術が変わってきたことはつけ加えなかった。髪を引っぱったり、意地悪ないたずらをしかけることから、図書室の隅に追いこんでキスをしようとしたり、体を撫《な》でまわしたりすることへ。リクウッド・ホールを出る決意をした大きな理由のひとつが、彼に追いまわされたことだった。リリスは事情を察知していたようだが、逆に解釈して、息子を誘惑しているとジュリアナを責めたくらいだった。

「それで、リリスおばさまは推薦状を書いてくれ、わたしはひとり暮らしを始めたの。しばらくかかったけれど、そのうち高齢の母親の世話をしてほしいという人に雇われたわ」その仕事も、雇った本人がある晩酔ってジュリアナの寝室の戸口に現れ、いやらしい目つきで眺めたあげく、彼女の体をまさぐろうとしたことで終わったのだが、そのこともここでは黙っておいた。「そのあとでミセス・シモンズに出会ったの。それ以降はけっこう快適に暮らしてきたのよ」

ニコラスは眉をひそめた。「きみがあのスロール家の女性たちに使われてるなんて許せないよ」

「わたしだっていやよ」ジュリアナは率直に認めた。「だけどそれが自由の代償なのだから、喜んで払うわ。少なくとも、これはまっとうな商取引よ。他人の施しに頼っているわけではないもの」

ニコラスは話をしながら巧みに馬車を走らせてきたが、今はハイドパークの木々に囲まれた小道に入っていた。ここは交通量も少ないので、いくらか気をゆるめ、手綱から注意をそらすこともできる。彼はジュリアナのほうに顔を向けた。

こうして彼女を見るたびに、いまだに多少の驚きを禁じ得なかった。ジュリアナが大人になっていることはもちろんわかっていた。それに、昔の面影もその顔にはっきり見てとれる。なのに、成長した彼女を前にするとなぜか心をかき乱されてしまうのだ。幼いころの記憶にある愛らしい顔は、美しく変わっていた。

スロール家の娘のようなぼんやりとした美しさではない。あれは耐えがたいほど退屈だ。ジュリアナの美しさは、その整った顔だちや、うなじのあたりできっちりと束ねてまとめられたダークブラウンの髪だけにあるのではない――たしかに、ピンを抜いて豊かな巻き毛を肩におろしてみたくなるような髪だけれど。彼女の美しさは、生き生きとしたグレーの瞳から輝きでている。唇に浮かぶほほえみのなかでぱっと花開く。強さや、ジュリアナをジュリアナたらしめている個性からにじみでているのだ。

ジュリアナを知っているようで、知らないようでもある。この組みあわせはなんとも魅力的だった。こうしてじっと見つめていると、身を寄せて柔らかなカーブを描く唇に口づけしたいという欲求がこみあげてくる。刺激的な甘さが感じられるだろうその唇を味わいたくてたまらなくなる。

ニコラスの瞳が陰った。視線はジュリアナの唇に吸い寄せられたままだ。なんとかそらすことができたのは、強い意志の力ゆえだった。彼はしばらくまっすぐ前を向いたまま馬の頭の上あたりを凝視して、たった今体を駆け抜けた束《つか》の間の欲求を思い返した。ジュリアナに対してあんなふうに感じるなんて許されないことだ、と自分を戒める。

ジュリアナは子供のころの大切な友達だ。両親の死後、ぼくにやさしくしてくれたのは彼女だけだった。イングランドに戻ると、ぼくはジュリアナを捜しだそうとした。けれどもそれは旧友としての、いや、兄としての切実な思いからだ。彼女のことを愛していると思う――自分が人を愛せるとして、だが。とはいえそれは、純粋で単純な愛、子供時代の思い出への執着にすぎなかったはずだ。

ところが今ここにいるジュリアナは記憶とはまるで違って、とても魅力的な女性に映る。しかもさっきぼくを貫いた感情は昔から抱いていた愛情ではなく、男が女性に感じる衝動的な欲求だった。

ニコラスは動揺した。妹同然の女性にそうした感情を抱くなんてどうかしている。ほかの男がジュリアナに対してその手の欲求を示そうものなら、その場で手荒く教訓をたたきこんでやるところだ。

こんな衝動にしたがって行動するわけには断じていかない。ジュリアナはぼくを信頼している。そんな彼女にほんのわずかでもつけこむなんて許されない。ぼくのことを恥知らずな人間だと考えている輩《やから》が大勢いることは知っている。悪人だと言う者すらいる。たしかに善人でないことは認めるが、ぼくはジュリアナのやさしさにつけこむような卑劣なまねは絶対にしない。彼女の信頼を裏切るわけにはいかないのだ。

それに、ジュリアナの評判も考えなくてはならない。彼女はレディだ。しかも自力で生活していることを考えると、ジュリアナの名前に傷をつけないようにすることはなにより大切だろう。守ってくれる家族もなく、後押しする名士もいない女性は、確かな根拠がなくてもいろいろ言われやすいものだ。もちろんぼくならジュリアナの名誉を守れるし、守るつもりだが、悲しいことに自身も怪しげな評判を持つ男の弁護だけでは、彼女の名前にいっそう傷がつきかねないというのも事実だ。

つまり、ジュリアナに特別な関心を示すのは許されないということだ。スキャンダラスな噂を生むのは避けられないのだから。ちょくちょく彼女を訪ねてもいけないし、ダンスに誘うにしても何回かに一回にしなくてはならない。今日ももっと大きな馬車で来て、あのスロール家の厄介な娘も一緒に乗せるべきだったのだろう。そうすれば人々の注目はジュリアナではなく、クレメンタインのほうに向いたはずだ。あの娘のことでどんな噂がたとうと、はっきり言ってどうでもいい。ただ、せめて今回だけは、自分勝手ではあるがジュリアナをひとりじめしたかった。

行き交う馬車や馬上から、これでもかというほど視線がこちらに向けられた。ハイドパークで見かけたバール卿と一緒の女性について、あっというまに噂が駆けめぐるに違いない。ジュリアナを外出に誘うのは、あと一、二週間控えたほうがよさそうだ。数日間は彼女の家を訪問するのもやめておいたほうが賢明だろう。他人の目を気にしなければならないのは腹だたしいが、ジュリアナの評判を貶《おとし》めることだけは絶対にできない。

ニコラスのほうをちらちら見あげていたジュリアナは、彼の表情の微妙な変化に気づいていた。ニコラスの視線が唇のあたりをさまよったのもわかった。息がつまり、胃がしめつけられる。彼はわたしにキスをしようとしているんだわ。

ところが、ニコラスは不意に顔をそむけてしまった。ジュリアナは緊張を解いたものの、自分が感じたのが安堵《あんど》なのか失望なのか、よくわからなかった。というより、今なにかが起きたということさえ自信がなくなってきた。わたしは彼のまなざしの意味をとり違えたのかしら？

けれども、そうは思えなかった。間違いなくふたりのあいだに火花が散り、ニコラスの顔がかすかにこわばった。そして、わたしのなかのなにかがそれに反応したのだ。否定はできない。わずかに警戒心がまじっていたものの、熱いうずきが稲妻のような速さで体を駆け抜けたのは確かだ。

ジュリアナは横目でちらりとニコラスを見た。彼は顎をこわばらせて前を見すえている。なにを考え、なにを感じているのかしら？　束の間の衝動を後悔しているの？　たぶんそうなのだと思うと、失望が胸を突いた。でも、そうでなければあんなに唐突にそっぽを向いてしまうはずがない。

考えていると気持ちが沈んだ。男性として、一瞬だけわたしに興味を抱いたとしても、ニコラスはすぐにそれを後悔したのだ。もちろん、当然のことだわ。かつては親しかったとはいえ、わたしは明らかに彼が結婚を考えるような相手ではない。今や、ふたりの社会的地位は大きくかけ離れてしまった。わたしが彼に望めるのは友情だけ。欲望はそれを妨げるだけなのよ。

ニコラスの判断は正しかった。その結果わたしのプライドが少々傷ついたとしても、それは自分で克服するしかないのだ。そもそも、わたしだって彼にキスをしてもらいたかったわけではない。ニコラスと会ったのはずいぶん久しぶりで、彼は赤の他人も同然だ。わたしのほうも大人になり、現実的にもなった。かつてニコラスに対して抱いていたロマンティックな夢に今も浸っているわけではない。キスされるかもしれないと思ったとき、体がなんらかの反応を示したことなんて、まったく意味はないのだ。おなかのあたりがかっと熱くなり、体じゅうをうずくような感覚が走ったことも。自分が感じたのが期待なのか恐怖なのかすら、定かではないのだから。

だいいち、キスなんて、どこから見ても不適切なことだ。ニコラスが衝動に負けずそっぽを向いてくれてよかった……。そう、わたしはほっとしているのよ。

それでも、ジュリアナはニコラスを意識せずにはいられなかった。そのぬくもり、たくましい体、彼の存在そのものを。ニコラスのほうを見あげる。厳しい横顔、高い頬骨。その顔だちを和らげているのは濃いまつげだけだった。

視線を感じたのだろう、ニコラスがこちらを向いた。ジュリアナはあわてて視線をそらした。見つめていたのを知られて、頬が赤くなる。ひどく厚かましい女と思われたかしら？　だとしたら彼なんて大嫌いだわ。

ジュリアナの視線が知らず知らずのうちにニコラスの手にとまった。革の乗馬用手袋に包まれた大きな手がしっかりと手綱を握っている。一緒に踊ったときの彼の手の感触が思いだされた。あたたかくて、引きしまっていた。その手に触れられたときのことを考えていると、また少し息苦しくなった。

そよ風が上気した頬を撫で、後れ毛をなびかせる。いつもより肌がデリケートになっているのか、太陽のぬくもりや体をかすめていく風が敏感に感じとれた。

ジュリアナは膝の上で握りあわせた手を見おろした。こんなことを考えていてもどうにもならないのよ、と自分を叱咤《しった》する。座ったままなにもしゃべらないでいては、口のきけないおばかさんと思われてしまうでしょう。

そのとき幌《ほろ》をあげた四輪馬車とすれ違い、なかにいた中年女性ふたりがはっとしたようにこちらを見た。今夜にはきっと、噂でもちきりになるだろう。〝バール卿が今朝、名も知らない女性とハイドパークを馬車で散策していたんだけど、その女性というのがドレスといい物腰といい、ぱっとしなくて……〟と。

「あの人たち、あなたがどこの誰だかわからない女性と一緒だったたって噂をするんでしょうね。ありとあらゆる憶測が生まれるんじゃないかしら」

ニコラスは肩をすくめた。「いつだって、なんだかんだと噂されているよ。少なくともそう聞いている。幸い、ぼく自身はその噂を聞いたことがないけどね」彼はちらりとジュリアナのほうを見た。「きみは気になるかい?」

ジュリアナはほほえんだ。「いいえ、別に。さっき言ったように、誰もわたしが何者か知らないんですもの。知っていたとしても……あなたと同じで、わたしの耳には入らないでしょうね。それより心配なのは、戻ったらミセス・スロールになんと言われるかってことだわ」

「ぼくも一緒に家に入ったほうがいいかもしれないな。あの退屈な娘も数分ほど相手をしてやれば機嫌を直すだろう」

「あら、そんなことをしてもらおうなんて思っていないのよ」ジュリアナは笑った。「この先いやでもミセス・スロールとは話をしなくちゃならないんだもの。きっとうんざりするわよ……つまり、その、またあの家を訪ねる気があるならだけれど」ついよけいなことを口走ったことに気づいて、彼女は口ごもった。わたしったら、ニコラスが今後も会いに来る気があると決めつけてしまった。「ごめんなさい。あなたを気まずい立場に追いこんでしまったわね。リリスおばさまにも、わたしはずけずけものを言いすぎるっていつも注意されていたのに」

「ばかばかしい。率直であるのはいいことだよ。もちろん、ぼくはまたきみを訪ねていくつもりさ……スロール家のご婦人方に我慢しなくてはならないとしてもね」

「あんまりちょくちょく来ないほうがいいわよ」ジュリアナは忠告した。

ニコラスは眉をつりあげた。黒い目に愉快そうな表情がよぎる。「ぼくに会うのはもううんざりかい？」

「いいえ」ジュリアナは笑った。「もちろん違うわ。でも、そうしょっちゅう現れたら、ミセス・スロールとクレメンタインはあなたが彼女に夢中だと思いこむでしょうね」

「それはごめんだな」ニコラスはこたえた。「とはいっても……あの娘を目くらましに使えるかもしれない。そうすれば、頻繁にきみに会いに行ってもきみの評判には傷がつかずにすむ」

ニコラスがクレメンタインに求愛しているそぶりをすると考えるだけで、ジュリアナの胸は嫉妬にうずいた。「そうね。でもそうしたら、あなたはクレメンタインにプロポーズするものと思われる。しないと、卑怯《ひきょう》者と言われるわ」

彼は肩をすくめた。「ぼくはもっとひどいことを言われてきた。もっとひどいことも経験してきたし」

「そう思っているなら、それは毎日クレメンタインの話し相手をしたことがないからよ」

ニコラスは笑った。「ジュリアナ、きみがつまらない大人になっていなくて、ぼくは本当にうれしく思っているよ」

ジュリアナもほほえんだ。「わたしも、言葉に気をつけずにおしゃべりできる相手がいるのはうれしいわ」

「スロール家のなかでは、きみの言ったことは理解すらされないんじゃないか?」

「そんなことはないのよ。クレメンタインの妹のフィオーナはとても頭がいいの。どうしてあの家族にああいう子が生まれたのか、不思議なくらいだわ」

「ミスター・スロールはいるのかい?」

「ええ、いらっしゃるわよ。でも思慮深い方らしく、社交シーズンのあいだはヨークシャーにとどまっているの」

「なら、そのフィオーナはミスター・スロールから知性を受け継いだんだな」

「たぶんそうでしょうね」

公園を抜けて進みながら、ふたりはこんな調子で軽い会話を続けていた。大勢の人がすれ違っていった。馬車の人あり、馬上の人ありだ。朝に散歩をするのは粋《いき》なこととされている。ほとんどの人は前の晩遅くまでパーティを楽しみ、この時間に起きだすのだろう。何人かはニコラスに会釈したり、話しかけたりしてきた。そうでない人々もニコラスの視線をとらえ、会釈を受けることを期待している様子だった。

「たくさんの人があなたと知りあいになりたがっているみたい」ジュリアナは言った。

「爵位ひとつでたちまち人気者だ。まったく、たいしたものだよ」ニコラスはばっさり切り捨てた。

「あら、爵位だけじゃないでしょう。財産もひと役買っているわ」

再び笑顔がはじけ、ニコラスの厳しい顔の線が和らいだ。ふたりとも気づいていなかったが、彼のジュリアナを見るまなざしが、彼女の正体に関するまわりの興味をさらにかきたてていた。

「皮肉屋だな」ニコラスが言った。「きみは、みんなが評価しているのはぼくのすばらしい人間性だと言ってくれるべきなのに」

「わたしの経験からして、たいていの人はあなたのすばらしい人間性にいちいち目を向けようとしないのよ」この言葉は真実を突いていた。「そういうものがあることすら知らないんじゃないかしら」

「そうだな。きみはいつだってぼくのたったひとりの味方だった」

「残念ながら、なにもできなかったけれど。あなたを体罰から救えたことは一度もなかったわ」

ニコラスはぞんざいに肩をすくめた。「そんなこと、誰にもできやしないさ。ましてや九歳か十歳の女の子には。ぼくの運命は両親が亡くなった日に決まったんだよ」

「でも、おじいさまがあなたを引きとることもできたでしょう」ジュリアナは指摘した。「少なくとも、あなたの境遇を気にかけてくださってもよかったんじゃないかしら」

「祖父が気にかけていたのは自分の痛みや苦しみだけだった。それが現実のものであろうとそうでなかろうとね。おそらくぼくの父とのあいだになんらかの確執があったんだろう。両親が亡くなるまで、祖父を訪ねた記憶も、祖父が訪ねてきた記憶もない。覚えている限り最初に会ったのは両親の葬儀のときで、そのあとぼくはおじにあずけられてしまった。おじから聞いた話からすると、ぼくに会いたいとも思っていないようだったよ」

「そんなの言い訳にならないわ」ジュリアナは断固として言いはった。

ニコラスがジュリアナのほうを見た。だが、黒い瞳に浮かんだ表情は読みとれなかった。

「きみはぼくのことをよく覚えていないんだ。きみはぼくにはもったいない友達だよ」

「なにを言っているの」ジュリアナは言い返した。「あなたが聖人でないことくらい知っているわ。いつもむすっとしてたし、家庭教師には失礼な態度ばかりとっていたし、なにかというとクランダルの鼻を血まみれにしていた」

「ということは、よく覚えているんだな」

「ええ。それに、クランダルは鼻を血まみれにされて当然だったってこともよく覚えているわ。彼は子供のころも卑劣だったけど、成長してもまったく変わらない。ミス・エマーソンはただ厳格なだけでなく、心が狭かったわ。もっともセラフィナに対してはあれほど辛辣《しんらつ》でなくてもよかったんじゃないかしら。彼女は根っから意地が悪いわけじゃなく、わがままで思慮が浅いだけなのよ。でも、おじさまを憎むのはしかたのないことだわ。本当にひどい人だったもの。亡くなったと聞いても、わたし、はっきり言ってちっとも悲しくなかったわ」

「それはぼくも同じだ」ニコラスは唇をゆがめてほほえんだ。「ぼくたちはふたりとも、薄情者ってことかな?」

「そうは思わないわ。ただの人間というだけよ」

「きみは、ぼくがほかにどんなことをしてきたか知らないだろう」ニコラスはじっとジュリアナを見つめた。「ぼくがリクウッド・ホールを出てから何年にもなる」

ジュリアナはニコラスの目をのぞきこんだ。黒い瞳には、昔見たのと同じ、恐ろしいほどの孤独が見てとれた。衝動的に彼の腕に手を置く。「あなたがなにをしたにせよ、しなければならないからしたことだと思うわ」

「それで正当化できるものだろうか?」

「わからない。でも、あなたが邪悪な心の持ち主じゃないのは確かよ」

ニコラスは黙ったまま長いことジュリアナを見つめていた。顔の線がわずかに和らいだ。

彼は手綱を片手にまとめると、あいた手を、腕に置かれたジュリアナの手に重ねた。しばらくのあいだ、ふたりはなにも言わずそのままでいた。やがてニコラスが手をおろした。

「そしてきみが寛大な心の持ち主であることも確かだ」彼はさらりと言った。「さて、ミセス・スロールが口から火を噴かないうちにきみを家まで送り届けよう」

ジュリアナは、ニコラスに触れられたほうの手がうずくのを感じた。頬がかっと熱くなる。彼の手があった箇所に自分のもう一方の手を重ねないよう、自制心をかき集める必要があった。そんなことをすれば、自分がどう感じているか態度で示したも同然になってしまう。あの瞬間わたしは、手をどけないでと祈っていた。驚くほど、あきれるほど強く祈っていた。代わりにもっと近づいて、わたしにキスをして、と。

ジュリアナはぎゅっと唇を結び、通りのほうに――どこでもいいからニコラス以外のところに視線を向けた。彼はわたしを友達だと思っている。自分の気持ちがそれとは違うものだなんて彼に悟られるわけにはいかないわ。

4

ジュリアナが家に戻ると、フィオーナが玄関のそばの廊下をうろうろしていた。帰りを待っていたのだろう、ほっとしたようにジュリアナのほうを向くと、彼女の手をとって通りに面した客間に引っぱりこんだ。ジュリアナは〝なにをしているの?〟ときこうとして口を開いたが、フィオーナは芝居がかったしぐさで階上を見あげ、指を一本唇に押しあてた。

フィオーナは静かにドアを閉めると、ジュリアナのほうに向き直った。「お姉さまに近づかないほうがいいわよ。この一時間、あなたのことでわめき散らしながら家のなかを歩きまわっていたんだから。相当ヒステリックになっているわ」

「まあ」ジュリアナはため息をついた。ニコラスとの時間は存分に楽しむことができたが、案の定、これからそのつけを払わなくてはならないようだ。

「なにがあったの? まるであなたに人生をめちゃめちゃにされたみたいに話していたけど」フィオーナが尋ねた。「先月、わたしがお姉さまのお気に入りの櫛《くし》をなくしたときよりはるかにひどいわ」

「バール卿《きょう》がわたしを二輪馬車に乗せてくださったのよ。クレメンタインのことは誘わずに」

フィオーナは吹きだした。「それだけ？　お姉さまったらなんの話をしているんだろうとずっと考えていたのよ。あなたになにかを盗まれたって言い続けているんだもの。もちろんわたしは、あなたがそんなことをしないってわかっていたけど」

ジュリアナは眉をひそめた。「甘んじておしかりを受けるのがいちばんのようね」

「わたしがあなたならやめておくわ。少し頭を冷やす時間を与えたほうがいいって経験上知っているもの。それでも怒りはおさまらないでしょうけど、いきなり平手打ちするようなことはないと思うわ。わたしと散歩にでも行かない？」

正直なところジュリアナはそうしたかったが、断った。「いいえ。あなたまで面倒なことに巻きこみたくはないわ。前もって忠告してくれてありがとう」

ジュリアナはフィオーナを残して廊下に出ると、奥の居間へと向かった。クレメンタインに少し頭を冷やす時間を与えたほうがいいというフィオーナの意見は明らかに正しい。逃げ隠れするつもりはないが、挑発しないほうがいいに決まっている。

だがクレメンタインはジュリアナの足音に気づいたらしく、階段のてっぺんに姿を現した。「あなたって人は！」

「ただいま戻りました」ジュリアナは会釈して愛想よく言った。

「よくもあんなことができたわね」クレメンタインが声を荒らげた。

「どういう意味かわからないのですが」ジュリアナは冷静に応じた。「居間に入って、話しあいません？」

「話しあう？　話しあうですって？」クレメンタインの口調には憎しみがこもっていた。「バール卿をわたしから盗んでおきながら、話しあえばすむとでも思っているの？」

ジュリアナは怒りをぐっとこらえて言った。「クレメンタイン、わたしは誓って、バール卿を盗んでなんかいません」

「じゃあ、ほかになんて言えばいいのよ？」クレメンタインが顔を真っ赤にして言い返す。

「誓ってそんなことはしていません。バール卿がご説明なさったように、あの馬車にはふたりしか乗れないので――」

「このわたしをだしぬいて――」

「なら彼と出かけるのはわたしだったはずよ！」クレメンタインは荒々しく階段をおりてくると、下から二番目の段で足をとめた。相手を上から見おろしたいという気持ちからだろう。クレメンタインよりジュリアナのほうが背が高いのだ。

「バール卿はわたしを誘ってくださったんです」ジュリアナは指摘した。「代わりにあなたをお連れするようお願いするわけにもいかなかったものですから」

「わざとわたしをしめだしたくせに。自分を誘うようにあの方をそそのかしたんでしょう？」

「少し落ち着いてください。ばかげたことを言わないで」

ミセス・スロールが帆をいっぱいに張った戦艦さながらの勢いで階段をおりてきた。ジュリアナは彼女のほうを向いた。

「ミセス・スロール、わたしは――」

ミセス・スロールは片手をあげてさえぎった。「わたくしを丸めこめるなんて思わないでちょうだい。あなたが一線を越えたことははっきりしているわ」

「どういうことでしょう？」ミセス・スロールが喜んでくれているとは思わなかったが、この明らかに理不尽な非難にはジュリアナもかちんときた。

「あなたがこの家に住んでいる限り、男性をたぶらかすなんてことはこのわたくしが許しません」

「なんですって？」ジュリアナはあっけにとられ、ただ雇い主を見つめた。

「あなたの魂胆をこちらがわかっていないと思ったら大間違いよ」ミセス・スロールはひとりうなずきながら言った。「クレメンタインは無垢《むく》だし世間知らずだから、あなたがどんな手を使ったのかわからないでしょうけれど、わたくしは違いますよ。あなたのしたことはちゃんとわかっています。自分だけを誘うよう、バール卿をそそのかしたんでしょう。

おそらくいろいろなことを約束したんでしょうね。いったい、ふたりきりでどこへ行っていたのやら」

「なにをおっしゃっているんです？」ジュリアナはとっさに言い返した。「あなたにそんなことを言われる筋あいはありません。わたしは決して――」

ミセス・スロールは手を振ってジュリアナの抗議を退けた。「あら、そうじゃないなんて言わせませんよ。でなければ、どうして男性がクレメンタインではなくあなたを誘おうなんて気になるの？　あなたがしかけた罠《わな》を推測するくらい、天才でなくてもできますよ。たとえ紳士であっても男性がそうそう抵抗できないようなことをしたんでしょう。多感な若い娘がふたりもいるこの家で、そんなことを許すわけには断じていきませんからね」

「お母さま、なんてことを言うの！」客間の戸口に立ち、目の前で繰り広げられる修羅場を見ていたフィオーナがあえぐように言った。

ジュリアナはゆっくりとミセス・スロールに近づき、彼女を見おろすように立った。これまでどんなに腹のたつことを言われてもぐっとこらえてきたが、この非難は許容範囲を超えていた。

「わたしは名に恥じるようなことはなにひとつしていません」ジュリアナは怒りのあまり震える声できっぱりと言った。

「どうだか」クレメンタインが応じた。「お母さまの言うとおりよ。あの方がわたしに引かれているのを知って、自分を誘うよう、彼をそそのかしたんでしょう」

「ばかげたことを言うのはやめてください、クレメンタイン」ジュリアナはぴしゃりと言った。言葉が勝手に飛びだしていた。「バール卿はあなたに引かれてなんかいません。あなたが誰かも知らなかったんですから。彼はわたしの古い友人で、わたしと話をしたいから馬車で出かけようと誘ってくださったんです。あなたを誘わなかったのは、その気がなかったから。世の中の男性が全員たちまちあなたの足もとにひれ伏すわけではないんですよ」

クレメンタインが魚みたいに開いた口をぱくぱくさせているうちに、ジュリアナはミセス・スロールのほうに向き直った。

「それから罠をしかけるとか、レディとしての評判に傷をつけるとかいうことについては、まずあなたのお嬢さまのほうに目を向けることをおすすめしますわ。クレメンタインはとんでもなく軽薄な女性で、舞踏会ではいつも、誘われれば誰とでもこっそりテラスに出ていこうとするものですから、わたしは常に目を光らせていなくてはなりませんでした。少し手綱を引きしめないと、とり返しのつかないことになりますよ。言っておきますが、女性が重大な過ちを犯したら社交界では終わりです。お嬢さまがどれほど美しくて魅力的でも、彼女がわがままで愚かなうぬぼれ屋だとわかれば、数多い求愛者たちも、時がたつにつれ、ひとりふたりと去っていくでしょう。クレメンタインにいい結婚をさせたいとお思いなら、未熟な若者を引きつけるためにその美しさを磨くだけでなく、紳士の母親が義理の娘として受け入れられるような女性になれるよう心を砕くべきですわ」

ジュリアナは言葉を切って、長々と息を吸いこんだ。気持ちが落ち着いてくるのがはっきりとわかった。たった今ここでの仕事を確実に失ったことに気づいたが、後悔する気にはなれなかった——少なくとも、今はまだ。ついに本音を口にできた満足感でいっぱいだった。

「出ていきなさい！」怒りで顔を真っ赤にしたミセス・スロールが甲高い声で言った。「今すぐに！　聞こえたわね？」

「喜んで」ジュリアナは応じると、ミセス・スロールをよけて階段をのぼり始めた。

「推薦状なんて期待しないでちょうだい！」ミセス・スロールが背後から怒鳴る。

「はなから期待しておりません」ジュリアナはそのまま階段をのぼり、廊下を自分の部屋へ向かった。後ろからフィオーナの足音が聞こえた。姉や母親の横をすり抜けて階段をのぼってくる。

「待って！」フィオーナが叫んだ。

ジュリアナは戸口の前で振り返ると、少女を見つめた。フィオーナの悲しそうな顔を見たときには、さすがに後悔の念がこみあげた。

「お願いだから行かないで」フィオーナは近づきながら続けた。

「ごめんなさい。こうするしかないの。あなたのお母さまが置いてくださるとは思えないわ」ジュリアナはドアに向き直り、部屋に入った。「単にかっとなっているだけよ。落ち着けば、きっと後悔すると思うわ」

フィオーナもあとを追って入ってきた。

「それはどうかしら？　あんなことを言ったあとだもの」ジュリアナはフィオーナを見おろし、ため息をついた。「ごめんなさい。あなたのお姉さまのことをあんなふうに言うべきじゃなかったわ」

「いいのよ」ジュリアナがベッドの足もとに置いた小さなトランクを開け、引きだしから服を出してつめ始めるのを、フィオーナは立ったまま見守った。「残念だけど、あなたの言うとおりだわ。お姉さまはものすごく軽薄でわがままな人なの。だいいち、バール卿がお姉さまになびかなかったからといってあなたが非難されなきゃならないなんて、おかしいわ。わたし、あなたに出ていってほしくない」

「わたしもあなたと会えなくなると思うと寂しいわ」ジュリアナは心から言い、フィオーナの肩にやさしく腕をまわした。「お母さまも、ときおりわたしを訪ねることは許してくださるんじゃないかしら」

「たぶんね」フィオーナは心もとなげに言った。「どこへ行くつもりなの？」

ジュリアナは、これからどこへ行って、なにをするかさえ考えていなかったことに気づいた。たしかに早まったのかもしれない。それでも後悔してはいなかった。

「友達の家へ行こうかと思うの。エレノア・タウンゼント……いいえ、結婚したから、今はレディ・スカーボローね。ここよ」ジュリアナは振り返って、ポケットから鉛筆を、ドレッサーの引きだしから紙をとりだした。「会いに来られるよう、住所を書いておくわね。わたしたち、寄宿学校で一緒だったの。いつでも泊まりに来てって、以前から招待されていたのよ」

荷づくりにはたいして時間はかからなかった。ジュリアナはベルを鳴らして従僕を呼び、トランクを階下に運んでくれるよう頼んだ。それから振り返って、フィオーナにさよならの抱擁をした。

少女の目には涙があふれていた。ジュリアナは心の奥を揺さぶられる思いだった。ここには数カ月しかいなかったが、フィオーナには深い愛情を抱くようになっていたのだ。

「会いに行くわ」フィオーナはジュリアナの肩に顔をうずめ、くぐもった声で約束した。

「こっそり家を出なきゃならないとしても行くから」

「問題を起こしてはだめよ」ジュリアナは言った。〝お母さまの言いつけを守りなさい〟とたしなめるべきなのだろうが、フィオーナがミセス・スロールよりもはるかに賢く、判断力においても勝っているのは間違いなかった。

そのあと、ジュリアナは早々に家を出た。小さな鞄《かばん》をとりあげ、そっと裏階段をおりて使用人たちに別れの挨拶《あいさつ》をした。表玄関にまわってみると、すでに従僕がトランクを運びおろしており、馬車をとめてトランクを後ろにくくりつけていた。彼はジュリアナが馬車に乗りこむのに手を貸し、ドアを閉めてくれた。そして馬車はかたかたと走りだした。

これでまた仕事も、なんの見こみもなくなってしまったわ。ジュリアナは座席にもたれてため息をついた。この二時間で初めて、自分が陥った境遇に思いいたったのだ。

そしてふと気づいた。ニコラスにも、もうわたしの居場所がわからなくなってしまったんだわ。

5

レディ・スカーボローの自宅はクイーン・アン様式の優雅な白亜の屋敷で、メイフェアでももっとも人気のある一画のゆうに三分の一を占めていた。ジュリアナが馬車からおりると、御者がひゅうっと口笛を吹くのが聞こえた。彼は御者台からおりて料金を受けとると、ジュリアナが乗りこんだときよりもうやうやしく帽子をあげてみせた。

御者が馬車からトランクをはずしているあいだに、ジュリアナは玄関まで歩き、大きな真鍮《しんちゅう》のノッカーをたたいた。ややあって、背が低く、がっしりとした体つきの男性がドアを開けた。殴りあいのけんかをしたのか、耳は変形し、鼻はつぶれている。従僕にも、ましてや家のなかをとり仕切る執事にもとても見えないのだが、実は彼こそがこの屋敷の執事であることをジュリアナは知っていた。エレノアの使用人の多くがそうであるように、彼も型破りで、有能で、しかもとても忠実だった。

「ミス・ホルコット!」執事の無骨な顔にぱっと笑みが輝いた。「お会いできてうれしゅうございます。ミス・エレノアもさぞお喜びになるでしょう。どうぞお入りください」

「こんにちは、バートウェル」ジュリアナは執事のあとについてなかに入り、手に持っていた小さな鞄《かばん》を渡しながらこたえた。「いきなり訪ねてきてごめんなさい。ミス……いいえ、レディ・スカーボローにお手紙を送る時間がなかったものだから」

「そんなことは心配なさいますな。あなたさまのためのお部屋はいつでも使えるようになっております」バートウェルはそう請けあうと、屋敷の奥から歩いてきた若い男性のほうを向いて言った。「フレッチャー、このレディのトランクを階上《うえ》の青の部屋に運んでくれ」

バートウェル同様、フレッチャーも白と黒のこざっぱりした服装をしていたが、制服は着ていなかった。これもエレノアの使用人たちの風変わりな点だった。国籍もさまざまで、バートウェルはエレノアや彼女の侍女と同じくアメリカ人だが、フレッチャーほか大部分はイギリス人で、コックは間違いなくフランス人だった。

この屋敷で風変わりなのは使用人だけではなかった。エレノアは人助けをせずにいられない性分で――実際のところ、彼女を救いがたいお節介と見なす皮肉屋もいる――この数年でふたりの孤児を引きとっていた。ひとりはクレアという、元気のよいフランス人少女、もうひとりはネイサンというアメリカ生まれの少年だ。さらにインド出身の若い女性もいた。死んだ夫とともに火葬用の薪の上にほうり投げられようとしているところをエレノアが助け、子供たちの子守《ナニー》にしたのだ。実務を担当するのは、流暢《りゅうちょう》に英語を話す黒人だ。彼は奴隷だったのをエレノアの父親が買いあげ、学校に行かせたという。活気にあふれ、ときに騒々しい一団だが、みなエレノアに心酔していた。

「ミス・エレノアは書斎にいらっしゃいます」バートウェルが言った。サー・エドモンドと結婚していようが、エレノアはバートウェルにとってレディ・スカーボローではないらしい。エレノアがまだ幼いころ彼女の父親に雇われて以来、ずっとミス・エレノアと呼んでいるのだ。「そちらへご案内しましょうか？　それとも先にお部屋をごらんになって少し休まれますか？」

ジュリアナは先にエレノアに会うと告げた。まずは滞在を許してもらうのが筋だと考えたのだ。彼女が断るとは思えなかったけれど。

エレノアとは十二年来の友人だ。ふたりの人生は別々の道をたどり、会えない時期も多かったが、その友情は揺るがなかった。出会いは、ジュリアナがセラフィナ・バールとともに送られた寄宿学校だった。ジュリアナが同行したのは、セラフィナの勉強を助け、彼女を監視して厄介ごとに巻きこまれないようにするためだった。そのためセラフィナはジュリアナを使用人のように扱い、親友と見なしてはいなかった。そのポストは、セラフィナと同じように裕福で社会的地位もあるほかの少女たちのためにとってあった。

ジュリアナは、セラフィナやそのグループからはもちろん、ほかのほとんどの生徒からも孤立していた。みな、ジュリアナと仲よくなっても自分の社交界での地位を高める役にはたたないことを知っていたのだ。けれどもジュリアナは、同じくよそ者と見なされていた少女とたちまち親しくなった。エレノア・タウンゼントはとても裕福だったが、アメリカ人で、ミス・ブラントン女子校の一般的な意見によれば、間違いなく変わり者だった。ジュリアナはすぐにエレノアに好意を持った。

バートウェルの案内でエレノアの書斎へ向かって廊下を歩いていると、ピアノの音色が聞こえてきた。演奏はいきなりやんだかと思うと、ためらいがちにまた始まり、そのあとまたとまった。

「サー・エドモンドは音楽室にいらっしゃいます」バートウェルが小声で説明した。「作曲をなさっているのです」

ジュリアナはうなずいた。エレノアの夫のことはよく知らなかった。結婚したのはほんの二カ月前で、ささやかな結婚式にはジュリアナも出席した。サー・エドモンドはすらりとした物静かな男性で、エレノアと生活をともにしているというより、彼女の近くで暮らしているように見受けられた。結婚後にジュリアナがこの屋敷を訪ねると、いつもサー・エドモンドは音楽室にいるか、上階の自分の寝室にこもって養生していた。咳《せき》だの熱だのに悩まされているらしい。〝あの人には音楽の才能があるの〟とエレノアは断言するが、ジュリアナはときおり、彼女が結婚したのは、サー・エドモンドの生活がきちんと管理され、食べ物や薬、請求書といったつまらないことにわずらわされることなく音楽に没頭できるようとり計らうためなのではないかと思うことがあった。

なにしろ、ものごとを仕切るのはエレノアがもっとも得意とするところなのだ。バートウェルが書斎のドアをノックし、エレノアが返事をすると開けた。「ミス・ホルコットがお見えです」

鉛筆を手に数字の列に目を通していたエレノアは驚いて顔をあげた。ジュリアナを見たとたん、喜びの声をあげながら勢いよく立ちあがる。そして、前に進みでて友人の手をとった。

エレノアはジュリアナよりも背が高く、引きしまった体つきをしていた。髪は漆黒で、肌は白く、瞳は鮮やかなブルーだ。強い印象を与える女性で、どんな人ごみのなかでも決まって人目を引いた。ジュリアナはエレノアのことを美人だと思っていたが、意地の悪い人なら、真の美人と言うには顔の造作が大きすぎるし、頬骨や顎が角ばりすぎていると言うかもしれない。エレノアは服装においても自分の好みを通し、結婚前から鮮やかな色の服をよく身につけていた。未婚女性は一般的に白やパステルカラーを着るものとされているが、エレノアはそうした色をつまらないと見なしているのだ。

「ジュリアナ！　これはうれしい驚きだわ」エレノアが愛情のこもったあたたかな声で言った。「お茶を持ってきてくれない、バートウェル」

「かしこまりました、ミス・エレノア」

エレノアはジュリアナの頬にキスをすると、両手を握ったまま後ろに離れ、眉根を寄せて友人の顔をのぞきこんだ。「どういうわけで、平日のこんな時間にここに来たの？　なにかあったんじゃなくて？」

　ジュリアナはため息をついた。「悪いんだけれど、あなたの好意に頼るしかないの。仕事を首になってしまって」

「解雇されたの？」エレノアの表情豊かな顔が怒りに染まった。「あのひきがえるみたいな女に？　ミセス・スロールだったかしら？」

　ジュリアナは思わず笑った。「ええ」

「なんてこと。浅はかな人なのはわかっていたけれど、まったく……。さあ、座って話を聞かせてちょうだい」

　ジュリアナは腰をおろし、ニコラスとの再会からその後の出来事にいたるまですべてを打ち明けた。

　エレノアは真剣に聞いていたが、一度だけ興味深げな顔で口をはさんだ。「ニコラスって、セラフィナのいとこだっていう少年？　以前あなたがよく話をしていた男の子のことなの？」

　ジュリアナがうなずくと、エレノアは思案顔で口をすぼめ、先を続けるように言った。ようやくジュリアナが一部始終を話し終えたとき、バートウェルが紅茶をのせたワゴンを運んできた。

「どこまでも考えなしなのね、その人」エレノアはカップに紅茶を注《つ》ぎながら言った。「娘をなんとか社交界にもぐりこませたかったわけでしょう。その社交界への切符が目の前にあったのに、自分からそれを手放してしまったんだもの。首にする代わりにあなたを家に置いて丁重に扱えば、その娘さんはバール卿《きょう》とのつながりのおかげで最高のパーティにもれなく招待されたでしょうに」

「あなた、バール卿のことは知っているの？」

エレノアがロンドンの社交界の人々と交流があるのはジュリアナも知っていた。エレノアは芸術家のパトロンとして知られ、さまざまな人々が集まるサロンを開いている。そこは芸術家や学者たちと、知的刺激を求める金持ちや名士たちとの交流の場となっていた。

「いいえ、お会いしたことはないの。帰国したという話は聞いたわ。巷《ちまた》の噂《うわさ》のなかでもとりわけよく出る話題だったから。ただ、彼があなたの話に出てきたニコラスだとは知らなかった。知っていたら、なんとかして会おうとしたでしょうね」エレノアはジュリアナにほほえみかけた。「でも、じきにお会いできそうだわ」

「彼はなにがあったかも、わたしがどこにいるのかも知らないのよ」ジュリアナは言った。「どこに移ったか彼に手紙で知らせるなんてできないわ。あまりに厚かましいもの」

エレノアは肩をすくめた。レディがしてはいけないことについてはジュリアナ同様よく知っている。それに逆らうのが楽しいのだが、友人の立場が自分よりもはるかに弱いこともわかっていた。

「くよくよしないで。なにか方法を考えましょう」

　ジュリアナは首を振った。「そんなことをしても意味がないわ。この先友達づきあいを続けていくことはできないんだもの。お相手役は男性の……いいえ、それを言うなら誰にせよ人の訪問を受けたりしないのよ。お休みの日にあなたやミセス・シモンズを訪ねることはできるけれど、紳士のもとを訪ねることはできない。それでわたしがいつ彼に会えるというの？」

「それなら、わたしのところにいなさいな」エレノアが提案した。「次の仕事を探す必要なんかないわ。ここでは大歓迎なのは知っているでしょう？　わたしは何度もそう言ってきたじゃない。バール卿がここにあなたを訪ねてくることになんの問題もないはずよ。あなたがわたしのところにいることを彼に伝える方法はきっと見つかるわ。エドモンドとわたしは、彼の健康と音楽活動のために三週間ほどイタリアへ行く予定なんだけど、出発を少し遅らせることはできるし」

「だめよ。わたしのために出発を遅らせたりしないで。あなたは本当に親切ね。でも、いつまでもお世話になるわけにはいかないの」ジュリアナはこたえた。これまで幾度となくしてきた口論だった。ふたりの唯一のけんかの種なのだ。

　エレノアは眉をひそめた。「あなたって人は本当に意固地なんだから！　立場が逆だったら、あなただって同じことをするに違いないのに」

「立場が逆だったら、あなたもわたしと同じように感じるはずよ」ジュリアナも笑みを浮かべて言い返した。「とにかく、あなたの施しで暮らすことはできないわ」

「それなら、わたしがあなたを雇うわ。お相手役が必要なの。いろいろなことを分かちあえる友人がそばにいたら、なにもかもがずっと楽しくなるもの。ミセス・スロールと同じだけのお給金を払うわ。そうすればあなたも自立していることになるでしょう」

「あなたにお相手役なんて必要ないことは、お互いよくわかっているわ。どうとり繕おうとやっぱり施しよ。お給金をくれるんだとしたら、二重の施しということになるだけだわ」ジュリアナは手をのばしてエレノアの手をとると、親愛の情をこめてぎゅっと握った。

「あなたがわたしの世話をしたくてうずうずしているのはよくわかるけれど」

エレノアは笑った。「ひどい言い方ね、まったく。たしかに自分がものごとを仕切るのが好きなのは認めるわ」ジュリアナにおどけた表情を向けてつけ加えた。「ただ、あなたがよけいな苦労をしないですむよう願っているだけなのよ。あなたは今以上の幸せに値する人だもの」

「自分がなにに値するのかはわからないわ。ただわたしは、人生がどう転ぼうとも、自分の力で生きていきたいの。わかってくれていると思うけど」

「もちろんわかっているわ」エレノアは同意した。「あなたは自立心旺盛《おうせい》な人だもの」

「仕事を探さなくちゃ。それに……ニコラスのことについては現実的にならなきゃね」ジュリアナは悲しげにエレノアを見た。「ここに来るまでのあいだ、ずっと考えていたの。この二日ほど、わたしは愚かな夢を見ていたのね。本来ならあり得ない状況なのよ。今後もニコラスに会うことはできないわ」

6

ニコラスはハミングしながら、ミセス・スロールの借家の階段を駆けのぼった。慎重を期して、ジュリアナに会いに行くのを二日間我慢したのだ。そのあいだは正直に言って、なにをしてもおもしろくなかった。誰かと話をしたいと思うときに、その相手が女性だという理由だけで何日もおあずけをくわされなくてはならないなんて、なんと理不尽なことだろう、と一度ならず思ったものだ。

とはいえ、自分がいくら上流社会のしきたりを無視することに慣れていようと、ジュリアナのためにそのしきたりにしたがわなくてはならない。そこでニコラスはこの二日間、ロンドンの紳士がするとされる娯楽をあれこれ試してみたが、どれも退屈きわまりなかった。アメリカを去って爵位を継ぐと決めたとき、今後はイングランドをそうそう離れられなくなるとわかっていたので事業の大半を売却していたし、残っている事業も代理人によって順調に運営されており、ニコラスはときおり顔を出せばいいだけだった。爵位とともに受け継いだ巨額の財産はリクウッド・ホールに関連するものだが、そちらはクランダル・バールのもとで管理人によって管理されている。ニコラスはまだリクウッド・ホールを訪れていなかった。親類と顔を合わせるのを先のばしにしているのは、自分でもわかっていた。

ドアをノックすると、メイドに迎えられた。ミス・ホルコットに会いたいと告げると、メイドはにっこりして、ニコラスを表通りに面する客間へ案内した。しばらくしてミセス・スロールが満面の笑みを浮かべていそいそと入ってきた。

「バール卿《きょう》！　まあ、うれしいこと。クレメンタインもすぐにおりてまいりますわ。若い娘というのがどういうものかご存じでしょう。お茶でもお召しあがりになりません？」

「ありがとうございます」ジュリアナを訪ねたら、スロール家の女性たちもその場に同席することになるのは覚悟していた。もちろん不愉快ではあるが、ジュリアナが雇い主と面倒なことになるのは、自分としても望むところではない。それにしても、この女性の意見を気にしなくてはならないとはなんといまいましいことか。ジュリアナはどこだろう？　あのはすっぱな娘がおめかしするのを手伝わされているのだろうか？

それから数分ほどミセス・スロールの無駄話につきあわされ、ニコラスは徐々にいらだってきた。やがてクレメンタインが客間に入ってきた。彼は挨拶《あいさつ》をするために立ちあがり、彼女の後ろにジュリアナの姿を探したが、見つからなかった。

「ところでミス・ホルコットは？」クレメンタインがニコラスにいちばん近い椅子に腰か

けたところで、彼はきいてみた。「彼女はどこです？　気分がすぐれないのでないといいのですが」

「いいえ、そんなことはありませんわ。ただ、今日の午後はわたくしとクレメンタインで我慢していただかなくてはなりません」ミセス・スロールはつくり笑いを浮かべた。「ミス・ホルコットはおりませんの」

「そうですか」納得できなかったが、ニコラスはこたえた。「すぐに戻られるんでしょうか？」運の悪いことに、ジュリアナが使いかなにかに出ているときに来てしまったらしい。ジュリアナがすぐに戻ると期待してしばらくスロール家の女性たち相手に我慢すべきだろうか？　それともさっさと退散して別の日に出直すべきなのか？

「いいえ、そういうわけでもありませんの。お茶をもう少しいかがです？」

「けっこうです」我慢の限界に来ているのが自分でもわかった。「ミス・ホルコットはどこなんです？」

ミセス・スロールは、ニコラスの質問の答えが目の前に飛びだしてこないかとでもいうように部屋を見まわした。そして、ようやくしぶしぶといった様子で答えた。「ミス・ホルコットはもうここで働いていないんでございますよ」

「どういうことです？」ニコラスは目を細めてミセス・スロールを見やった。「こちらの仕事をやめたんですか？」

「ええ、そうなんですの」ミセス・スロールはうなずいた。

「どこへ行ったんです？」

「残念ながら、わかりかねまして」

「引っ越し先の住所を残していかなかったんですか？」信じられない思いでニコラスは尋ねた。

「ええ、そうなんです。実を言いますと、ミス・ホルコットの態度には本当に驚きましたわ。彼女にはもう少し期待していたんですけれど」ミセス・スロールは熱のこもった口調で答えた。

「どういう理由でやめたんです？」ニコラスは冷ややかなまなざしでミセス・スロールを見すえた。

ミセス・スロールはごくりとつばをのみ、椅子の上で居心地悪そうに身じろぎした。

「あのですね、それはわたくしにもはっきりとはわからないんですけれど……」

「盗みを働いたんです」クレメンタインが言い放った。「ですから、お母さまは解雇せざるを得なかったんです」

ニコラスはぱっとクレメンタインのほうを向き、厳しい目で見つめた。「盗みを働いた？　ミス・ホルコットが？　その答えは考え直したほうがいいな。そんな噂《うわさ》が街に広まっているのを耳にしたら、ぼくが即座に手を打ちますよ。あなたのこともです」

クレメンタインの顔は見苦しいほど真っ赤に染まり、手には汗がにじんだ。「もしかして……わたしを脅してらっしゃるの？」口ごもりながら、弱々しく言い返す。

「脅してなどいません、ミス・スロール。ミス・ホルコットに関するそんな嘘《うそ》が聞こえてきたら、その出所は明らかだということをはっきり申しあげているんです。そんなことになれば、あなたが有利な結婚をする望みは間違いなく絶たれることになるでしょう」ニコラスは、口をあんぐり開けたままのクレメンタインから母親のほうへ視線を移した。「おわかりいただけましたか、ミセス・スロール？」

ミセス・スロールはなにも言えず、ただうなずいた。

「では、もう一度ききます。ジュリアナはどこです？」

「知らないんです」ミセス・スロールは泣きそうな声で答えた。「それは本当です。荷物をまとめて出ていきました。行き先は知りません」

「なんてことだ！」ニコラスはぱっと立ちあがった。

この女性たちにジュリアナがやめた理由を問いただしても意味はないとわかっていた。スロール家のほうに非があるに決まっているが、このふたりからは正直な答えを引きだせないだろう。だいたい理由などどうでもいい。ジュリアナの行き先を知らないというのは、その口ぶりからどうやら本当らしい。問題はそちらのほうだ。またしてもぼくはジュリアナを失ってしまった。

ニコラスは大股で客間を出ると、廊下を抜けて玄関へ向かった。ミセス・スロールとクレメンタインが声をあげたのも、ほとんど耳に入らなかった。

「バール卿！」

「お待ちになって！」

ニコラスは玄関を出た。ドアをたたきつけるように閉めるのはなんとかこらえたものの、猛烈に腹がたっていた。ジュリアナの解雇の原因は自分だとわかっているだけに、いっそう怒りはおさまらなかった。ぼくはスロール家の娘を無視した。いや、それどころか、ジュリアナを二輪馬車で散策に連れていったあの日、彼女を侮辱したのだ――ひとえに自分のことしか考えていなかったせいで。あの娘は癇《かん》にさわったし、ジュリアナとふたりきりになりたかったから、彼女をとことんやりこめてしまった。そんなふるまいがジュリアナにどうはね返ってくるか考えもせずに。あの愚かな娘がすげなく断られた屈辱をジュリアナにあたることで晴らすだろうとは思いいたらなかった。

ぼくの軽はずみな言動のせいでジュリアナはあの家からほうりだされ、生活手段もなくひとりぼっちでいる。なのに彼女の居場所すらわからないとは。

鬱々《うつうつ》とした思いを抱えながら、ニコラスはスロール家の玄関前の階段に長いあいだ立ちつくしていた。やがてうんざりしたようにため息をつくと、階段をおり、歩道に出た。遠くまで行かないうちに、誰かに呼びとめられた。

「バール卿！　バール卿！　待ってください！」

少女が少し息を切らして叫んでいる。声は家の脇《わき》から聞こえてきた。ニコラスが振り返ると、横手のドアに続く細い通路を少女がこちらに向かって走ってきた。使用人用の出入口だが、この少女はどう見ても使用人ではなかった。髪をきっちりとおさげにしていることからしてもずいぶんと若そうだし、飾り気のないモスリンのドレスは上質のものだ。

スロール家にはもうひとり娘がいて、その娘とは気が合うとジュリアナが話していたのをニコラスは思いだした。希望が頭をもたげてくる。

「ミス・スロールかい？」彼はきいてみた。

少女は息をはずませて近づいてくると、ニコラスの前で足をとめた。「ええ、わたし……フィオーナ・スロールといいます。本当のところなにがあったか、わたし、知っているんです」

「ミス・ホルコットのことかな？」ニコラスは一歩少女に近づき、答えを待った。

フィオーナはうなずいた。「ええ。でもお母さまが言っていたのとは違うんです。ミス・ホルコットは自分から出ていったんじゃありません」

「そうだと思っていた。ミセス・スロールに追いだされたんだね？」

「そうなんです。すごい大げんかになって……。お母さまとお姉さまはかんかんでした。お姉さまは、あなたを自分から盗んだってミス・ホルコットをなじるし、お母さまも……」少女はきまり悪そうに頬を染め、言葉につまった。「その……あなたをたぶらかしたってミス・ホルコットを責めて」

「ミセス・スロールがどんなことを言ったか想像はつくよ」ニコラスは苦々しげに言った。「それ以上説明する必要はない。ただ、ミス・ホルコットの行き先を知っているかどうかだけ教えてくれないか」

「知っています」フィオーナは言った。母親の理不尽で口汚い中傷を口にせずにすんでほっとした様子だった。「ミス・ホルコットはわたしが訪ねていけるよう、住所を書きとめていってくれました。お友達のレディ・スカーボローのおうちへ向かったんです。寄宿学校時代のお友達ということでした」少女はメモをさしだした。「これです。よろしかったら書き写してください」

　ニコラスはメモを受けとった。住所だけだったのですばやく暗記し、フィオーナに返した。

「ありがとう、ミス・スロール。きみには借りができたな。ミス・ホルコットを訪ねたいと思ったら……」ニコラスはポケットに手を入れて名刺入れをとりだすと、名刺を一枚フィオーナに渡した。「ぼくに連絡してくれ。ぼくが馬車をまわして、彼女のところまで連れていくよ」

「本当ですか？」フィオーナは名刺を受けとると、まばゆいばかりの笑みを浮かべた。「この少女はいつか姉をはるかにしのぐ美人になるだろうと思わせるような笑みだった。

少女に向かって帽子を軽くあげてから、ニコラスはメモに書かれた高級住宅地メイフェアの一画へ向かって歩きだした。道中、ジュリアナの災難に対する自分の責任から、今後なにができるかといったことまで、あれこれ考えをめぐらせた。そしてレディ・スカーボローの住む、クイーン・アン様式の優雅な白亜の邸宅に着いたときには、満足のいく結論に達していた。

使用人が扉を開けた。着ているのは制服ではなく、ただの黒の上下だったが、たぶん従僕なのだろう。彼はひと目でニコラスの値踏みをすると、上階の、品のいい装飾が施された広い客間へと案内した。優雅でありながら、あたたかみのある部屋だった。

ジュリアナともうひとり、大柄で、黒髪に印象的なブルーの瞳をした女性が腰かけていた。なにがおかしいのか、ふたりして声をあげて笑っている。長年の友達らしい気安さと親しさが感じられた。黒髪の女性が戸口のほうを見た。知的な生き生きとしたまなざしがニコラスをとらえる。ジュリアナは膝の上の縫いものに目を落としたままだったが、従僕が来客を告げると視線をあげた。

それからぱっと顔をあげ、驚いたように小さく口を開けてニコラスを見つめた。「ニコラス！　どうしてわたしがここにいるってわかったの？」

「ぼくから隠れていたのかい？」ニコラスはからかうような口調できき返した。「だとしたら、うまくやったとは言えないな。きみのお友達のミス・フィオーナ・スロールがこっそり教えてくれたよ」

ジュリアナは頬が熱くなるのを感じた。「いえ、そんなつもりじゃなかったのよ。もちろん隠れてなんかいないわ。ただ……どうやってあなたに知らせたらいいかわからなかったの。ちょっとその、急だったものだから」

「そう聞いたよ」

「バール卿」もうひとりの女性が立ちあがり、彼に近づいて手をさしだした。「わたし、エレノア・スカーボローと申します」

「ごめんなさい」ジュリアナもあわてて立ちあがった。「バール卿、わたしのお友達のレディ・スカーボローを紹介させてください。レディ・スカーボロー、こちらはバール卿です」

ニコラスの前だとなぜかどぎまぎしてしまう。彼が部屋に入ってくるなり喜びが体じゅうを駆けめぐり、ジュリアナは平静でいられなくなった。ほんの二日前にはニコラスとの友情はあきらめざるを得ないと自分で自分を納得させたはずなのに、彼を目にしたとたん心臓が跳ねあがり、息苦しくなってきた。

「お会いできて光栄ですわ、バール卿」エレノアは言った。横目でちらりとジュリアナを見てから、よどみなく続ける。「ごめんなさい。わたし、書斎で少し仕事をしなくてはなりませんの。でもミス・ホルコットが喜んでお話し相手になると思いますわ。失礼してよろしいかしら?」

友人がさりげなくニコラスとふたりだけで話をするチャンスをくれたのは、ジュリアナにもわかっていた。けれども自分の動揺ぶりを考えると、エレノアが気をまわさないでいてくれたらよかったのにという気がしないでもなかった。彼になんと言っていいかわからない。友達づきあいを続けても無意味だということを説明すべきなのはわかっているが、その話を始めたら、涙で声がつまってしまいそうで怖かった。それに、口調にニコラスと会えたうれしさ——不適切なほどのうれしさがにじみでてしまいそうなことも怖い。そういう感情は表に出したくなかった。しかも今ニコラスはいかめしい顔つきをしている。彼は怒っているのかしら?

「今度のことでは、ぼくは謝らなくてはならない」エレノアが部屋を出ていくと、ニコラスが唐突に言った。

「どうして?」ジュリアナはぽかんとしてきいた。

「あのまぬけな女性の仕打ちのことだ」ニコラスは短く答えた。

「ミセス・スロールのこと? あの人がなにをしようと、あなたの責任じゃないわ」ジュリアナは不思議に思いながら言った。

「ああ。だが、ぼくはきみに対して責任がある。あの朝、ぼくが彼女とあの娘をやりこめるようなことを言わなければ、彼女もきみを解雇することはなかっただろう。もっと気をつかうべきだった。きみがしっぺ返しをくらうとは考えなかったんだ」

「いいのよ、そんなこと」ジュリアナは身をかたくしてこたえた。ニコラスに責任を負うべき人間と見なされていると思うと、いい気持ちはしなかった。「あなたのせいじゃないわ。次の仕事もすぐに見つかるだろうし」

すでに職業斡旋所《あっせんじょ》は訪ねていた。お相手役の口はなかったが、じき空きが出るだろうと期待していた。

ニコラスの表情が曇った。「だめだ」そのひと言がいかにぶっきらぼうで横柄に聞こえるか気づいたらしく、彼は言い添えた。「きみが誰かのお相手役をしなくてはいけないなんて間違っている」

ジュリアナは言い返そうとしたが、言葉を発する前にニコラスがすばやく続けた。

「きみの悩みを解決する方法を考えてきたよ」

「あなたが?」いったいなにを言いだすのだろうと思いながら、ジュリアナはニコラスを見つめた。

「ああ。いたって簡単な答えだ。きみはぼくと結婚するんだ」

長い沈黙があった。ジュリアナはただニコラスを見つめていた。言葉も出ないほど驚いていた。熱い思いが怒涛《どとう》のようにこみあげてきて、わけがわからなくなる。この申し出をなんとしても受け入れたい――自分がそう思っていることに気づいたが、次の瞬間、怒りと屈辱感が鋭く胸を刺した。

ニコラスが本気でこの結婚を望んでいるわけでないのは、火を見るより明らかだ。結婚を申しこんだのは――いいえ、そもそも彼は〝申しこんで〟なんかいない。〝命令〟したのだ――単にわたしに対して責任があるという、おかしな思いこみからなのだから。

「失礼ですが、伯爵」ジュリアナはつんと顎をあげ、冷ややかに言った。「あなたは今では爵位をお持ちかもしれないけれど、だからといってわたしに指図する権利はないのよ。わたしはあなたの使用人じゃないんだから」

「あたり前だろう」ニコラスはもどかしげに言った。「きみに指図してなどいない。だが、これが明白な答えなんだ」

「答えですって？　質問した覚えはありませんけど」ジュリアナは言い返した。「今話しあっているのはわたしの人生についてであって、なにかの問題についてではないのよ」

「もちろんぼくは、きみの人生について話している」ニコラスは当惑した表情を浮かべた。「きみに、ぼくと結婚してくれないかときいているんだ」

「きいている？　質問は聞こえなかったわ。聞こえたのは、わたしはあなたと結婚するんだという通告だけ。長らく会わないうちにずいぶんと傲慢《ごうまん》になったのね。恐れ多くもあなたが結婚しようと言えば、わたしが気絶せんばかりに喜んで言うとおりにするとでも思ったわけ？」

「傲慢だって？」ニコラスは眉根を寄せた。黒い瞳がきらりと光る。「きみを妻にしたいというのが傲慢だと言うのか？」

「結婚がわたしを救う唯一の方法だと考えていることが傲慢だと言っているのよ。わたしの人生は……未婚だから問題も多いのは確かよ。自分で生活費を稼がなくてはいけないし。でも少なくとも自立しているわ。自分の意思で生き方を選んでいる」

「他人にこき使われることを、自立と呼ぶのか？」

「こき使われることで、少なくともお給金をいただいているわ。隔週に一日休みはあるし、仕事がつらすぎると思ったら、自分の意思でやめることもできる。自分のお金もなく、家を出る自由もなく、毎日二十四時間男性に仕えているわけじゃないわ」

「ぼくとの結婚をそんなものだと考えているのか？」ニコラスが声を荒らげた。「ぼくがきみの人生を支配するつもりだと？　服従を強要するとでも？　単調な仕事ばかりの生活から抜けだすチャンスをあげようとしているんだぞ。なのにきみときたら、まるでぼくに危害を加えられるとばかりに突き返すのか？」

「あなたの助けなんて求めていないわ！」ジュリアナも体の脇で拳《こぶし》を握りしめて叫んだ。「だけどあなたはそれを押しつけて、わたしの意向をきくでもなく自分と結婚するように言う。わたしの人生を惨めだと決めつけ、それをどうにかしてやると言うのね」彼女はっかつかと前に出てニコラスの正面に立つと、挑戦的に彼を見あげた。「ご好意には感謝いたしますけれど、惨めな人生でもわたしの人生ですから、首を突っこまないでいただけるとありがたいわ」

「なんて疑《うたぐ》り深くて、感謝を知らない……」ニコラスは目に怒りをたぎらせて言葉を切った。

長いこと、ふたりは怒りのあまり言葉を発することもできずににらみあっていた。ニコラスは腰に拳をあて、頭を前に突きだしている。一方、ジュリアナのほうも怒りに身を震わせながら似たような姿勢で彼に向きあっていた。

やがてジュリアナの驚いたことに、ニコラスの目に笑みが浮かんだ。彼は肩の力を抜いて手を脇におろした。唇から笑いがもれる。「きみは昔から短気だったな」

ジュリアナは怒りを持続させようとしたが、見る見るしぼんでいくのが自分でもわかった。次の瞬間には思わず笑いだしていた。「それってわたしだけじゃないと思うけど」

「ジュリアナ、頼むから怒らないでくれ。きみを侮辱するつもりはなかったんだ。傲慢だったとしたら謝るよ。爵位のせいじゃない。ただ、人に指図する癖がついてしまったのは残念ながら事実だ。きみの力になりたいだけで、他意はないんだよ」

ジュリアナはため息をひとつついて、ニコラスから離れた。「あなたが心からわたしのためを思ってくれているのはわかるの。でも……」

「でも、なんだい？」彼はきいた。「ジュリアナ、ぼくの言うことを聞いてくれ。きみになにかを強要する気はない。きみを支配したいなんて思ってもいないし、軽んじるつもりもない。ただきみに……その、今より楽な人生を提供しようとしているんだ。ぼくと結婚するメリットを考えてごらん。お金、衣服、それになんでも好きなことができる自由が手に入る。形だけの結婚でいい。妻としての責任をすべて果たせとは言わないよ」

「そんなの無茶よ。どうしてこんな申し出を思いついたの？」

「ぼくにとってもメリットがあるからさ」ニコラスは言いはった。「ぼくには妻が必要だ。爵位を継いだ今、それに伴ういくつかの社会的義務が生じている。ところが、ぼくは礼儀作法は身についていないし、社交界でもまわりとなじめずに波風ばかりたてている」

「そんなことを気にしているの？」ジュリアナはけげんそうにきいた。

ニコラスは笑った。「正直なところ、たいして気にしてはいない。でも、年をとったら気になってくるかもしれない。国じゅうの貴族の敵意を買っていることを後悔するかもしれない」彼は口をつぐみ、眉間《みけん》にしわを寄せて考えをめぐらせた。「自分が危険でたちの悪い男だと思われているのはわかっている。たいていの場合、そんなことで悩んだりはしない。でもときどき……」ニコラスは肩をすくめた。「とにかく、まったくなにも感じないわけでもないんだ。なんというか……自分を変えたいという気持ちもあるのさ」彼の目になにかが揺らめいたが、一瞬で消えた。「きみといれば、ぼくもまっとうな人間になれる気がするんだ。きみならなにを言い、なにをすればいいかわかっているだろうし、パーティの開き方や、誰を招待すればいいかも心得ている。ぼくも、客の話を聞いているより月に向かって吠《ほ》えたくなるということはなくなるに違いない」

ジュリアナは小さくほほえんだ。「だけどわたしだってあなた同様、社交界のことはよく知らないのよ」

「かもしれない。でもきみは、少なくともいい人だ。なにが正しくてなにが正しくないか、承知している」

「それはあなたも同じでしょう、ニコラス。あなたがいい人でなかったら、わたしにこんな申し出をするはずがないわ」

「ぼくはそんなにいい人間じゃないよ。いずれにせよ、ぼくに妻が必要なのはわかるだろう。ふたつの屋敷を管理していかなくてはならないんだ。疲れた神経を休めてくれる人が必要になる」

「あなたに必要なのは、もっとあなたと釣りあう女性よ。立派な家柄の若い女性」

「きみの家柄にはなんの問題もないよ。父上は末っ子だったというだけだ」

「祖父も末っ子だったのよ」ジュリアナはつけ足した。「たしかに家柄は悪くないわ。でも、お金もなければ、社会的地位もない」

「おばの前では、そんなにけなさないほうがいいな」

「リリスおばさまにとって、わたしはいとこの娘にすぎないわ」

「だが、きみは彼女の百倍すばらしい女性だ。それがぼくには大切なんだ。財産には興味がない。すでに十分持っているからね。それに、ほかの誰と結婚すればいいっていうんだ、ジュリアナ？　教えてくれないか。ぼくを追いかけまわす頭の空っぽな娘たちのひとりと結婚しろというのか？　その母親が結婚市場に出まわっている無用心な独身男性に罠《わな》をしかけているような？　たとえばクレメンタイン・スロールとか？」

「ニコラス！　もちろんそんな女性と結婚するのはやめたほうがいいわ。ほかにも女性たちはいるでしょう――」

「誰のことだい？　くすくす笑ってばかりいるような女性たちには興味がない。ぼくはきみのことを知っている。きみなら貴族の妻に求められる仕事もすべてこなせるだろう。それに結婚したら、ぼくももう年ごろの若いレディに追いまわされないですむ。それだけでもずいぶんと気が楽になるはずだ」

「ニコラス……こんなの、ばかげているわ」

「そんなことはないさ。いいかい、ぼくは近々リクウッド・ホールへ行って、親戚《しんせき》たちと顔を合わせなくちゃいけない。まさかきみは、おばとクランダルにぼくひとりで対面させるような薄情者じゃないだろう？」

ジュリアナはニコラスを見た。ふざけた口調だが、その言葉の奥には真剣さが感じられた。

　やがてニコラスはいたずらっぽい笑みを浮かべて続けた。「さあ、正直に言うんだ。リクウッド・ホールの新しい女主人としておばに会いたくないかい？」

「でも、愛はどうなの？」ジュリアナは思わず口走った。ニコラスはその言葉は一度も口にしていない。

　ニコラスが皮肉めいた視線を向けてきた。「なんだって？」

「あなたは愛する女性と結婚したいと思わないの？　結婚の目的は、愛する人とその後の人生を過ごすことでしょう？」

「そうだろうか？」ニコラスはジュリアナから離れた。いつもの厳しい表情が戻ってきた。

「ぼくは愛なんて信じない」

「そんなことは言わないで！」

「どうしてだい？　本当のことだ」ニコラスはジュリアナのほうに向き直った。「愛なんて、たいがいがおとぎばなしだよ。それで人が自分の運命にうまく折りあいをつけられるようになるだけで、ほとんど意味はない。結婚に愛があった例は、はっきり言ってほとんど知らないね」

「でも、あなたのご両親は……」

「両親のことはほとんど覚えていないんだ」ニコラスが表情を閉ざした。ジュリアナは初めて彼をまったくの他人のように感じた。「おじとおばの記憶はあるがね。あのふたりのあいだにはプライドと嫌悪感以外なにもなかった」

「リリスおばさまとおじさまを例にすることはできないわ」ジュリアナは叫んだ。「あのふたりはなににおいてもいい例じゃなかった。夫と妻としても、親としても、人としても。わたしの父と母は愛しあっていたわ。幸せな結婚だった」

「だがきみの母上は、ぼくが知る限り、ずっと生ける屍《しかばね》のようだった」ニコラスがあとを続けた。

　その言葉が真実なのはジュリアナもわかっていた。父が亡くなってから、母はひとり悲しみに沈んで過ごしていた。ジュリアナがなにをしても、母を再び幸せにすることはできなかった。

「少なくとも母はいっとき父を愛していたのよ」ジュリアナはかたくなに言った。

「ジュリアナ」ニコラスは彼女に近づいた。「きみはぼくが信頼するこの世でただひとりの人だ。ぼくにとってきみは家族のようなものなんだ。きみには不自由のない暮らしをしてほしい。ぼくにはそれを提供する力があるし、したい気持ちもある。ただ、きみの名前を汚さずにそうする手段はほかにないんだ。結婚は、きみにふさわしいもの、きみに与えたいものを与えられる唯一の手段だ。それに、ぼくには特に好きな女性もいない。女性に対して、簡単に満たせる欲望以外のものを感じたことはないんだ」

そのあからさまな言葉にジュリアナは目を丸くした。頬に血がのぼってくるのがわかった。

「すまない」ニコラスはいらだたしげに言った。「レディの前でこんな話をするべきではなかった。だが、きみには正直になる必要がある。ぼくが愛なんてものに関心がないことをわかってもらわなきゃならない。愛のない結婚をしたことを後悔したりはしない。情熱のない関係でも難なくやっていけるさ。体の要求は家の外で処理をすればいい。もちろん誰にもわからないようにするよ。きみの顔をつぶすようなまねはしない」

「それで、わたしはどうなの？」顔が燃えるように赤く染まっていることは無視して、ジュリアナは言い返した。ニコラスに負けず、単刀直入に言おう。「もちろんわたしも、誰にもわからないように情事の相手を見つけることになるんでしょうね？」

ニコラスの目に冷たい光がきらめいた。一瞬、彼の顔が、まるで海賊のように非情で危険な表情を帯びた。

しばらくしてようやくニコラスは表情をゆるめた。「きみの判断力を信頼しているよ」

ニコラスは片眉をつりあげて、挑発的なまなざしを向けてきた。彼にはお見通しなんだわ、とジュリアナは悟った。たとえ愛のない結婚だろうと、わたしが外で情事を持ったりしないと。

はったりと決めつけられていささかむっとし、ジュリアナはぴしゃりと言い返した。

いの」

「ともかく、あなたがどう思っていようと、わたしはやっぱりいつか愛する人と結婚したいの」

「でも、きみはどうやってそういう人を見つけるんだ？」ニコラスがせせら笑うように言った。「現実的に考えるんだ、ジュリアナ。頭の空っぽな娘や金持ちの老婦人の使い走りをしていて、どんな出会いがある？」

そう言われると、ジュリアナの目に涙がこみあげた。ニコラスの言っていることは悲しいけれど真実だ。お相手役をしているあいだ、すてきな独身男性との出会いなど一度もなかった。少なくとも、わたしと結婚しようという男性はひとりもいなかった。現実的に考えて、この先は年をとる一方で、こちらが愛する男性を見つけたとしても結婚を申しこまれる可能性は低くなるばかりだろう。その暗い見通しに、夜、枕《まくら》を涙で濡《ぬ》らしたことも一度や二度ではなかった。

ジュリアナは顔をそむけ、声がつまるのが怖くて必死に涙をこらえた。「見こみがないのはわかっているわ。でも……」彼女は誇らしげに胸をはり、ニコラスのほうを向いて顎をつんとあげた。「少なくとも、わたしは自分で自分の人生を決められる」

ニコラスの表情が和らぎ、その目に後悔の色がよぎった。「きみを傷つけたのだとしたら、すまない。あまりに思いやりのない言い方だった。きみを泣かせるつもりはなかったんだ」

「あなたは悪くないわ。本当のことを言っただけなんだから」

ニコラスは手をのばしてジュリアナの手をとり、その瞳をのぞきこんだ。「きみは勇気のある、すばらしい女性だ。この世が公平なら、きみは公爵夫人になっていただろう。ミセス・スロールやクレメンタインといった連中がきみにかしずいているはずだ。これまでのきみの人生を変えることはできないが、ぼくに与えられるものは与えてあげたいと思っている。好きなことをし、好きなものを買うお金。身のまわりの世話をするメイド。きみを見くだしたり、こき使ったりする人間は誰もいなくなるはずだ。ぼくは傲慢で口うるさい夫になどならないと約束する。ぼくたちは今までどおり友達だ。きみは自由だし、好きにしていい。決して束縛したりはしない」

ジュリアナの胸はずきずき痛んでいた。間近にいるニコラスの存在が強烈に意識される。肌に触れる手のざらつき、指輪のひんやりとした感触、鼻孔をくすぐるシェービングソープの男らしい香り、がっしりとした体のぬくもり。ああ、彼が手だけでなく心もさしだしてくれたら。その黒い瞳にあるのが、ただの親切心でなく、愛であってくれたらいいのに。

「子供はどうするの?」ジュリアナは思わず口走り、われながら驚いた。

「なんだって?」ニコラスも仰天したようだった。

狼狽《ろうばい》しながらも、ジュリアナはともかく先を続けた。「わたしが子供をほしくなったら、どうするの? 女性が赤ん坊を産みたくなるのは自然なことでしょう? 愛し、育てる子供がほしくなるのは」

　ニコラスは長いことジュリアナを凝視していた。彼女は、恥ずかしさからくるほてりに、まったく別の種類の熱さがまざってくるのを感じた。

「赤ん坊を産みたくなったら」ようやく彼はかすれた声で答えた。「ぼくにそう言ってくれ」

　ジュリアナのほうに身を寄せ、顔をぐっと近づけてくる。彼女の視線は無意識のうちにニコラスの唇に吸い寄せられた。

「きみが違う形の結婚を望むと決めたなら、それに対応する用意はある」彼はもごもごと言った。

　ジュリアナは息をとめ、目を閉じた。ニコラスの唇がやさしく、けれどもしっかりと重ねられ、いとおしげに彼女の唇をなぞっていく。ジュリアナは頭がくらくらするのを感じた。五感が突然、生き生きと息づき始める。ニコラスは手をあげて彼女の腕をつかんだ。彼の指がくいこむ。ニコラスの体のぬくもりがジュリアナを包み、熱くしていった。

　ジュリアナはニコラスの腕のなかで小さく震えながら、頭をのけぞらせ、唇を開いた。蜜《みつ》のように甘い彼の唇がさらなる興奮を誘う。息をすることも、抵抗することもできない。まるで巨大な岸壁の縁に立っているような気分だった。彼女はふと、自分がそこをのりこえ、欲望の暗い淵《ふち》へどこまでも落ちていきたいと思っているのを感じた。

やがてニコラスは身を引くと、ジュリアナの顔を見おろした。その目には黒い炎が燃えている。

「考えてみてくれ」彼はかすれた声で言った。「ぼくの頼みはそれだけだ」

そう言うと、ニコラスは唐突に向きを変え、大股で部屋を出ていった。残されたジュリアナは、ただ呆然《ぼうぜん》とその後ろ姿を見送った。

7

　ジュリアナはニコラスの申し出について考えるどころではなかった。実際のところ、その日はずっと、ふたりのあいだに起きた一瞬の出来事について以外はなにも考えられなかった。彼のキスに狼狽《ろうばい》し、奇妙な感覚ととりとめのない思いでいっぱいになり、全身を震えが走った。

　あのキスはどういう意味だったのかしら？　あれは口にした以上の気持ちをわたしに抱いているという証拠で、ニコラスは愛なんて信じないと宣言したけれど、その実、胸の奥ではわたしを思ってくれている――そう考えたいのは山々だったが、ジュリアナはきっぱりと否定した。愛と欲望に歴然とした違いがあることがわからないほどわたしは世間知らずではない。男性の欲望というのは、特に深い思い入れがなくてもたやすく火がつくものらしい。ニコラスの申し出が彼の言ったとおりのものではないと、形だけの結婚ではないと信じるなんてどうかしている。

　とはいえ、これが願ったりかなったりの申し出であることはジュリアナとしても否定はできなかった。愛などかけらもなくともバール卿《きょう》の妻になるチャンスに飛びつく女性はいくらでもいるだろう。レディ・バールとなること、ふたつの屋敷の女主人となり、社交界で重要な地位につくことは、適齢期の女性の多くの夢であるに違いない。財産もなく、独力で生きていかなくてはいけない二十七歳のハイミスには天の恵みとも言えそうだ。

生まれてこの方、ジュリアナは上流社会の端っこで過ごしてきた。いつも傍観しているだけで、実際にその一員になることは決してなかった。自分はさえない服を身につけながらもセラフィナやクレメンタイン・スロールといった娘たちに美しいドレスを着せ、髪を結い、ダンスやオペラ、パーティに出かけていくのを見守った。

ニコラスとの結婚はそんな生活を根底から変えるだろう。買ったドレスは自分のものになるだろうし、盛大なパーティを開いたり、大切な客として招かれたりするようになるに違いない。宝石や高価なドレスを身につけて。もう二度と雇い主をなだめる必要もないし、次の仕事が見つからなかったらどうしようと思い悩むこともない。ニコラスが言ったように、なんでも好きなことができる自由が手に入るのだ。

それでもやはりジュリアナは、愛のない結婚をすることにためらいを感じずにいられなかった。自分は誰かと愛しあって結婚するものとずっと信じてきたからだ。両親の愛――ふたりが分かちあっていた笑いややさしさの思い出は今も残っている。経済的には決して豊かとは言えなかったが、ふたりは気にしなかった。愛がすべてを補って余りあったのだ。

自分が求めているのもそういう愛だということはわかっている。

子供のころは、ニコラスがそんな夢をかなえてくれると信じていた。もちろん成長するにつれ、それはあり得ないと気づいたけれど。それでもどこかに自分を愛してくれる男性がいて、両親が分かちあったような愛をはぐくめるという希望は捨てきれなかった。ついにプロポーズされたのに、それは憧《あこが》れていたのとは正反対の結婚で、しかも申しこんだのはかつてロマンティックな夢の主人公だったまさにその男性だなんて、究極の皮肉ではないか。

かつての夢がかなったようでいて残酷なまでにその夢とはかけ離れた取り決めにしばられて、耐えていけるものだろうか？

一方で、このチャンスを棒に振るのがいかに不条理かもよくわかっている。自分の今の状況では、愛のある結婚ができる可能性はなきに等しいのだから。その点、ニコラスの言ったことは正しい。自分の立場を考えると、結婚相手としてふさわしい男性との出会いなどめったにないし、あったとしても、誰もこんな名もない女に結婚を申しこもうなんて思わないだろう。

愛のある結婚の可能性がないのなら、少なくとも心から好意を寄せることのできる男性との結婚もそう悪くはないのではないかしら？　ニコラスは彼なりにわたしを大切に思ってくれている。家族のようなものだとも言ってくれた。きっと彼の人生におけるわたしの存在はそれに近いのだろう。だからニコラスは、若い美女と結婚する代わりに、わたしと結婚し、よりよい生活を与えてくれようとしているのだ。

愛ではないものの、そうした気持ちは結婚生活を続ける土台になってくれそうだ。わたしたちには共通する過去がある。友人同士でもある。本人やまわりの人がいくら悪人だと言おうと、ニコラスはいい人だ。やさしさがなくては、一生わたしにしばられることになるというのにあんな申し出はできないだろう。

もちろん彼のなかには、自分を虐待していた親戚《しんせき》たちに唾《つば》を吐きかけてやりたいという意地の悪い気持ちもあるに違いない。あれほど欲していた屋敷と爵位がニコラスの手に渡るのを見て、彼らはさぞ悔しがるだろう。もうひとりの穀《ごく》つぶしと映っていた人間があの屋敷の女主人となったら、さらに悔しがるだろうか？

あるいはニコラスは、彼がまったく金のない女性を選んだと聞いて、彼を追いまわしていた社交界じゅうの未婚の娘とその母親が驚愕《きょうがく》するさまをおもしろがるつもりなのかもしれない。

とはいえ、まさかそんないたずら心だけで結婚しようとは思わないだろう。ニコラスの心の奥にあるやさしさが、ああいう申し出をさせているのだ。そんな男性なら、きっとやさしくて寛大な夫になるに違いない。同じ立場の女性に助言を求められたら、わたしはプロポーズを受けなさいとすすめるだろう。

実際、その夜にニコラスのプロポーズのことを打ち明けると、エレノアはそう言った。

「もちろん、受けなくちゃだめよ。あなたは彼が与えることのできる人生にふさわしい人だもの。あなたを妻に選ぶなんて、ずいぶん賢明な男性みたいね」

ジュリアナは、エレノアが結婚について自分と同じ考えを持っているのかどうか疑わしいと思っていた。エレノアと夫の関係はいささか変わっていて、どちらかというと兄と妹のようなのだ。穏やかな愛情はあるものの、情熱に欠けている。それでもジュリアナは、友人が心から自分のためを思って言ってくれているのはわかっていた。エレノアの意見はおそらく正しいに違いない。

その夜、ジュリアナは結論が出ないままベッドに入り、夜が明けて浅い眠りから覚めても、まだ心は決まっていなかった。

朝食をすませると、エレノアはいつものようにオフィスへ仕事に出かけた。ジュリアナは子供たちや子守《ナニー》と一緒に散歩をした。ナニーは浅黒い肌をした魅力的な若いインド人女性で、散歩のあいだじゅうずっとはにかんでいた。子供たちが勉強のために階上にあがると、ジュリアナはひとり残って物思いにふけった。

職業斡旋所《あっせんじょ》へ行って、新たに求人が来ていないかきいてみなくてはと思ったが、なかなか腰があがらなかった。ニコラスが訪ねてきたとき、家にいなくてはならない。

エレノアのために繕いものを始めてみたものの、集中できなかった。縫ったところを半分はほどかなくてはならないことに気づき、とうとう無駄な努力と悟って脇《わき》に置いた。

そろそろ決心しなくては。ニコラスはもうじき来るはずだ。そうしたら返事をしなくてはならない。

たしかにわたしの将来は明るくない。求めているような愛を見つける見こみはほとんどないだろう。あくまで待つつもりなら、このままずっと独身を通すはめになりそうだ。他人の人生の隅っこで残りの一生を終えることになる。だったらニコラスと結婚したほうがいいのでは？　彼と結婚することでもたらされる安全とメリットを手に入れるほうが？

そうは思っても、やはり耐えられそうになかった。愛がなく、人知れずにせよ情事を続ける夫を受け入れることはできない。自分が求めているのは本当の結婚なのだから。かといって、プロポーズを断ることを考えると、心臓がすくみあがるような気がした。

玄関をノックする音がした。ニコラスだと思い、ジュリアナの胃はよじれた。膝の上でぎゅっと手を握りしめる。廊下をこちらに向かってくる足音が聞こえ、ほどなくニコラスが部屋に入ってきた。

彼が近づいてくると、ジュリアナは突然の息苦しさを覚えながら立ちあがった。ニコラスはお辞儀をし、体を起こして彼女の目を見つめた。

「それで？」彼は真剣な面持ちできいた。「決心はついたかい？」

つかないわ、とジュリアナは思った。そんな生活にしばられるなんて、わたしには無理。

そう答えようと口を開いたが、出てきた言葉はまったく違った。「ええ。わたし、あなたと結婚するわ」

ジュリアナが結婚を承諾したことに、ニコラスは驚きの表情を浮かべた。やがて顔を大きくほころばせ、彼女を引き寄せて抱きしめた。ジュリアナは束《つか》の間、体の力を抜いて彼にもたれかかった。これが普通の婚約で、ニコラスは愛する女性が結婚に同意してくれて喜んでいるのだとつい信じてしまいそうになる。

でもそれは真実ではないのよ。ジュリアナはそう自分に言い聞かせた。そのことに早く慣れてしまったほうがいい。彼女は身を引くと、ややぎこちなくニコラスにほほえみかけた。

「きみのことだから、強情をはるものと思っていたよ」彼は言った。「説得するのに苦労するだろうってね。だが、その手間を省いてくれた」

「だって……それが賢明な判断だもの」ジュリアナは慎重にこたえた。

「近々リクウッド・ホールへ行かなくてはいけない。あちらで結婚式をあげるというのはどうだろう？　残念ながら、お互い近い親族といえば彼らだけだし」

ジュリアナはうなずいた。バール家の人たちに再会したいとは思わなかったが、それがニコラスの妻としての主たる務めのひとつであることは確かだ。どんなに成功し、力を得ようと、ニコラスにとって彼らに対面するのは気の重いことなのだろう。

「特別結婚許可証を購入するから、結婚予告は省ける」ニコラスは続けた。「だが、きみに新しいドレスをそろえる時間は必要だな」

「そんなことをしてもらわなくても……」ジュリアナはいささか戸惑って言った。

「なにを言っているんだ。もちろんドレスはいる。花嫁には嫁入り衣装が必要だろう?」

「でも、そこまでしてもらうわけにはいかないわ。わたしたち、まだ結婚していないのよ」

「式のあとまで待たなくちゃいけないというのか?」ニコラスは愉快そうに目をきらめかせてきいた。「今ここで結婚したほうがいいのかい? リクウッド・ホールへ行く前にドレスを買うために?」

ジュリアナは眉をひそめた。「ばかなことを言わないで。そんな必要はないって――」

「必要があるに決まっているじゃないか。きみは鏡を見たことがないのか? ぼくは妻に、家庭教師みたいな格好で外を歩かせるつもりはない。世間の人々にきみの美しさを見せびらかしたいんだ。妻に古い野暮《やぼ》な服を着せているけちな男だと、ぼくが陰口をたたかれてもいいのかい?」

「もちろん、よくはないわ」ジュリアナは反論した。ただ高価な贈り物を受けとったら、財産目当てに結婚する女だと思われそうな気がするのだ。それは絶対に違う! わたしがニコラスと結婚するのは……考えるのもつらい理由からだ。「わかったわ」彼女は笑顔をつくってこたえた。「ドレスを買いましょう」

ふたりはまずエレノアに報告した。エレノアは結婚の話を聞いて喜んだが、ジュリアナが新しいドレスを一式プレゼントされると知って、また同じくらい喜んだ。

「すばらしいわ。まずマダム・フォーシーのところへ行ってみましょう。今、とてもはやっている仕立屋なの。なんでもフランス革命を逃れて亡命してきたフランス貴族の娘だという話よ」

「本当に?」

エレノアは肩をすくめた。「本当かどうかはわからないわ。わたしはどちらかといえば、ロンドンの北、サフォーク州イプスウィッチ出身のベテラン女優とにらんでいるんだけれど。いずれにせよ、ドレスを仕立てる腕が一流なのは確かよ」

「お目が高いあなたのアドバイスをあてにしていますよ」ニコラスは言った。

次の日の午前中、三人はマダム・フォーシーの店を訪れた。マネキンに着せて展示してあるドレスに、ジュリアナの目はたちまち釘《くぎ》づけになった。クリーム色の高価なサテンの舞踏会用ドレスで、裾《すそ》には淡い金糸で花の模様が刺繍《ししゅう》されている。刺繍は深くくれた襟もとにもあしらわれていた。

「マドモワゼルはそれがお気に召したのかしら?」マダム・フォーシーはせかせかと動き

まわりながら訛《なま》りの強い――強すぎる感もある――英語できき、ジュリアナに愛想のいい笑みを向けた。さらに、ひと目でお金持ちと見分けてニコラスとエレノアにもほほえみかける。「あなたさまの髪と目の色にぴったりでございますわ。試着してごらんになります?」彼女はすでに振り返り、店の者にドレスをマネキンからはずすよう指示していた。

「あら、わたしはそんな――」あのドレスを着てみたいという強い欲求にわれながら驚きつつも、ジュリアナは断りかけた。

「ええ、試着します」ニコラスが割って入り、ジュリアナのほうを向いた。「そのためにぼくたちはここに来たんだ」彼女を見おろす黒い瞳がきらめく。

「わかっているわ」恥ずかしさのあまりジュリアナは真っ赤になった。試着を断るなんてばかげているのはわかっている。けれども、長年の節約の習慣が体にしみついているのだ。

エレノアがグリーンのベルベットのソファに腰かけると、ジュリアナはマダム・フォーシーのあとをついて奥の試着室へ向かった。仕立屋と助手は手早くジュリアナの黒っぽいドレスを脱がせた。マダム・フォーシーはドレスをじろりと見て悲しげに頭を振ると、それを脇へほうった。

「だめ、だめ。この色はあなたさまには似合いませんわ」マダム・フォーシーは力をこめて言った。頭をかしげ、おかしそうに目をきらめかせてつけ加える。「どなたにも似合いませんでしょうけれど」

それから、助手とふたりがかりでクリーム色のサテンのドレスを持ちあげ、慎重にジュリアナの頭にかぶせた。助手が後ろのホックを上までとめると、マダム・フォーシーはスカートを広げ、すべてのひだが満足いく位置におさまるまで整えた。

「まあ、すばらしい」顔を輝かせて言う。「完璧《かんぺき》でございます。少しばかり丈が短いようですが、それは簡単に調整できますわ。小さなひだ飾りをスカートの下に縫いこむとかすれば」

鏡を見たジュリアナは、このドレスがほしいという猛烈な欲求に襲われた。髪はいつものように地味に後ろでまとめているだけだが、それでも自分がこれほど美しく見えたことはない気がする。クリーム色のドレスは肌の色を明るく見せ、ダークブラウンの髪を引きたてていた。これまで自分をうぬぼれの強い人間だと思ったことはなかったが、このドレスを着た姿にはわれながらほれぼれせずにいられなかった。

マダム・フォーシーは心得顔でほほえんだ。「よろしいですか。では、ドレスをお召しになったお姿をお見せになりますか、あちらの……」

「婚約者です」誇りで胸がいっぱいになるのを感じながら、ジュリアナはあとを続けた。

マダム・フォーシーにせきたてられるように、ニコラスとエレノアが待つ店内へ戻った。

ジュリアナが入っていくと、ニコラスは立ちあがった。黒い瞳がきらりと光る。

「これはこれは」彼は満足げに言った。「これが本来のきみの姿だ」

ニコラスに見つめられ、ジュリアナは体がほてってきた。彼といると、しょっちゅうこんな具合に全身がうずくのを感じる。ニコラスのほうはどう感じているのかしら？　なにかを感じているとして、だけれど。

「ずいぶん高価なのよ」ジュリアナははぐらかしたものの、このドレスをあきらめることができないのは自分でもわかっていた。

「そんなことは心配しなくていい」ニコラスはさらに近づきながら言った。「ぼくはこれをきみに着てほしいんだ。ぼくの妻になる人に」

ニコラスの視線を浴びながら、ふとジュリアナは気づいた。美しいドレスを山ほどプレゼントすることが、彼には大切なのだ。単なる親切心からだけではない。そうすることでニコラスのなかのなにかが満たされ、喜びを感じるのだろう。それなら、わたしがとやかく言うことはないわ。

「ありがとう」ジュリアナは素直に言った。

翌週、ジュリアナは買い物に明け暮れて過ごした。初日はニコラスもつきあったものの、あとはすべてエレノアに任せた。卓抜したセンスと莫大《ばくだい》な資産を持つ彼女は最高の仕立屋や帽子屋を知っている。ふたりして店から店へと渡り歩きながら、次から次へと買いまくった。ジュリアナは目がまわる思いだった。

まずは午前用に無地や小枝模様のモスリンのドレスを買った。午後用には、もう少し上質のモスリンかシルクで、縁や袖《そで》にサテンのリボンや刺繍をあしらったドレス、そして散歩用のドレスや、旅行に適した厚地のドレスも購入した。

濃いブルーのベルベットの乗馬服を買うにあたっては、ジュリアナはさすがに抗議した。

「でもわたし、馬も持っていないのよ」

だがエレノアは動じることなくジュリアナを一瞥《いちべつ》して言った。「じきに持つようになるわ」

さらに、イブニングドレスを数えきれないほど買った。最初の日に試着した舞踏会用のドレスほど心引かれるものはなかったが、いずれも優美なシルクや軽いタフタ地で、いくつかは短い引き裾がついていた。すべて襟ぐりは広く開いているか、深くくれていて、大胆に胸もとを見せるものばかりだ。

大量のドレスだけでもジュリアナの頭はくらくらしたが、それだけでは終わらなかった。柔らかな綿の下着も新たにそろえなくてはならない。シュミーズからペチコート、流行の薄手のドレスやペチコートの下に身につける肌色のメリヤス地の下穿《したば》き、レースや刺繍の縁どりがある新しいネグリジェ、そしてブロケードやベルベットのガウン。

また、上着も必要だった。丈の短いスペンサージャケット、毛皮の縁どりがある外套《ペリース》、イブニングドレスの上に着るマント、ルダンコートと呼ばれる裾までの長さのコートドレス。さらに靴も山ほど買わなくてはならなかった。つややかな革の乗馬用ブーツ、散歩用の靴、柔らかなキッド革や刺繍入りのサテン地でできたパーティ用の上靴。シルクのパラソルももちろん必要だ。しかも、服に合わせてさまざまな色をそろえなくてはならない。同じく手袋もさまざまな長さ、色、素材のものが必要だった。リボン、扇子、小物入れ《レティキュール》。買い物は果てしなく続くように思えた。

そして当然のことながら、帽子がなくてはワードローブは完成しない。つばの広いボンネット――ジプシー風にスカーフを巻いたものもあれば、幅広のカラフルなリボンのものもある――に、ボンネットの一種で、もっと頭に密着して顔を愛らしく囲むカポート、柔らかなベルベットのターバン風の帽子、てっぺんが平らなもの、くぼんだもの、また最新流行の高くなったものなどさまざまだ。もちろんそれぞれが駝鳥《だちょう》の羽根や、彩色した木製のさくらんぼの小房、花、リボンなどで飾られていた。

買い物は楽しかったものの、贅沢《ぜいたく》すぎて、ジュリアナは甘いものをおなかいっぱいにつめこんだような気分になってきた。だいたい、これほど大量の帽子や靴、アクセサリーが必要なものだろうか？　その週の終わりには、彼女は打ちどめを宣言した。

当然ながら、購入したものの大半はこれから仕立てることになる。最初に試着したエレガントな舞踏会用ドレスなど数点は既製で、ほんの少し手直しが必要なだけだったし、仕立屋はいくつかは急ぎで仕上げると約束していたものの、衣装のほとんどはできあがりしだいリクウッド・ホールへ届けられることになった。

ジュリアナは多忙をきわめ、ろくにニコラスと会う暇もなく、ふたりがリクウッド・ホールへ向かう日になった。その日はまるで駆け足でやってきたように感じられた。待機している四輪馬車に乗りこむ前、エレノアの頬にさよならのキスをしながらも、ジュリアナはまだ信じられない思いでいた。

馬車のほうを見ると、ニコラスがジュリアナに手を貸そうと待っている。ジュリアナはふと不安に襲われ、エレノアを振り返った。

「ああ、エレノア」ジュリアナは小声でささやいた。「わたしのしていること、間違っていないかしら？」

エレノアはほほえんだ。「もちろん間違ってなんかいないわ。結婚が現実のものとなると、誰でも不安に襲われるものなの。わたしだってそうだったわ。知ってのとおり、わたしは普段、ほとんど動じたりしないのに」

「でもわたし、実際のところ、彼のことをろくに知らないのよ」ジュリアナは続けた。「十五年間会っていなかったんだもの。それに……」

エレノアはジュリアナの手をとって、ぎゅっと握った。「ここではいつでもあなたのことを歓迎しているわ。早まったと感じているなら……きっと、彼は待ってくれるわよ。サー・エドモンドやわたしと一緒にイタリアへ行ってもいいじゃない。旅行から戻って、まだそうしたいと思えば結婚すればいいのよ」

友人の言葉は、突然の臆病風《おくびょうかぜ》に吹かれたジュリアナにとってこのうえない薬となった。ニコラスと結婚しないという選択肢を示されると、ひるんでしまう。そう、わたしは今マリッジ・ブルーなるものを感じているのかもしれないけれど、本心ではやはりニコラスと結婚したいんだわ。

ジュリアナはそんな自分がおかしくなってほほえみ、エレノアの手を握り返した。「いいえ、先のばしにしたくはないわ。本当よ。あなたの言うとおり。新しい生活を前にして神経質になっているだけなのね。わくわくしているけれど、同じくらい怖くもあるの。あなたが式に出席できないことだけは残念だけれど」

「わたしもよ」エレノアも言った。「乗船券をとっていなければ……」

「わかっているわ。旅行を延期するのは無理よね」エレノアの夫の咳《せき》が日に日に悪くなっていることは口にしなかった。エレノアもなにも言わなかった。

最後の抱擁をするとジュリアナは友人と別れ、通りへ続く階段をおりた。ニコラスが手をとって四輪馬車に乗せてくれた。彼は振り返ってエレノアに会釈すると、身を翻してジュリアナのあとから馬車に乗りこんだ。

そして、向かいの席に腰をおろした。夫か、父や兄といった身内でない限り、馬車で紳士が女性の隣に座るのは不適切とされているのだ。馬車がゆっくりと走りだした。ジュリアナは豪奢《ごうしゃ》な座席に身を沈めた。背もたれにもたっぷりと詰め物がしてあり、ブラウンの革はバターのように柔らかかった。

「きれいな馬車ね」ジュリアナは言った。いざふたりきりになると、少し気まずかった。

「気に入ってくれてうれしいよ。この馬車はきみのものだから」ニコラスはこたえた。

「これが？」ジュリアナは驚いて彼を見た。

　ニコラスは肩をすくめた。「独身者には二輪馬車で十分さ。でも、レディには箱型の四輪馬車が必要だ」

　ジュリアナは目を丸くしてもう一度車内を見まわした。たしかにニコラスの言うとおりかもしれない。レディ・バールが彼の二輪馬車や一頭立ての軽馬車で人を訪問するなんて常識では考えられないのだ。とはいえジュリアナは、ニコラスがこんなに美しい馬車を購入したのは、単に立場上必要だったからだけではないのではないかと考えずにいられなかった。これを選んで買ったからには、わたしに対していくらかの愛情を感じてくれているに違いない。

　柔らかな革を手でなぞった。ニコラスがわたしに対して愛情を抱いているかもしれないと考えるなんて、わたしはまたばかな夢を見ているのかしら。

　ニコラスのほうに視線を戻すと、彼はこちらを見つめていた。厳しい顔の線がいくらか和らいで、まなざしもあたたかい。唇に目が行くと、先日この唇がどんなふうに押しつけられたかが思いだされた。ニコラスの唇は引きしまっていて、それでいてしなやかで、わたしの体を熱くした。考えていると、あのとき感じた熱がいっきに戻ってくる。ジュリアナは目をそらした。わたしがなにを考えていたか、気づかれていないといいけれど。

彼女は咳払いをした。「ありがとう。とても気前がいいのね」

「ぼく自身楽しいんだ」ニコラスはあっさりと言った。「どんなに買い物をしようと、自分の分だけでは限度があるからね」

馬車はロンドンの通りをのろのろと進んでいたが、しだいに交通量は少なくなり、建物もまばらになってきた。やがて、ふたりは街を出た。ケント州のリクウッド・ホールまでは、長旅というほどではない。ニコラスが先祖代々の地所をまだ訪れていないことを、人々はきっと不思議に思っているだろう。けれどもジュリアナには、彼が躊躇《ちゅうちょ》する気持ちが理解できた。それが理解できることこそ、おそらくニコラスがわたしとの結婚を望んだ最大の理由なのだろう。あの寒々しい屋敷に再び足を踏み入れることが彼にとってどれほどつらいかを知っているのは、この世でわたしひとりだけだ。子供だったかつてのニコラスがひどい仕打ちを受けるのを、わたしは目のあたりにしてきた。部屋に閉じこめたり、夕食を抜いたりという度重なるお仕置き、そしてトレントン・バールの書斎での折檻《せっかん》。だがもっともひどいのはおそらく、両親を亡くした少年に対する、愛情のかけらもない冷ややかな態度だろう。

子供のころは、バール家の人々がなぜニコラスを虐待するのかわからなかった。だが今では、トレントンを駆りたてていたのは嫉妬《しっと》だったと、自分が手にしたかった地所と爵位をいつの日か受け継ぐ子供へのねたみだったのだとわかる。だからといってトレントンを許す気にはなれなかった。兄の息子に与えるべき愛情の代わりに、トレントンがさしだしたのは孤独と憎悪だけだった。ニコラスにはわたししかいなかったのだ。あとは使用人や借地人のひそかな友情しか。ニコラスには財産を分け与える相手がたぶん自分しかいないのだと思うと、ジュリアナは少し悲しい気持ちになった。

ニコラスのほうに目をやると、彼は外の通りすぎる田園風景を眺めていた。表情は読みとれなかった。子供時代を過ごした屋敷へ向かいながら、ニコラスはなにを考えているのかしら？

「またリクウッド・ホールに戻るなんて妙な気分でしょうね」ジュリアナは言った。「わたしもあそこへは九年以上行っていないのよ」

ニコラスが彼女を見た。「いろんなことを思いだしそうだよ」

「そうかもしれないわね」ジュリアナは同意し、少し間を置いて続けた。「あそこでなにをするつもり？」

「帳簿にひととおり目を通し、地所を見てまわるつもりだ。そして問題があれば処理する。おじの死後、クランダルが管理しているんだが、彼の管理能力にはかなりの懸念を抱いているからね」

「彼も変わったかもしれないわよ」

「ああ、たしかに」

「彼らはあのままあそこに住まわせるつもり？」

ニコラスは苦笑した。「たしかに全員を追いだせたら多少の満足感は得られるだろうな」そう言って肩をすくめた。「だが、そうしたところでたいして意味はない。いずれにせよ、ぼく自身があそこに住む気はないんだ。ぼくにとっては不愉快な思い出のつまった場所だからね。ぼくは……ぼくたちは、ほとんどロンドンかコーンウォールのぼくの両親の家で暮らすことになると思う。なのにおばとクランダルをたちのかせるのは、心が狭いというものだろう？」

ジュリアナはほほえんだ。「うれしいわ、あなたが心の狭い人じゃなくて。わたしもあの人たちが好きではないけれど、でも……」

「でも、きみはやさしい心の持ち主だから」ニコラスがあとを続けた。

「あなただって」

「それは違う。ぼくは騒動を起こしてもしかたがないと思っているだけだ」ニコラスの顔が険しくなった。「もっとも、おじが生きていたら、答えが同じだったかどうかはわからないが」

「おじさまは心の曲がった人だったわ。わたしは昔から死ぬほど彼が怖かった。あんな冷たい目は見たことがないわ。奈落《ならく》の底をのぞいているような気がしたものよ。あなたと違って、彼に歯向かうなんて絶対にできなかった」

「正直に言うと、始終膝がガクガクしていたよ」ニコラスがこたえた。「ただ、怯《おび》えている様子を見せて彼を満足させたくなかったのさ。勇気があったんじゃなくて、負けん気が強かっただけだ」

「あの屋敷にもう一度足を踏み入れるだけの負けん気が自分にあることを祈るわ」

ニコラスが気づかわしげにジュリアナを見た。「リクウッド・ホールに戻るのがそれほどいやなのかい？　それなら無理して行く必要はない」

「いいえ、必要だと思うわ。あなたにとって。そうでしょう？」

彼は少し間を置いてから答えた。「まあ、たしかにそうだな。だが、あそこで結婚式をする必要はなかった。きみが行く必要はなかったんだ」

「あなたと同じく、わたしにとってもたぶん必要なのよ。いずれにしても、わたしの思い出があなたのほどひどいものでないのは確かだし。ただ正直に言って、あなたがリクウッド・ホールにずっと住むつもりがないのはありがたいわ。コーンウォールのおうちのほうがずっと住みやすそうだもの」

ニコラスの表情が明るくなった。「ああ、きれいな家だよ。というか、かつてはきれいだった。ぼくがいないあいだに荒れ果ててしまったが。それでもすでに修繕は始めている。数カ月で住めるようになるだろう。それまではリクウッド・ホールに滞在する予定だ」

「コーンウォールはあなたが子供時代を過ごした場所なのよね？」

ニコラスはうなずいた。「そうだ。海を見おろす岸壁に立っていて、上の階から見る眺めはすばらしかった」

「あなたがいつもなつかしがっていたのを覚えているわ」ジュリアナは静かに言った。

「なによりなつかしかったのは海だと思う。船があって、父が操縦を教えてくれたんだ。ぼくは船が大好きだった」

「リクウッド・ホールを出たあと、コーンウォールへ行ったんでしょう？」

彼はうなずいた。「家には行っていないが。おじが最初にそこを捜すのはわかっていたからね。でも、コーンウォールへは行った。かくまってくれそうな人たちを知っていたんだ。それで、船の仕事にありついた」

「魚をとる仕事？」

「ほかにもいろいろと」ニコラスは答えた。窓の外を見やり、またジュリアナに視線を戻す。「密輸もしたよ。噂《うわさ》もその点では正しいのさ。いい稼ぎになったし、おじから隠れるのにも役だった。ぼくをおじに引き渡そうとする人間がいたわけではないが、やりかねない連中も、密輸業者が相手となるとおじけづいただろう」

「じゃあ、フランスから品物を持ちこんでいたのね？」

「ああ。主にブランデーやワインをね」

「スパイだったというのは？」ジュリアナはさりげなくきいた。

「それも本当だ。密輸をしていると、自然とそういうことにも首を突っこむようになるのさ。そのころには自分の船を持っていて、スパイをフランスに行き来させていた。情報だけを持ち帰るときもあった」ニコラスは肩をすくめた。「普段は自分で諜報《ちょうほう》活動をすることはなかった。何カ月もフランスに行ったきりでは仕事にさしさわるからね」

「普段は？　ということは、フランスに滞在したときもあったの？　情報を集めるために？」

「ああ、一、二度。一度は連絡がとだえて、なにが起きたか探らなくてはならなかったときだ。損失を埋めあわせるのに十分な報酬をもらったよ。そのあともう一度あったな。あれは、いずれにしてももうこの仕事から足を洗おうと思っていた時期だった」ニコラスはにやりとした。「ほら、わかっただろう。この点でも噂は正しいんだ。ぼくは清廉潔白な人間ではない。きみも結婚するのを考え直したほうがいいかもしれないぞ」

「でも、あなたは大英帝国のために諜報活動をしていたんでしょう？」

「そうだ。相手国のために働くほどの悪党ではない」

「それなら、あなたは愛国者だわ。それに密輸の仕事は、おじさまから身を隠すためにも必要だった。だからわたしにはなんの問題もないように思えるわ」

「いずれにせよ、密輸はしていたかもしれない」ニコラスはこともなげに言った。「スパイの仕事だって、報酬がよかったからしたまでだ。金のためにしたのであって、愛国心からじゃない」

「好きなように言えばいいわ」ジュリアナはほほえみながらこたえた。「あなたが悪党だってわたしに信じさせようとしてもだめよ」

ニコラスが引きつった笑みを浮かべる。「頑固さではきみもぼくといい勝負だな」

「わたしもそんな気がするわ」

「ともかく、多くを期待しないことだ」ニコラスはまじめな口調になって言った。「きみの失望する顔を見たくない」

「しないわ」

ジュリアナは、この答えが多くを期待しないという意味なのか、失望しないという意味なのかまでは説明しなかった。ニコラスもきかなかった。

そのあとは穏やかに時間が過ぎていった。ときおりおしゃべりをし、そうでないときは心地よい沈黙に身を任せた。十五年間も会っていなかったというのに、ニコラスといると実に心が安らぐ。嘘《うそ》みたい、とジュリアナは思った。それでいて突然、彼の鋭くとがった顎にどきりとすることがあるのだ。黒くてまっすぐな眉や、漆黒の髪に陽光が注ぐさまにも。そういうときに感じるのは、心地よさでも安らぎでもない。まったく別の感情が胸の奥をかきまわし、どきどきして呼吸が速くなり、熱い思いが波のごとくゆっくりと押し寄せてくる。そして頬が赤くなるのを感じながら身じろぎをし、ニコラスから目をそらすのだった。

そんなときは決まってニコラスとのキスを思いだしてしまう。彼はどういうつもりであんなキスをしたのだろう？　いいえ、それより気になるのは、もう一度ああいうことが起きるかどうかだわ。

途中の宿屋で遅い昼食を食べると、午後は馬車の単調な車輪の音に眠気を誘われ、ジュリアナはうたた寝をした。目が覚めたときには夕方になっていた。

「もうすぐ着くよ」ニコラスが言った。

ジュリアナは体を起こし、窓の外を見た。見慣れた田園風景が広がっている。村が近づいているのがわかった。リクウッド・ホールは村の反対側にあった。

いくぶん緊張気味にスカートのしわをのばし、はずしていた手袋とボンネットを身につける。ちらりとニコラスを見ると、彼はかすかにほほえんでみせた。

「緊張しなくていい。きみの気にさわるようなことをしたら、あいつらを追いだしてやるさ」

ジュリアナはほほえみ返した。「あの人たちのせいじゃないのよ。なんて言うか……たぶん、まったく新しい生活が始まるからだと思うわ」

「そう、始まるんだ」

馬車は村を抜け、角を曲がって別の通りに入った。通り沿いに植えられた木々が徐々に密生してきて、やがて鈴掛の木の並木に代わった。そしてその突きあたりに、大きな屋敷が立っていた。長方形の三階建ての建物で、片側だけ後ろに建て増し部分がのびている。灰色がかった石でつくられており、石の層のあいだに細い黒の火打ち石が埋めこまれて縞《しま》模様をつくっていた。正面から見ると完璧な対称形となっていた。切り妻屋根が四つあり、それぞれに縦に仕切りの入った窓がある。中央には玄関ドアがあり、その上部にはバール家の紋章が彫りこまれていた。上品で優雅な屋敷ではあったが、その外観はどこか冷ややかだった。

ふたりはリクウッド・ホールに到着した。

8

執事のランデルが自らドアを開けてふたりを出迎えた。ずんぐりとした男で、髪は後頭部の耳から耳にかけてリング状に残っているだけで、てっぺんはみごとに禿《は》げあがっている。彼は十九年前、ジュリアナがリクウッド・ホールに来たときから執事であり、よそよそしい態度は相変わらずだった。髪は見るからに白く、薄くなっていたが。

ランデルはニコラスにお辞儀をして言った。「おかえりなさいませ、ご主人さま。そして、ミス・ホルコット。このたびはおめでとうございます」

「ありがとう、ランデル」ニコラスはランデルに帽子と手袋をあずけると、彼はそれを従僕に渡した。

「まず、ミセス・バールにお会いになりたいのではないかと思うのですが」ランデルは続けた。「そのあと、もしよろしければ、使用人たちを紹介させていただきます」

「わかった」

おば一家に会うよりは使用人たちに会うほうが楽しいに違いない、とジュリアナは思った。もっとも状況を考えると、彼らのニコラスへの態度も変わるかもしれない。

マナーというより安心したいためにニコラスの腕に手をかけ、ジュリアナは執事のあとに続いて廊下を歩いていった。ランデルはめったに使われることのない正式な客間のドアを開け、ニコラスとジュリアナをなかへ通した。

客間には四人の人間がいた。ひとりはジュリアナの会ったことがない男性だった。中背で、ブラウンの髪をわざと風で乱れたように見せている。数年前にバイロン卿《きょう》が流行させたヘアスタイルだ。顔だちは平凡だが感じはよく、目は髪よりもやや薄いブラウンだった。彼は窓際に立ち、退屈そうに外を眺めていたが、ふたりが入っていくと興味を引かれたように振り返った。

ほかの三人はみな女性だった。ふたりはソファに腰かけ、ひとりは向かいの椅子に座っている。いちばん年長なのがニコラスのおばのリリス・バールだ。ジュリアナはリリスをひと目見るなり、この人は九年前最後に会ったときからほとんど変わっていない、と思った。優雅に結いあげた淡いブロンドの髪は白いものがまじっていくらか色あせていたが、顔や手にはめだつしわもない。戸外に出るときはつばの広い帽子や手袋を欠かさず、化粧水やクリームをつけることを習慣づけているからだろう。体つきもほっそりとしたままだった。おそらく乗馬のおかげに違いない。リリスは無類の馬好きで、狩猟馬と乗馬用の牝《ひん》馬《ば》を持っていた。

「ミセス・バール」執事がリリスに向かって頭をさげた。「バール卿とミス・ホルコットがお着きです」

「そのようね。こちらへどうぞ」リリスは立ちあがり、ふたりに近づいた。声は穏やかで、物腰は威厳たっぷりだ。まなざしにもしぐさにも、歓迎の意にしろ不安にしろ感情はかけらも表れていなかった。「バール卿。ミス・ホルコット」

まるで初対面みたい、とジュリアナは思った。

「どうぞお座りになって。長旅でお疲れでしょう。喉も渇いているんじゃないかしら。ランデル、お茶をお願い」リリスはほかのふたりの女性のほうを振り返った。「レディ・セラフィナ・ローウェル・スマイスのことはもちろんご存じね。ミセス・ウィニフレッド・バールを紹介させていただくわ。わたくしの息子、クランダルの妻です。クランダルは残念ながら今おりません。地所の仕事で出かけているので」

挨拶《あいさつ》のために前に進みでたセラフィナを見て、母親とは違ってずいぶん変わったものだとジュリアナは思った。この九年でかなり太り、肥満から人の目をそらそうとしてか、やたらごてごてと着飾っている。ブロンドの髪は結いあげてブルーのリボンで飾り、同じブルーのリボンを白いモスリンのドレスの腰に巻いていた。ドレスの裾《すそ》や袖《そで》、そして襟ぐりにはブルーと黄色の花模様が刺繍《ししゅう》されている。ひだ飾りのある襟をつんとたたせ、肩と腕は薄手のショールで覆っていた。胸の中央には珊瑚《さんご》でできたカメオのブローチがとめてあり、耳には同じ珊瑚のイヤリングをつけている。首には金のチェーンがついたロケットがさがり、腕にはそろいの金の腕輪が数本巻かれていた。

「ジュリアナ！　ニコラス！」セラフィナはにっこり笑ってさえずるように言うと、まるで親友にするようにジュリアナの頬にキスをした。実際にはジュリアナには九年間、ニコラスとはそれ以上会っていないばかりか、子供時代に一緒に暮らしていたときも特別な好意は持っていなかったはずなのだが。「ああ、あなたはなんてすてきなの、ジュリアナ」

セラフィナの目が、しゃれたブルーの旅行用ドレスに包まれた、すらりと背の高いジュリアナの体をさっと一瞥《いちべつ》した。それから後ろを振り返り、少し後ろに立っていた女性を前に引っぱるようにして自分の横に立たせた。

「ウィニー、恥ずかしがらないで」

もうひとりの女性がほほえみ、ジュリアナとニコラスに膝を折ってお辞儀をした。「はじめまして、バール卿。それから、ミス・ホルコット」

セラフィナと同じくブロンドの髪にブルーの目をしているが、装いや物腰は対照的だった。水玉模様の飾り気のないドレスを着て、はにかむようにほほえんでいる。アクセサリーは耳につけた真珠のピアスと結婚指輪だけだ。若く、愛らしい顔だちをしていて、ジュリアナの覚えているクランダルと結婚するような女性にはとても見えなかった。いいえ、こういう女性だけがあの男に我慢できるのかもしれないわ、とジュリアナは思い直した。

「そして、こちらがセラフィナの夫」リリスは窓際の男性を示した。紹介を受けて、彼が前に出る。「サー・ハーバート・ローウェル・スマイスよ。サー・ハーバートはこの夏ここに滞在する予定なの」

ロンドンでは今がちょうど社交シーズンであることを考えると、セラフィナとその夫が田舎の屋敷に滞在するのは妙に思えた。昔からセラフィナは、毎シーズン、ロンドンでパーティや舞踏会に明け暮れて過ごせるようになる日を夢見ており、リクウッド・ホールや田舎の暮らしは死ぬほど退屈だと始終こぼしていた。セラフィナは結婚したのだから、クランダルやリリスとは違ってこの土地にしばられる必要はないはずだ。ニコラスをひと目見たいという好奇心が、セラフィナをロンドンから連れだしたのだろうか？　ジュリアナにはそれくらいしか理由が思いつかなかった。

サー・ハーバートはジュリアナとニコラスに気さくに挨拶し、ロンドンからの旅はどうでしたかと尋ねた。天候のことや村の様子など、あたりさわりのないやりとりをいくつか交わすと、会話はとぎれてしまった。

「ところで」長い沈黙のあと、リリスが口を開いた。「おふたりとも夕食前にさっぱりなさりたいでしょう」

「そうですね。ありがとうございます」ジュリアナは辞去する口実に喜んで飛びついた。

「では、ランデルを呼びましょう」

執事は呼ばれると、ドアの外にひそんでいたのではないかと思うほどすばやく応じた。ランデルはニコラスとジュリアナを階段の下まで案内した。そこにはきちんとした制服姿の使用人が一列に並んで待っていた。使用人たちを紹介すると言われていたことを思いだし、ジュリアナは内心うめいた。ひとりで横になる前に、もうひと仕事しなければならないとは。

「家政婦のミセス・ペティボーンです」ふたりを列の先頭へ導きながら、ランデルが紹介した。シンプルな黒いドレスの上に糊《のり》のきいた白いエプロンと帽子をつけた太った中年女性で、家政婦であるしるしに、巨大な鍵束《かぎたば》を腰にぶらさげている。

ミセス・ペティボーンがうやうやしく膝を折ってお辞儀をすると、執事は次に移った。列の後方へ向かいながら、ひとりひとり紹介していく。コック、従僕、メイドと続いて、最後は台所の下働きだった。実に大勢の使用人がいる。じきわたしが彼らを指揮するようになるのだわ、とジュリアナはそのとき初めて気づいた。そんな仕事はこれまで経験したことがなかった。わたしならできるというニコラスの言葉が間違っていませんようにと祈るばかりだ。リリスの目の前で失態は見せたくなかった。長年リリスのもとで働いてきたのだから、使用人たちはたぶん彼女のほうに忠義を感じているだろう。一家の指揮権が新しい女主人に移ったからといって、簡単に気持ちを切り替えられるものでもあるまい。ましてや、どう見ても望ましい状況とは言えないのだ。

紹介が終わり、ふたりはようやく寝室に案内された。ついにひとりになると、ジュリアナはベッドにごろりと横になり、そのまま長いこと、頭上にかかった厚いブロケードの天《てん》蓋《がい》を眺めていた。ベッドは黒っぽい胡桃《くるみ》材でできた巨大なジャコビアン様式のもので、動物や人の顔、風景など多彩な彫刻が施されている。天蓋は高く太い支柱に支えられており、その支柱にはダークグリーンと金で模様が描かれていた。ここのベッドがこれだけ重厚で立派なら、主人用のベッドはどれほど大きく壮麗なのかしら？　ジュリアナには想像もできなかった。このベッドは常にレディ・バールが使用するものなのだろうか？　それとも、リリスがわたしを萎縮《いしゅく》させようとわざとここに通したの？

ベッドごときで萎縮させられてたまるものですか、とジュリアナは自分に言い聞かせた。無意識に顎をつんとあげる。そして体を起こして部屋を見渡し、最初に入ったときには疲れすぎて気づかなかった細部に目をやった。

広々とした寝室で、南向きに窓が並んでいる。豪華な調度品が置かれ、いささか行きすぎの感はあるものの、贅沢《ぜいたく》に装飾が施されていた。見るからに快適そうなグリーンのベルベットの長椅子には金色のクッションが置かれ、ベッドにも同じ配色が施されている。窓にかかっているカーテンもグリーンのベルベットだ。大きな衣装だんすに、下着用の引きだし、ドレッサー、チェストはすべて同じ黒っぽい胡桃材でできていた。そのほかにも椅子や小さな書き物机、そしてベッドの脇《わき》に小さな丸テーブルが置かれていたが、それでもまだたっぷりと空間は残っていた。常に節約を心がけて生活してきたジュリアナはこの贅沢な部屋に圧倒されずにはいられなかったが、それこそがリリスが望んだ反応なのではないかとも思えてならなかった。

一方の壁にドアがあり、ジュリアナは好奇心に駆られて近づいてみた。鍵穴には鍵がさっていた。ノブをまわしてみるとドアが開き、気がついたら隣の部屋をのぞいていた。あわててそっとドアを閉める。ふと、向こうの部屋から足音が聞こえてきた。どうやらこの寝室は隣とつながっているらしい。当然、ニコラスの寝室だろう。貴族の夫婦にはよくある計らいだ。

思わず頬を赤らめながら、顔をそむけた。このドアによって生じる可能性については考えたくなかった。

数分後、ドアをノックする音がして、ふたりの従僕がジュリアナの荷物を運んできた。そのあとから新しい侍女が入ってくる。シーリアという名前で、エレノアがイングランドに渡って以来ずっとその侍女をしていた女性だった。だがシーリアはエレノアとともにイタリアへ行くのをためらっていたので、エレノアがジュリアナに雇うようすすめたのだ。シーリアは髪結いの名人だし、ジュリアナも新しい生活で身のまわりの世話をしてくれる侍女が必要になるからと言って。

シーリアと、やはり今朝ロンドンを発《た》ったニコラスの従者ロバートは、ひと足先に出発していたにもかかわらず、遅れて到着した。荷物をのせた四輪馬車で来たためだ。シーリアはてきぱきと動きまわり、メイドひとりに手伝わせてジュリアナのドレスや細々としたものを片づけた。ほどなくシーリアはジュリアナの持ち物をすべてしまい、衣装箱に入れていたせいでしわになった優雅なドレスの一着を、今夜の夕食に着られるよう手入れし始めた。

ジュリアナは慎重にドレスを選んだ。ニコラスの親族との最初の夕食だ。身なりは批判の余地がないようにしたかった。未婚の女性は白を着るものとされている。自分の年齢ではすでに若い乙女の範疇《はんちゅう》には入らないとは感じるものの、ここはとりあえずしきたりにしたがったほうがいいだろうと判断した。そこで彼女は、デザインはシンプルながらエレガントな白いシルクのイブニングドレスを着た。胸の下でしめた、藍《あい》色の幅広のリボンが唯一の装飾だ。シーリアが同じ色のリボンを髪に編みこんでくれるだろう。裾はほんの少し引きずるだけで、前に一本深いひだが入っている。それでも見る人が見れば、これが最高の仕立屋によるものであることがひと目でわかるに違いない。ドレスはジュリアナのすらりとした体つきをみごとに引きたてていた。

髪を結い終わってシーリアから扇子を渡されるころには、ジュリアナも自分はそれなりにきれいだという自信を得ていた。廊下に出て、無意識に隣室のドアに目をやる。ちょうどそのとき、ニコラスが部屋から出てきた。手に小さな平たい箱を持っている。

ニコラスは目をあげてジュリアナを見た。顔にかすかな笑みが浮かぶ。「ジュリアナ、きみの様子を見に行くところだった」彼女の前で足をとめた。「なんて美しいんだ」

ジュリアナを見るニコラスのまなざしは熱を帯びていた。それに反応するように、彼女も体が熱くなってくるのを感じた。「ありがとう」小声でこたえる。「ふさわしい装いがしたかったの。その……あなたの妻として」

「きみにふさわしくないのはぼくのほうさ」ニコラスは言った。「階下《した》でぼくたちを待っている禿鷲《はげわし》どもは言うに及ばず」

親戚《しんせき》に対するその言い方にジュリアナは小さく忍び笑いをもらした。「口の悪い人ね」

「正直なだけさ。きみにもわかっているはずだ。自分がいかに美しいかもわかっているといいが」

ニコラスの声は低く、少しかすれていた。その声音を聞いただけで、ジュリアナの肌をうずきが走った。まるで彼の指が腕をなぞっていったかのようだ。

どこを見たらいいかもわからなかった。ニコラスは自分が及ぼす影響に気づいているかしら？　わたしも彼のなかに同じような感情をいくらかでも引き起こすことがあるの？

ニコラスが平たい箱をジュリアナにさしだした。「きみにあるものを持ってきたんだ」

「なにかしら？」ジュリアナは手をのばして箱を受けとると、いぶかしげにニコラスの顔を見あげた。

「開けてごらん」彼は箱のほうを顎でさし示した。

ジュリアナはふたを開けた。なかには完璧《かんぺき》に粒がそろった真珠のネックレスが入っていた。彼女は息をのんだ。

「ニコラス！　なんてきれいなのかしら」

「それに、きみによく似合う。さあ、つけてごらん」ニコラスはベルベットの台座からネックレスをとると、留め金をはずした。

「でも、こんな贈り物……受けとれないわ」

「受けとれないはずはない。きみはぼくの婚約者なんだ。いたって自然なことさ。それにこれは真珠だ。適切な贈り物だとエレノアも太鼓判を押してくれたよ。結婚するまでは真珠なんだそうだ。そのあとは……そうだな、サファイアを注文しよう。少なくともこのドレスに合わせるには」

「ニコラス……」ジュリアナは彼の顔を見あげた。もちろんニコラスの言うことは間違っていない。未婚の女性には真珠がふさわしい。それに、結婚祝いを受けとったところで問題はない。というより、花婿から花嫁に贈り物をすることは当然とされている。ただ、これが慣例にのっとった贈り物ではなく、もっと別の気持ちから出たものだったらどんなにいいか。そんなことを願うわたしは、やっぱりどうかしているのかしら？

ニコラスはネックレスを持ちあげ、半歩ジュリアナに近づいた。今にも彼に触れそうで、ジュリアナは息がつまった。彼が、彼だけが痛いくらい意識される。ニコラスが手をまわして、首の後ろで留め金をとめようとした。なめらかでひんやりとした真珠がむきだしの肩に触れる。留め金をいじる彼の指先が首をかすめた瞬間、ジュリアナの背筋を震えが走った。

かちりと留め金をとめたあとも、ニコラスの指は肩の上にとどまっていた。彼のまなざしはじっとジュリアナの瞳に注がれている。彼女はその暗い深みにはまってしまいそうだった。ただ身を任せて、そして……。

ジュリアナはわずかに身をのりだした。ニコラスも体をかがめる。彼の顔が迫ってきた。期待感に胸がしめつけられ、彼女は目を閉じた。

廊下の先でドアを開ける大きな音がして、ジュリアナはぎくりとし、ぱっと目を開けた。ニコラスも同時に後ろにさがって、ジュリアナ同様、音のしたほうを振り返った。サー・ハーバートが廊下に出てきてこちらに歩いてきた。笑顔でふたりに会釈する。

「こんばんは。夕食におりるところですかな？」サー・ハーバートは陽気に言い、ふたりのそばで足をとめた。「セラフィナはもう少し時間がかかりそうだ」ニコラスにおわかりでしょうと言いたげな笑みを向けると、つけ加えた。「じきにあなたも経験することになりますよ」

ジュリアナはなんとか笑みをつくったものの、その瞬間、サー・ハーバートに対してどうしても好意的な気持ちにはなれなかった。こうなってはサー・ハーバートと一緒に食堂へおりるしかない。

ほかの人たちは食堂に続く小さな控えの間に集まっていた。食堂とは引きこみ戸で仕切られている。重厚な胡桃材の扉は、パーティで食堂を広く使いたいときは開けて壁に収納できるようになっていた。普段その部屋は、夕食前の社交のひとときのためだけに使われていた。

リリスはすでに来ていた。クランダルとその妻も一緒だった。リリスは背筋をしゃんとのばしてシェリー酒を飲んでいる。かたわらに座っているウィニフレッドもシェリー酒の入ったグラスを手にしていたが、その細い柄が割れないかと心配になるほどぎゅっと握りしめ、おどおどしたように夫に目をやっていた。クランダルは酒用キャビネットの横に立っていた。その様子からして、間違いなく今晩はずっとそこが定位置だったようだ。

三人が控えの間に入っていくと、クランダルが振り返った。足もとはふらつき、彼らを見る目には敵意が満ちている。ジュリアナはニコラスの腕にかけた手に力をこめた。

「やあやあ、これは」クランダルは皮肉たっぷりな口調で言った。「放蕩《ほうとう》息子のお帰りですか」

「やあ、クランダル」ニコラスは冷静にこたえた。

しばらくのあいだクランダルはおなじみの傲慢《ごうまん》さが刻まれた表情でニコラスを見ていた

が、今度はジュリアナのほうを向いた。

「それに、かわいいジュリアナ」そう言って仰々しくお辞儀をしたものの、ふらついてキャビネットに手をつく始末だった。「ようやくきみも、長年求めていたものを手に入れたようだな」

「あなたは変わっていないわね、クランダル」ジュリアナはそっけなく言った。

性格の面ではたしかに変わっていないが、容姿はこの九年間でずいぶんと衰えたように見えた。クランダルの性格はその顔にもはっきり表れていて、ジュリアナは好きになれなかったが、かつてセラフィナの友人たちが彼のことをとてもハンサムだと言っていたのは知っている。髪はブラウンで目ははしばみ色と、ニコラスよりも明るい色合いだが、ニコラスやトレントン同様に背が高く、彫りの深い顔だちをしていた。ところが年月と、そしておそらくは飲酒のせいで、体には贅肉がつき、顔もたるんでいる。正装用の上着に膝丈のズボンを着ていたが、アスコットタイの上で顎と顔がひきがえるよろしくふくらんでいた。

クランダルを見たとたん、ジュリアナはぞっとした。リクウッド・ホールでの最後の日を思いださずにいられない。あの日、わたしは誰もいない図書室に閉じこめられ、書棚まで追いつめられた。できる限り彼から離れようとして書棚に体を押しつけ、かたい棚板が背中にくいこんだのを覚えている。あのときもクランダルは酔っていて、肌にかかる熱い息がウイスキーくさかった。彼は動けないよう手でわたしの両腕をつかんだまま、のしかかるように体重をかけてきた。多少なりとも胸がすく思い出は、そのとき膝でレディらしからぬところを思いきり蹴《け》りあげてやったことだ。反撃をくらって、クランダルは痛みをこらえながら後ろによろめき、大きく悪態をついた。そして翌日、わたしはリリスに紹介状を書いてほしいと迫り、ロンドンへ発ったのだった。

「きみには同じことは言えないな」クランダルはジュリアナの体をなめるように見た。

「昔よりずっときれいになった」

隣にいたニコラスが身をこわばらせるのがわかった。ジュリアナは指を彼の腕にくいこませ、助けを求めるようにリリスを見た。そのときリリスが氷のように冷ややかな表情で息子を眺めているのに気づき、いささか驚いた。リリスもようやく息子がどんな人間かわかり始めたのだろうか？

突然、クランダルの妻がぱっと立ちあがって彼に近づき、腕に手をかけた。「クランダル、ねえ、わたしと座りましょう？」

クランダルはばかにしたように妻を見た。「で、死ぬほど退屈しろって言うのか？」

ウィニフレッドは気の毒なほど顔を真っ赤に染めてうつむいた。ジュリアナの心は、彼女への同情でいっぱいになった。

気づまりな瞬間を破ったのはサー・ハーバートだった。彼はクランダルとウィニフレッドのほうへ歩み寄りながら言った。「そんな失礼なことを言うもんじゃないよ、クランダル。ぼくにウイスキーを注《つ》いでくれないか。バール卿はいかがです?」ニコラスとジュリアナのほうを向いてきく。「ミス・ホルコットはシェリー酒になさいますか?」

「ええ、ありがとうございます」ジュリアナはこたえて、ウィニフレッドに近づいた。

「こちらに来て座りませんか、ミセス・バール? お近づきになりましょう」

ウィニフレッドは感謝のまなざしでジュリアナを見た。「わたしのことはウィニーと呼んでください。〝ミセス・バール〟ではなんだか年寄りみたいなので……いえ、その……」彼女はまた顔を赤らめ、リリスのほうをちらりと見た。今の言葉がここにいるもうひとりの〝ミセス・バール〟に失礼にあたることに気づいたのだ。

「ずいぶん大人びて聞こえますものね」ジュリアナは上手にあとを引きとった。「おっしゃる意味はわかります。まずはクランダルとどうやって知りあったのかおききしたいわ。このあたりの方ではありませんよね?」

「ええ、違います。出身はヨークシャーで、クランダルとは彼がブラッケンモア家を訪れていたときに知りあいました。彼が伯爵のご子息のひとりとお友達だったので。わたしは実はまだ社交界にデビューしていなかったんですけれど、母がブラッケンモア家の舞踏会に行くのを許してくれたんです」ウィニフレッドはほほえんだ。そのときの興奮を思いだしたのか、彼女の目が少しきらめいた。「クランダルがわたしをダンスに誘い、それから……」

ウィニフレッドは肩をすくめた。あとの話はジュリアナにも想像がついた。若くてうぶだったウィニフレッドは、舞踏会と、ロンドンの粋《いき》な青年と映った男性の求愛に頭がぼうっとして、たちまち恋におちてしまったのだろう。

数年後の今では、彼女の目にもクランダル・バールのかつての輝きはだいぶ色あせて見えているのではないだろうか？　この冷たい屋敷に花嫁としてやってきたウィニフレッドを、ジュリアナは気の毒に思った。クランダルが夫で、冷淡で尊大なリリスが義理の母親。ウィニフレッドが無邪気に、そしてどこかなつかしげにヨークシャーの家族の話をするのを聞いていると、そこそこの家柄ながら特別な名声や財産は持たない一家に生まれた少女のイメージがぱっと浮かんだ。ウィニフレッドの両親はこの結婚にきっと目がくらんだことだろう。リリスがウィニフレッドを社会的に劣る人間と見なしているのも間違いない。

それよりも、どうしてクランダルがこのかわいらしい、うぶな女性と結婚したいと思ったのかのほうが不思議だった。ウィニフレッドがかなりの美人であったことは疑問の余地がない。クランダルやリリスと暮らした四年間で生気がしぼりとられてしまう前は、もっと生き生きとしていたはずだ。だが、いくら美人が相手でも、クランダルが恋におちるなんて想像できない。彼はどれだけ好き勝手をしても文句を言ったりしない相手と結婚する機会に飛びついたのだろうか？　いいえ、クランダルの性癖からして、少女を誘惑しているところを見つかって、激昂《げっこう》した彼女の父親か兄に彼女と結婚させられたというあたりがいちばん事実に近いかもしれない。

「あら、まあ！」セラフィナは戸口で声をあげると、笑顔を振りまきながら部屋に入ってきた。「またわたしが最後なの？」

「ああ、おまえが最後さ」クランダルが答えた。

「でも、待った甲斐《かい》はあったよ。いつもながら」サー・ハーバートは慇懃《いんぎん》に答え、前に進みでると、妻の手をとって唇へ持っていった。

「ええ、とてもきれいに見えるわよ」リリスも言った。「ランデルに用意ができたと伝えましょう」

リリスは立ちあがり、引き紐《ひも》を引いてベルを鳴らした。クランダルは食堂に移動する前に一滴でも残してはもったいないとばかりにグラスの中身をいっきにあおった。そんな息子を、リリスは唇をぎゅっと結んで見ていた。

クランダルがふらりと妹に近づいた。「いいイヤリングじゃないか、セラフィナ」そう言って、耳につけたルビーを意味なくつついた。「新しいのかい？」

その口調にはあてこすりが含まれ、妹に向けた目は誰にもわからない冗談を言っているかのようにきらめいていた。

セラフィナはむっとして兄をにらんだ。「もちろん違うわ。ばかなことを言わないで。

これはサー・ハーバートの家に代々伝わるものよ」

ちょうどそのときランデルが戸口に現れ、夕食の用意ができたと告げた。全員が食堂へ移動した。食事でクランダルの酔いも少しは覚めればいいけれど、とジュリアナは思ったが、すぐに無駄な願いだったと悟った。クランダルは席につくなりワイングラスを満たすようメイドのひとりに命じ、食事中もずっと飲み続けた。口にした料理がアルコールを中和する機会はほとんどないようだった。

それればかりか、先ほどまでと同じく醜悪な態度をとり続けた。テーブルの全員に対し不愉快なせりふを吐き、ワインのお代わりを注ぐのが遅いと従僕を罵倒《ばとう》した。

リリスもさすがに耐えかねたらしく、作法に気をつけなさいときっぱり注意した。だが、クランダルはせせら笑った。

「作法？　ああ、そうだった。あなたが気にするのはそればかり。体裁ばかりだ。ぼくたちは上品で、洗練されたふりをしなくてはいけない。足の裏がどんなに汚れていようと。違うかい？」クランダルはリリスに冷ややかで意地悪い笑みを向けた。

「クランダル、本当に――」

「ぼくたちはここに座って、ニコラスが戻ってきてすべてを奪っていくのが実にうれしいという顔をしてなくちゃいけないんだ」クランダルはそう言うと、部屋の端から端へとあいまいに手を振ってみせた。

ジュリアナはテーブルを見渡した。ウィニフレッドは夫の横で皿を見おろしている。サー・ハーバートはうんざりした表情でクランダルを見やり、セラフィナは極力兄のほうを見ないようにしていた。リリスも唇を真一文字に結び、やはり息子から目をそらしている。ニコラスの顔に浮かんでいたのは一種のあきらめだった。

「クランダル……」ニコラスが口を開いた。その口調には警告の響きがあった。「明日の朝になって後悔するようなことを言わないうちにやめたほうがいい」

「後悔？」クランダルの声は酔いと怒りでくぐもっていた。「ぼくが後悔するのは唯一、おまえがここにいて、本来ぼくのものだった場所に座ることだよ」

「きみのもの？」ニコラスは片眉をつりあげてきき返した。

「そうさ。ぼくのものだ！」クランダルは挑戦的に頭を突きだした。「ここに住んで、何年ものあいだ地所の管理をしてきたのは誰だ？　おまえじゃない。好きなだけ船遊びができるよう、さっさとコーンウォールに引っこんじまったおまえの父親でもない。ここに住んで地所を管理していたのはぼくの父だ。そして父が死んでからは、ぼくが管理してきた。このぼくがリクウッド・ホールを引き継ぐはずだったんだ。おまえみたいな成りあがりじゃなく！」

ニコラスは表情を変えることなく穏やかに言った。「きみをこの地所の跡継ぎのように育てたのなら、父上は育て方を間違えたようだな。ぼくが生きている限り、あり得ないことだ」

「そもそも、おまえが今生きているのがおかしいんだ。まったく運のいいやつだよ」クランダルはうなった。

「違う」ニコラスは冷ややかにほほえんだ。「ぼくが今生きているのは、運がよかったからじゃない。反射神経がすぐれていたからだ」

クランダルは顔をゆがめ、いきなり立ちあがった。椅子が引っくり返って大きな音をたてた。「くそったれ！　おまえは死んでいるはずだったんだ！」

クランダルは向きを変えると、ドアをばたんと閉めて出ていった。

9

誰もが座ったまま凍りついたようにニコラスを見つめていた。ついにサー・ハーバートが咳払《せきばら》いをした。「なんとも失礼な態度ですな、あれは」

ジュリアナはそのはなはだ控えめな表現がおかしく、下を向いて笑いを隠した。ちらりとニコラスを見ると、その表情からサー・ハーバートの発言に同じ感想を持ったらしいのがわかった。

「飲酒が少々影響しているようだ」ニコラスもサー・ハーバートの冷静な口調に合わせてこたえた。

従僕のひとりがクランダルの倒した椅子を手早く起こす。やがて、みな視線を自分の皿に戻した。

その後の会話は堅苦しく、とぎれがちだった。ウィニフレッドの頬は真っ赤に染まっており、リリスの上品な顔は無表情にかたまっている。サー・ハーバートは料理のすばらしさをしつこいくらいほめたたえた。

「ロンドンの噂《うわさ》話を教えてちょうだい、ジュリアナ」セラフィナが明るく言った。「わたしたち、シーズン中はずっとここなのよ」

「残念ながらわたし、噂話はなにも知らないの」ジュリアナは心から残念に思いながらこたえた。もし知っていたら、この気づまりな雰囲気をなんとかできただろう。「ここ数年は流行にもうといし」

結局、セラフィナのほうがよほど噂に詳しいことがわかった。「アン・ブレイスベリーは覚えている？　寄宿学校で一緒だったでしょう」彼女はそれから延々と級友たちの人生や生活ぶりについておしゃべりを続けた。

正直に言ってジュリアナは彼女たちのほとんどを忘れていたが、セラフィナが重苦しい沈黙を埋めてくれるのはありがたかった。もっとも内容はろくに聞いておらず、頭のなかでは先ほどニコラスとクランダルが交わした言葉を思いだすのに忙しかった。

当然のことながら、食事が終わったあとだらだらと残る者も、客間に移ってさらに会話を楽しもうとする者もいなかった。

全員が食堂から出ていくと、ニコラスはジュリアナのほうを向いて言った。「きみの部屋まで送るよ」

「あなたと話がしたいの」ジュリアナはきっぱりと言った。

「かまわないが、ただ……」ニコラスはまわりを見渡した。「おじの書斎には足を踏み入れたくはない」食事の前に集まった部屋のほうを示して言う。「そこで話をするのはどうだい？」

ジュリアナはうなずいて、ニコラスとともに隣の小さな部屋に移り、ドアを閉めた。それから、ため息をついて椅子に座りこんだ。

「とんだ夕食だったわね」

「ああ。クランダルは最悪だった」ニコラスは肩をすくめた。「彼がどんなに見さげ果てた男か、ほとんど忘れていたよ」酒用キャビネットのほうへゆっくりと歩いていく。「あんな態度を見せつけられたあとじゃ、一杯飲まずにはいられない。もっとも、あんなふうになるかと思うと、アルコールに手を出すのも怖くなるが」

「お酒を飲むようになる前から、彼は無礼な人だったわ」

「きみはシェリー酒を飲むかい？　それとも、もっと強いのがいいかな？」

ジュリアナは首を振った。ニコラスは自分用にウイスキーを注《つ》ぐと、戻ってきて、彼女からいちばん近い椅子に座った。ひと口飲んで、ため息をつく。

「少なくともこれ以上ひどい夜はないだろう。とはいえ、トラブルを起こすことにかけてはクランダルはぼくの想像以上かもしれない」ニコラスは突き放すように言った。「きみが動揺したのでないといいが」

「クランダルには慣れているもの」ジュリアナはこたえた。「彼の無作法は予想していたし、失望させられることもなかったわ。ただ、さらにひどくなったのは確かね」

ニコラスはうなずいた。「夕食の席についていた誰もがクランダルを嫌っていた。気づいていたかい？　セラフィナはずっとあいつをにらんでいた。妻のウィニフレッドは見るからに彼の態度を恥ずかしく思うと同時に、彼のことを恐れていたようだ。おばのリリスでさえ、うんざりしていたよ」

ジュリアナはうなずいた。「クランダルを好きになるのは難しいわ」

「クランダルのことをどうするつもりか、自分でもまだわからないんだ」ニコラスは考えこんだ。「生まれてからずっと住んできた屋敷から追いだすのは、あまりに薄情だろう。妻のウィニフレッドも苦労することになる。クランダルの言動は彼女のせいではないのに。とはいえ、クランダルがこのますべてを混乱させるのを、黙って見ているわけにもいかない」

「クランダルが言っていたのはどういう意味なの、ニコラス？」ジュリアナはきいた。

「なんのことだい？」

「わかっているでしょう。あなたたちが話していたことよ……あなたが今生きているのがおかしいとか、まったく運がいいとか。それは運がよかったからじゃなく、反射神経がすぐれていたからだとか」

ニコラスはしばらくのあいだじっと飲み物に目を注いだまま、グラスのなかのウイスキーをゆっくりとまわしていた。やがてため息をつくと、顔をあげてジュリアナの目を見た。「十六歳のとき、ぼくは特に理由もなく家を出ようと思いたったわけじゃない。おじに殺されかかったからなんだ」

ジュリアナはじっとニコラスを見つめた。先ほどのやりとりからその種のことは想像していたものの、言葉になるとやはり衝撃は大きかった。「どうやって？　なにがあったの？　殺されかかったというのは確かなの？」

「ああ、誤解の余地はないよ。階段で体を押され、ぼくは前につんのめったんだ。幸いとっさに手すりをつかんだので、あざがいくつかできて筋肉がつる程度ですんだけれどね。でもぼくたちは階段のてっぺんに立っていて、下は大理石の玄関ホールだった。首の骨を折ってもおかしくなかったよ。あとでおじはぼくがつまずいただけだという顔をしていたが、ぼくは誰かに背中を押されるのをはっきりと感じた。勘違いでは決してない。それで、ここにいたら、地所を相続する年まで生きられないと悟ったんだ」ニコラスは肩をすくめた。「だから逃げだした」

「ああ、ニコラス！　なんて恐ろしい」ジュリアナは衝動的に手をのばし、彼の手に重ねた。ニコラスのぬくもりにどきりとし、心臓が早鐘を打ち始める。彼女は手を引っこめると、もう一方の手と握りあわせて膝の上に置いた。「どうして誰かに言わなかったの？どうしてなにも言わなかったの？」

ニコラスは肩をすくめた。「誰が信じるというんだ？　ぼくはみんなから問題児だと思われていたんだ。一方、おじはこのあたりでいちばんの名士だった。上品で立派な紳士だと思われていた。乱暴で強情な甥《おい》の話なんて誰が信じる？　証拠はぼくの言葉だけ。その場にいたのはぼくたちだけだからね、クランダルを別にすれば、だが。クランダルが父親はなにもしていないと証言するのはわかりきっている。どうしたらおじが突き落とそうとしたことを証明できたというんだ？」

「でも、どうしてわたしに言ってくれなかったの？」ジュリアナはきいた。ニコラスが打ち明けてくれなかったという事実に傷ついている自分が少々意外だった。「信用していなかったから？」

「もちろん信用していたさ。でも、きみに話してなんの得になる？　きみはほんの子供だったし、あそこに住み続けることになっていた。重荷を背負わせるわけにはいかなかったんだよ。なにも知らなければ、きみは大丈夫だった。おじがきみに危害を加える理由はないからね。というより、ぼくがいなくなれば、きみへの扱いはかえってよくなるだろうと思ったんだ。きみはいつも、ぼくをかばおうとして厄介なことになっていたわけだから。でも事実を知れば、きみのことだから例によって勇敢に告発しただろう。そうしたら、おじはきみの口を封じなくてはと思ったかもしれない。そんなことはできなかった」

ジュリアナは、たったひとりで秘密の重荷に耐えなくてはならなかったかつてのニコラスのことを思った。自分のおじに殺されかけたなんて、どんなにか恐ろしかったことだろう。そのうえ、たったひとりの友達にもそれを打ち明けることはできなかったのだ。相手に危険が及ぶことを恐れて。

「なんてひどい話なの……」ジュリアナは涙に濡《ぬ》れた目でニコラスを見あげた。立ちあがって彼のほうへ手をさしだす。

「ジュリアナ……」

ふと気づくとニコラスの腕のなかだった。彼のぬくもりに包まれ、唇が重ねられていた。ジュリアナは腕をニコラスの首にまわし、ぴたりと体を押しつけた。突然、五感が荒々しく目覚めたようだった。彼の唇は熱く、執拗《しつよう》に求めてくる。ジュリアナの体は小刻みに震えた。自分がなにを求めているのかわからないが、なにかを求めているのは確かだった。

ニコラスの手が背中をおりていき、腰を撫《な》でると、脇《わき》から再びあがってきた。そしてついに胸のふくらみにたどりついた。触れられたとたん、ジュリアナはその先端がかたくなるのを感じた。胸は欲求にはちきれんばかりだ。こんな感覚を味わったのは初めてだった。正確に言えば、こんな感覚が存在することすら知らなかった。無意識に手を上へと滑らせ、彼の髪をすく。ジュリアナは身を震わせた。もう無我夢中だった。

彼の唇がジュリアナの唇を離れ、喉のほうへとさがっていった。彼女は柔らかな肌をさしだすように頭をのけぞらせた。ニコラスの熱い息が肌にかかり、ベルベットのような唇が、ドレスの深い襟ぐりからのぞく胸もとへ向かっていく。柔らかなふくらみにキスをされて、ジュリアナはあえいだ。体の奥のほうがかっと熱くなる。

ニコラスの手はやさしく胸にあてられていた。彼の親指が胸の先端をそっとなぞる。そのとたん、ジュリアナの両脚のあいだが脈打ち始めた。

胸もとの柔らかな肌に口づけしながら、ニコラスがジュリアナの名前をささやく。彼の舌はジュリアナのなかに激しい欲望をかきたてていった。

ドレスにキスを阻まれると、ニコラスは顔をあげた。ジュリアナが小さく抗議の声をもらすと、今度は彼の手がドレスのなかに滑りこんできた。彼女はびくっと身をこわばらせた。

ニコラスが胸のふくらみをつかみ、服の上に引っぱりだす。そして再び前かがみになって、唇を近づけた。ジュリアナの全身を熱波が襲った。ニコラスが舌で胸の頂をもてあそぶ。最初はやさしく、やがて激しくなぶるように。ジュリアナは欲求のすすり泣きを、もっとという叫びをのみこんだ。彼の唇が胸の先端をゆっくりと力強く吸う。激情が体を突きぬけ、ジュリアナはなすすべもなく、本能に任せて動いていた。

肌はニコラスの愛撫《あいぶ》を求めて熱く燃えあがり、両脚のあいだの軽いうずきも激しくなってきた。そのとき彼が喉の奥であえぎながら、指がくいこむほど強くジュリアナのヒップをつかみ、自分のほうへ引き寄せた。かたい欲望の証《あかし》が彼女の腹部にあたった。

ジュリアナは小さく驚きの声をもらした。ニコラスの行為自体にも驚いたが、自分の欲求の高まりにも仰天した。彼がぱっと顔をあげた。ジュリアナの声が情熱でぼんやりしたニコラスの頭を貫いたのだ。彼は一瞬、愕然《がくぜん》としてジュリアナの顔を見おろし、やがて自分がどこで、なにをしているか気づいたようだった。

ニコラスは小声で悪態をつくと、ジュリアナを放した。一歩さがって顔をそむける。ジュリアナはぽかんと彼の背中を見つめた。全身に脈打つ欲求にまだぼんやりとしていた。

「ニコラス？」ジュリアナはか細い声で言った。

その声が、ナイフのようにニコラスを切り裂いた。ジュリアナが、心から大切に思っているただひとりの女性が、同情から手をさしのべてくれたのに、ぼくは……まるで獣のようにふるまってしまった。彼は憤然と思いをめぐらせた。あんなに断言したのに、約束したのに、ぼくは生々しい欲求に押し流されてしまった。あと数分もしたら、きっとぼくは完全に理性を失い、ジュリアナを床に引き倒して自分のものにしていただろう。

「すまない」ニコラスはジュリアナのほうは見ずにぶっきらぼうに言った。「こんなことをすべきではなかった。今後は二度としない。約束するよ」

ジュリアナの体を震えが――今度は欲求からではなく、冷たい震えが走った。どすんと地面に突き落とされたようだ。ニコラスはわたしを求めていない。キスしたことを後悔している。不意に無防備さと恥ずかしさを感じ、顔が真っ赤になった。ジュリアナはあわててドレスを直し、むきだしの胸を覆って、しわをのばした。今彼にどう思われているかは考えたくなかった。

「いいのよ。ねえ、謝らないで」ニコラス同様、相手から顔をそむけながら、こわばった声でこたえた。「これはその……ちょっとした気の迷い。それだけよ」

言葉とは裏腹に嗚咽《おえつ》がこみあげ、ジュリアナはつばをのみこんだ。ニコラスが申しこんだのは形だけの結婚。それがわたしの求めていた結婚の形ではなかったからといって泣くのはおかしいわ。

「忘れましょう」彼女は急いでつけ加えた。「おやすみなさい」

ジュリアナは向きを変え、急いで部屋を出ると、自分の寝室に戻った。

部屋に侍女が待っていなかったので、心からほっとした。今ここで体裁を繕わなくてすむのは、なによりありがたかった。

いらいらと窓際まで歩き、眼下の暗い庭を見おろす。そして、十代のころの少女らしい夢に思いをはせた。あのとき描いた甘い夢は、現実とはかけ離れていた。ニコラスの熱いまなざしや手の感触に燃えあがる欲求など、そこにはなかった。胸をどきどきさせるキスも、体を震わせる愛撫も、轟音《ごうおん》をたてて血管を流れる炎もなかった。

ジュリアナは胸に手をあてた。そうすれば、そこに渦巻く嵐《あらし》のような感情を抑えることができるとでもいうように。今夜感じた情熱はあまりに激しく、強烈だった。少女のころ想像していたような甘くて退屈なくらいの愛のほうがわたしにはずっといいのに。自分の感情に屈し、ニコラスとベッドをともにするのはいとも簡単だっただろう。彼と恋におちるのはそれ以上に簡単だ。

けれども、それは正気の沙汰《さた》でないとわかっている。ニコラスは愛を信じていない。彼が自分で思っている以上に感情豊かな、やさしい人であることは確信しているけれど、それと同時に警戒心が強く、生身の感情と距離を置いていることも知っている。ニコラスはおそらく、本気で誰かに恋することを自分に許さないだろう。わたしに対して感じているような穏やかな愛情は許容している。一般的なやさしさも持ちあわせている。だけど心には鍵《かぎ》をかけ、子供のころに耐えた苦痛や孤独を寄せつけないようにしているのだ。

ニコラスが望んだ結婚形態からも、それは明らかだった。彼は恋をしたことがない。女性に心を捧《ささ》げたことはない。だから自分が友人と見なす女性、心を奪われる危険のない女性を妻に求めたのだ。もちろん彼は親切心から結婚を申しでたに違いないが、それはまた自分を守るためでもあったはずだとジュリアナは確信していた。ニコラスは愛など望んでいない。愛することを自分に許さないのだ。

つまり、わたしが恋をするとしたら、片思いということになる。たぶん永遠にそれは変わらないだろう。ニコラスはわたしに対して穏やかな愛情以上のものは感じていないのだから。報われない愛はさぞつらいに違いない。

先ほどニコラスが興奮を感じていたのは間違いない。キスのとき、愛撫のとき、彼のなかに炎が燃えていたのは確かだ。けれどもそれは不本意な情熱だったのだ。ニコラスはそっぽを向き、こうした欲情はこの結婚に含まれていないことを自分たちふたりに思いださせた。

だからわたしも二度と感情に押し流されてはだめ。ニコラスの言う愛のない結婚を受け入れるほうが、それを別のものに変化させようとするより賢明というものだ。わたしも心に鎧《よろい》をまとおう。ニコラスとさっきのような状況になることは避けなくては。わたしたちは穏やかな愛情によって結ばれた、親しい友達のような夫婦。けれどもそれを別のものに変えていくことは許されない。ニコラスを求めてはだめ。欲望と、情熱的でロマンティックな愛を混同させるのは間違いだ。

ジュリアナは窓から目をそらした。せつないほどのむなしさを感じる。ニコラス・バールとの結婚を決めたわたしは愚かだったのかしら。彼女はそう思わずにいられなかった。

どんなことも朝には決まってよく見えるものだ。翌日も例外ではなかった。メイドがカーテンを開け、太陽の光が部屋にさしこんできたとき、ジュリアナの心は不思議と晴れ晴れしていた。彼女は笑顔で紅茶を飲み、着替えをすませると、小さく鼻歌を歌いながら朝食をとりに階下へおりていった。

ジュリアナが食堂に入ったとき、リリスとニコラスはすでに席についており、無言で食事をしていた。ニコラスを見ると、心ならずも昨夜の出来事が思いだされ、下腹部がかっと熱くなった。その記憶にどぎまぎしながら、顔をそむける。彼のそばにいると欲求をコントロールできない自分が腹だたしかった。

ニコラスが顔をあげてジュリアナを見た。たちまち、ほっとしたような表情が浮かぶ。彼女はついおかしくなって、恥ずかしさを忘れた。どうやら彼はリリスとふたりきりで非常に気まずい思いをしていたらしい。

「おはよう」ニコラスが近づいてきてジュリアナの手をとり、キスをしてから席に案内した。従僕が飛んできて彼女のために椅子を引く。

ジュリアナがリリスに挨拶《あいさつ》をすると、彼女は軽くうなずいた。いとこの娘にする挨拶にしては、なんとも冷ややかだった。とはいえ、リリスが誰かに会ってうれしそうにしたところなど見た覚えはない。もちろん馬は別だ。外で馬を走らせているときだけは、いつも満面の笑みを浮かべていた。あれだけ動物を愛せる女性が人に対してはどうしてこうも冷たいのか、ジュリアナは常々不思議に思っていた。

「またわたしが最後?」陽気な声が聞こえた。ジュリアナが振り返ると、セラフィナが踊るような足どりで部屋に入ってくるところだった。

またひとしきり挨拶が交わされた。少なくともリリスも娘には〝おはよう〟と言った。

笑顔を見せるところまではいかなかったけれど。

「サー・ハーバートとクランダルがまだだが」ニコラスが言った。

「サー・ハーバートはいつも朝食をとらないのよ」セラフィナがこたえた。「困ったことに、朝寝坊なの。田舎のこの屋敷にいるときもよ。ここじゃ夜ふかしする理由なんかないのに。彼は遅くまで本を読んでいるのが好きなのよ」

最後のひと言をセラフィナがいかにも不思議そうに言ったので、ジュリアナは笑いを噛《か》み殺した。もちろんセラフィナには、そんな行為は逆立ちしても理解できないだろう。彼女が自ら本を開いたところすら見た記憶がなかった。

セラフィナが兄についてはなにも言わなかったことにジュリアナは気づいた。昨夜の酒量からして、クランダルは今朝、ひどい二日酔いに悩まされているに違いない。彼が朝食の席に現れるとは思えなかった。クランダルの深酒は毎晩のことなのか、ニコラスがやってきたせいなのかは、ジュリアナには判断しかねた。

ジュリアナとセラフィナはサイドボードに並べられた料理をとり分けに行った。そのあいだ、セラフィナはずっと食事の量についてしゃべっていた。

「田舎にいるとずっと食べてばかりなのよ」彼女は打ち明けた。「そのうち家みたいに大きくなっちゃうわ」

「たくさん並んでいるものね」

「ロンドンにいるときは、朝はトーストと紅茶しかいただかないのよ」セラフィナはため息をついた。「でもここでは、食べることしかすることがないんですもの」

「一緒に朝の乗馬をしてもいいのよ」リリスが口をはさんだ。「わたくしはもう、ひと走りしてきたところ。一日を始めるのにはうってつけよ」

セラフィナはわざとらしく身震いした。「夜明けにフェンスを飛び越えようって気にはならないわ」

「夜明けじゃないわ」リリスが指摘した。「もう九時過ぎよ」

「自分の家なら、あと二時間はベッドのなかよ」セラフィナは言い返し、腰をおろして料理を食べ始めた。

「社交シーズンの最中なのにあなたがここにいるとは驚いたわ」ジュリアナは言った。

セラフィナはフォークをハムに突き刺しながら、顔もあげずにこたえた。「サー・ハーバートが田舎で静かにのんびり過ごしたいって言うものだから」

この話題は打ち切ったほうがいいと判断して、ジュリアナはほかに話題を探した。

「午前中はなにをする予定だい？」ニコラスが助け船を出してくれた。

ジュリアナは彼に感謝の笑みを向けて答えた。「特になにも。なにから始めていいかわからないの。もちろん司祭さまに会って式のことをお話ししなくてはならないし、式のあとのパーティに関してもいろいろ準備しなくちゃならないのはわかっているんだけど」彼女はリリスのほうを向いた。「なにをしたらいいか、ご指導していただけませんか、リリスおばさま」

「よくってよ」リリスはこれ以上不愉快なことはないという顔でこたえた。

けれどもさらに不愉快なことはあったらしく、次にニコラスがこう言ったとき、リリスの表情はさらに険しくなった。「リリスおばさまはきっと、きみにこの屋敷のなかを案内したいんじゃないかな。なにしろ、きみはじきに、この家を切り盛りするようになるんだから」

「そうね」リリスはもごもごと言い、ジュリアナのほうを向いた。「あなたの場合、すべきことを覚えるだけで時間がかかるでしょうね。なにしろ大きなお屋敷を管理するようには育っていないのだから」

「せいいっぱい努力します」ジュリアナはこわばった声でこたえた。

「ジュリアナなら十分こなせるとぼくは確信しています」ニコラスが冷ややかな顔でリリスに言う。

「わたしよりはきっと、ずっと優秀よ」セラフィナが小さく笑って言い、ぴりぴりした緊張をいくらか和らげた。「わたしなんて家政婦が怖くって、彼女のやり方をほとんど変えられなかったわ。ここだけの話、家政婦が帳簿や費用について延々と話し始めると、わたし、居眠りしないでいるのがせいいっぱいだったの」

ジュリアナはセラフィナにほほえみかけた。セラフィナは今でも軽薄なところはあるけれど、少なくとも好意を示そうとはしてくれている。「でも、結婚式のお手伝いはしていただけるでしょう、セラフィナ？　式はこぢんまりとしたものにするつもりだけれど、あとのパーティは盛大にするつもりなのよ。借地人や村の人に贈り物がしたいの。家族やお友達を招いての晩餐《ばんさん》会も」

なんにせよパーティがあると聞いてセラフィナの顔が輝いた。「ええ、いいわよ。舞踏会も開かなくてはね。もちろん、その前にはお食事もふるまわなければならないし。ダンスが好きでない人のためにカードのテーブルも用意したほうがいいかもしれないわ」

今はやりの結婚式には詳しくないものの、結婚パーティに賭《か》け事とはジュリアナにはいささか奇妙に感じられた。

「ばかなことは言わないでちょうだい」リリスが娘を非難がましい目で見て、そっけなく言った。「結婚式のあとのパーティでカードをする人なんているわけがないでしょう。もちろん借地人たちへの贈り物は必要よ。それと舞踏会は開いたほうがいいわね」

この発言で、またしてもテーブルに沈黙がおりた。しばらくして、ジュリアナはもう一度会話の糸口をつくってみた。「あなたはこれからなにをする予定なの、ニコラス？　わたしがリリスおばさまにお屋敷のなかを案内していただいているあいだ」

「地所の管理人やクランダルと帳簿を調べるよ」ニコラスは答えた。

クランダルが今朝、帳簿を開く気分になるとは思えなかったが、ジュリアナはなにも言わなかった。ニコラスはなにを見つけることになるのだろう？　クランダルが父親の死後、収益をごまかしていたことがわかっても、正直言って驚かない。クランダルが地所に関することはすべて管理人に任せっきりで、実際にはほとんどなにもしていなかったとわかっても不思議はなかった。クランダルが勤勉だったという記憶はいっさいない。実際、学校の勉強もほとんどしていなかった。

ジュリアナの考えを察したかのように、リリスが言った。「クランダルはこの地所を実にうまく管理しているわ。あの子は昔からここが大好きだったから」

リリスの表情はどこか引きつっていた。昨夜クランダルが言った言葉を思いだしているのかもしれない。この地所はニコラスではなく、息子のものになるはずだったのだ、と。「すべてが適切に管理されていると信じています」ニコラスは慎重にこたえた。だがジュリアナと同じように、彼がクランダルの能力に疑念を抱いているのは間違いなさそうだった。

食事はこの調子で堅苦しい雰囲気のまま続いたので、終わって席をたてたときにはジュリアナは心底ほっとした。

リリスは立ちあがると、ジュリアナのほうを向いた。「よかったら、今から家政婦のところへ案内しますけど？」丁重ながらよそよそしい言い方だ。

その口調や態度でわたしを萎縮《いしゅく》させたいんじゃないかしら、とジュリアナは思った。自分はこの屋敷の女主人であり、一方のわたしは貧しい親戚《しんせき》であることを思い知らせて。ひょっとすると、わたしが自信をなくしてリリスにこのまま家の切り盛りを任せることを期待しているのかもしれない。本音を言えば、リリスに続けてもらうことに異存はなかった。ここの女主人になる日を胸を躍らせて待っているわけでもない。とはいえ、わたしはもうすぐニコラスの妻となる。屋敷を切り盛りするのは妻の義務であり、責任でもある。それに家の管理をリリスに任せると、この地所にニコラスが手出しできない領域をつくることになる。そんなまねを許すわけにはいかなかった。

「ありがとうございます」ジュリアナは同じく慇懃《いんぎん》に答えた。

リリスは唇を引き結んだが、それ以上なにも言わず、食堂を出て台所のほうへ向かった。いらだちのあまりリリスに無礼な態度をとるようなことは決してするまいと心に決め、ジュリアナはあとに続いた。

台所に着くと、使用人たちがみなこちらを向き、珍しいものを見るような顔で頭をさげた。リリスがここに足を踏み入れることはめったにないのだろう、とジュリアナは思った。

ランデルが食品庫《パントリー》から出て、いそいそと近づいてきた。「これはミセス・バール。それから、ミス・ホルコット。なにかお手伝いすることはありますでしょうか？」

リリスはランデルのほうを向いた。「ミス・ホルコットに屋敷のなかを案内しているの。

ミセス・ペティボーンはいるかしら？」

「もちろんでございます」ランデルはミセス・ペティボーンを呼びに行こうと向きを変えたが、家政婦はすでにせかせかと台所に入ってきていた。彼女は愛想よくほほえんでふたりに挨拶すると、振り返ってほかの使用人たちをひとにらみし、仕事に戻らせた。

「わたしの部屋にいらしていただいたほうがよろしいんじゃないでしょうか」ミセス・ペティボーンは陽気に言った。「ドリー、お茶を持ってきてちょうだい」

ジュリアナは朝食をとったばかりだからと断りたかったが、家政婦と一緒に紅茶を飲むのを拒否したら悪い印象を与えることになると思い、にっこりほほえんでもう一杯飲むことにした。

ミセス・ペティボーンの狭い部屋に三人がおさまり、ドリーが軽食を持ってくるのを待っていると、リリスが家政婦のほうを向いて言った。「ご存じのとおりミス・ホルコットはバール卿《きょう》と結婚なさったら、この家をとり仕切ることになります。きっと週ごとの献立を変えたり、あなた方のスケジュールを検討し直したりなさりたいでしょう」

その発言に家政婦は不安げな顔をしたが、すぐさまとり繕った。「もちろんでございます。すぐに献立表を持ってまいりますわ」

「あら、いいのよ、ミセス・ペティボーン。わたしは献立やあなた方のスケジュールを変えるつもりはありません。どちらもよく考えられているに決まっていますもの。ミセス・

バールはわたしのことを誤解なさっているようだわ」ジュリアナはリリスに鋭い視線を投げた。「ただ献立は拝見したいわ。もしかしたら、バール卿のお好きなものを一品か二品、つけ加えることになるかもしれないわね」

「ええ、それはもう、当然でございます」ミセス・ペティボーンは快く応じた。

「あなたのお仕事の邪魔はしたくないのだけれど、早い時期にいつか、あなたにこの屋敷のなかを案内してもらって、みなさんの仕事のことを詳しく教えてもらえたらありがたいわ。都合のいいときを知らせてくれれば……」

「もちろん、いつでもけっこうです。よろしければ、今朝このあとでもかまいませんが。ただ、みんながきちんと仕事をしているかどうか確かめるのに少し時間をくださいませ。わたしの言う意味、おわかりでしょう。そうすれば、献立表やらなにやらもすべてお持ちできます」

「けっこうよ。それでは……十一時ごろでどうかしら？」

「かしこまりました」

　このあと礼儀正しく紅茶を飲み、ミセス・ペティボーンとのぎこちない会話をしばし続けたのち、家政婦の部屋を出た。ジュリアナはリリスに歩調を合わせて歩いていたが、階段をのぼる前に彼女の前にまわり、客間のほうを手で示した。

「リリスおばさま、もしご迷惑でなければ、お話ししておきたいことがあるんですが」

一瞬、ジュリアナは断られるかと思ったが、リリスは唇を引きつらせて向きを変え、ジュリアナの横をすりぬけて客間に入った。そして椅子に腰をおろすと、振り返り、物問いたげに眉をつりあげてジュリアナを正面から見つめた。

「これからは、なにかききたいことがあればランデルとミセス・ペティボーンにはあなたのところに来させるようにという話かしら？」リリスが言った。

「わたしはあなたから権限を無理やり奪うつもりはありません」ジュリアナは静かに言った。「結婚式を控えた今、あなたもわたしもしなくてはいけないことが山ほどあります。敵対するのではなく、協力しあえたらいいと思っているのですが。あなたはこのお屋敷のことも、使用人のことも、わたしよりはるかによくご存じです。要領を教えていただいたり、あなたの采配《さいはい》のしかたを見せていただいたりして、わたしがこのお屋敷を切り盛りしていけるよう力添えをいただけないでしょうか？」

「あなたに権限を譲り渡すために？」リリスの口もとに皮肉な笑みが浮かんだ。

「ニコラスがバール卿となることは、変えようのない事実です。そのことであなたは不満を感じていらっしゃるかもしれませんが、どうすることもできないんです。そしてわたしは彼と結婚する。レディ・バールとなります。けれどもあなたを押しのけようなんて、これっぽっちも考えていません」

「そんなことを言っても、結局はそうするんじゃないの」リリスは苦々しげにこたえた。

「レディ・バールとなることをあなたがどれほどうれしく思っているか、わたくしにわからないとでも思っているの?」彼女の目がぎらりと光った。「あなたがわたくしの代わりにこの屋敷の女主人におさまるなんて知ったら、あなたの母親はさぞ喜んだでしょうよ」

その口調にこめられた悪意に面くらい、ジュリアナはぽかんとしてリリスを見つめた。リリスが自分や母に好意を持っていないのはわかっていたが、これほど根深い憎悪を抱いているとは思わなかった。その理由は想像もできない。

リリスはジュリアナが呆然《ぼうぜん》としているのに乗じて立ちあがった。「今みたいにわたくしを侮辱するなら、自分の部屋にあがらせていただくわ」

リリスはさっとジュリアナの横を通りすぎ、部屋を出ていった。背筋をまっすぐのばし、頭を高くあげて。ジュリアナは当惑しながらあとからドアへ向かった。するとそこにクランダルがいた。彼は廊下の向かいの壁に寄りかかっており、目が合うとにやりと笑った。

「引き継ぎは楽じゃないだろう?」クランダルがきく。

「あなたはいつもこっそり他人の会話を盗み聞きしているわけ?」ジュリアナはぴしゃりと言った。クランダルと会ったことでいらだちが募った。

「そうすると、おもしろい話が耳に入ってくるのさ」彼は相変わらずにやにやしている。

「じゃあ、あなたがおもしろいと思うものと、わたしがおもしろいと思うものは違うようね」ジュリアナは冷ややかに言い、さらに続けた。「あなたはニコラスと帳簿を調べるはずじゃなかったの?」

「ぼくがいないほうがニコラスも引き継ぎ作業がしやすいと思ったのさ」クランダルは顔をしかめた。「ぼくが管理していたあいだの利益を受けとって、さぞご満悦だろうよ。あのいまいましいろくでなしにくれてやるために、ぼくは何年ものあいだ、身を粉にして働いてきたんだ。まったくばかげた話だよ」

ジュリアナは身をこわばらせた。「言葉には気をつけてちょうだい」

「おっと、失礼。繊細なレディのお気にさわったかな? 爵位がほしいばかりにあの卑劣な男と結婚しようっていうんだから、きみにプライドがあるとも思えないが」

「この状況で卑劣な男というのがニコラスでないことは、お互いよくわかっているわよね」

「ぼくはあいつが世界じゅうを放浪しているあいだ、ここで働いていたんだ。違うか? 借地人のことはみな知っている。彼らの子供の名前までね。穀物の収穫状況も知っているし、そこからどんな収益があがったか、今年はどれだけの収益が見こめるかも知っている。だが、そのどれひとつとしてぼくのものではないんだ。あいつがすべてをひったくっていったがために」

ジュリアナはクランダルの顔に本物の苦悩を見てとった。クランダルがニコラスに対して理不尽な憎悪を抱いていなければ、彼のことを気の毒にさえ思ったかもしれない。

「ニコラスがいずれ相続することは前々からわかっていたはずよ」ジュリアナは指摘した。「なのにあなたはここにとどまった。どうして?」

「ほかにどうすればよかったんだ?」クランダルは挑戦的に顎を前に突きだしてきいた。「ここはぼくの土地だ。ここ以外の土地は知らない。ほかにどこへ行けばいい? なにをすればよかったんだ?」彼ははずみをつけて壁から体を離した。「本当のことを言えば、あいつが二度と帰ってこないことを期待していた。世の中には危険がごろごろしている。運がよければニコラスはそのひとつと出会うかもしれなかった」

クランダルがジュリアナを見た。その冷たいまなざしに、彼女は背筋が寒くなった。昨夜ニコラスから聞いた、トレントンに殺されかかったという話を思いだす。クランダルも父親と同じことをしないとは言いきれないのではないか? すでにニコラスが戻ってきたとはいえ、彼が死ねば、爵位は次に継承権を持つ男性、すなわちクランダルのものとなる。もしクランダルがこれまで自分が維持管理してきたものを確実に手に入れようとたくらんでいたら……。

10

そのあとジュリアナは午前中いっぱいかけてミセス・ペティボーンとともに屋敷内を見てまわった。家政婦は隅から隅まで、それこそ地下の食品庫《パントリー》ら使用人棟の部屋ひとつひとつにいたるまで紹介しようと意気ごんでいるようだった。また、一週間分の献立表を持ってきて、こと細かに説明した。ミセス・ペティボーンがささいなことまで気を配るのは、ジュリアナは厳しい女主人になるとリリスに脅されているからなのか、リリス自身が家事全般に鋭く目を光らせているからなのかはよくわからない。理由はどうあれ、昼ごろには、ジュリアナの頭は吸収しきれないほどの情報でいっぱいになっていた。

「わたしがすべてを把握するには少々時間がかかりそうだわ、ミセス・ペティボーン」ジュリアナはほほえみながら言った。「でも、それまではあなたが上手に切り盛りしてくれると信じているわ。このお屋敷はとても管理が行き届いているようだもの」

ミセス・ペティボーンの顔が誇らしげに輝いた。「ありがとうございます。わたしにお任せくださいませ」

「献立のことは心配しないでね。一応目を通させてもらったけれど、面倒をかけるつもりはないのよ。特に結婚式を控えて仕事が増えているときだから」

「そんなこと、気になさらないでくださいませ」家政婦は大きくうなずいて言った。「屋敷じゅうの者が楽しみにしておりますよ。おかえりなさいませ、お嬢さま。あなたが戻ってきてくださって、とてもうれしく思っております」

ジュリアナはほほえんだ。台所で働く使用人たちは、ジュリアナが以前ここに住んでいたときもなにかと親切にしてくれた。ニコラスが夕食抜きで部屋に閉じこめられたとなると彼に持っていく食べ物をこっそり分けてくれたり、母のためにケーキを持ち帰らせてくれたり。

「ありがとう、ミセス・ペティボーン。わたしも戻ってこられてうれしいわ」

多くの情報をいっきにつめこまれた頭をすっきりさせるには、散歩がいちばんだ。ジュリアナはそう思い、昼食をとったあと村まで出かけることにした。玄関の階段をおりたところで、呼びとめる声が聞こえた。日ざしから目をかばいつつ声がしたほうを振り返ると、ニコラスが馬場を横切ってこちらへ歩いてくるのが見えた。地所の管理人の家から戻ってきたところらしい。

「ニコラス！」彼が大股で近づいてくるところを見ると、ジュリアナは今やおなじみとなった胸の高鳴りを覚えた。ニコラスの長くすらりとした脚がふたりの距離を縮めていく。

黒髪が日ざしを受けてきらきら光っていた。

「もう逃げだしたのか?」会話ができるくらい近くに来ると、ニコラスはほほえみながら尋ねた。

「逃げだしたくもなるわ」ジュリアナは答えた。「さっきまでミセス・ペティボーンにお屋敷のなかを案内してもらっていたのだけれど、出来の悪い生徒だと思われたんじゃないかと気が気でなくて」

「そんなことはないさ」ニコラスはジュリアナの正面に来て足をとめた。「ところで、これからどこへ行くんだい?」

「ミセス・クーパーを訪ねようと思っているの。わたしが子供のころ、うちの家政婦だった人よ。ここに戻ってすぐに訪ねていかなかったら、彼女、すごくがっかりすると思うの。母にとてもつくしてくれたから」

　ニコラスはうなずいた。「ぼくも一緒に行こうか?」

　ジュリアナはにっこりした。「そうしてくれたらうれしいわ。でも、お仕事のほうはいいの?」

「今日の仕事はおしまいだ。管理人のブランディングスは借地人たちを紹介したいと言ったんだが、それには丸一日かかるから、明日にのばすことにした。たぶんクランダルにもご同行願えるだろう」

「彼、今日はあなたと一緒じゃなかったのね？」

ニコラスはうなずいた。「ああ。気の毒に、ブランディングスは弱り果てていたよ。クランダルの無作法のせいで自分が責められると思っているみたいに」

「今朝、彼に会ったわ」

「誰？　クランダルにかい？」

ジュリアナはうなずいた。「彼ったら、わたしがリリスおばさまと話をしているのを廊下で立ち聞きしていたの。ひどく不機嫌だったわ」

「だろうな」ニコラスは肩をすくめた。「それも無理はない。何年ものあいだ、クランダルはこの土地を管理してきた。帳簿やブランディングスの話からすると、彼はなかなかよくやっていたようだよ」

「言ってはなんだけれど、意外ね」

「ぼくもそう思った」ニコラスは相槌《あいづち》を打った。「この土地を本当に愛しているんだろう……おそらくぼくよりはるかにね。とはいっても、相続に関してはお互いどうしようもない。ぼくがここの相続人であるという事実は変えようがないんだ。ただ、ぼくとしてはクランダルを追いだすつもりはない。無理やり故郷から引き離そうとは思っていないよ」彼は言葉を切り、いらだった口調でつけ加えた。「彼があれほど不愉快な態度をとらなければ、だが」

「それはわたしたちにはどうすることもできないわ。彼自身の問題だもの」

「ああ。ここに戻ったら、ぼくは過去のことは水に流そうと思っていた。なんだかんだ言ってもクランダルはまだ子供だったんだし、父親はいい手本とは言えない人間だったから。たぶん大人になって彼も変わっただろうと思っていた。ぼくが過去を忘れれば、彼もそうするんじゃないかと」ニコラスは肩をすくめた。「ところがぼくは、彼と同じ部屋にいるのさえ我慢できそうにない。向こうも同様に感じているようだが」

「それだけじゃない気がするの」

ニコラスはいぶかしげにジュリアナを見た。「どういう意味だい？」

ジュリアナはためらい、やがて言葉を継いだ。「クランダルが気になるのよ」

「気になる？」ニコラスは戸惑ったように眉をひそめた。「どうしてだい？」

「彼があなたになにかするんじゃないかと思って」ジュリアナは早口で続けた。

ニコラスは短い笑いをもらした。「クランダルが？　クランダルになにができるというんだ？　きみはぼくがあんな酔っ払いにやられると思っているのか？」

「あなたがけんかに負けると思っているわけじゃないのよ」ジュリアナはぴしゃりと言い返した。「フェアな闘いならあなたが勝つのは間違いないわ。でも、クランダルがフェアであることにこだわるとは思えないの。素手であなたにたち向かうことはないでしょう。でも、遠くから拳銃《けんじゅう》で撃つことならやりかねない。乗馬の最中にあなたに〝事故〟が起こるよう仕組むことだってできるはずよ。それから――」

「きみは、クランダルがぼくを殺したがっていると思うのか?」ニコラスが驚いたように尋ねた。

「あり得ないことではないでしょう?」ジュリアナはきき返した。「彼の父親はあなたを殺そうと試みたのよ。あなたが今生きているのがおかしいんだって、クランダルははっきりと言っていたわ。あなたが死ねば、クランダルはこの地所を相続するのよね? 彼がバール卿《きょう》になるんでしょう?」

「たしかに……次に継承権を持つのはクランダルだ。だが彼が受け継ぐのはそれだけで、ぼくの資産は遺言によってきみに渡ることになっている」

「あなたの資産のことまでクランダルは考えていないと思うわ。彼がほしいのは地所と爵位なのよ」

「あいつにそんな勇気はないだろう。昔から弱虫だった。いじめるのは自分より体の小さい者、力の弱い者だけ。本当は臆病《おくびょう》者なんだよ」

「彼の父親がしたみたいに人を階段から突き落とすのに、どれだけの勇気が必要だというの?」ジュリアナはなおも言った。「あなたは今日のクランダルの様子を見ていないでしょう、ニコラス。彼の心のなかはあなたへの怒りと憎しみでいっぱいなのよ」

心配のあまり、ジュリアナは手をのばして両手でニコラスの腕をとると、熱心に彼を見あげた。ニコラスはその手に自分の手を重ねた。

「わかった。クランダルには注意するよ」それでもジュリアナが疑わしげに見つめ続けていると、ニコラスはにっこりしてつけ加えた。「約束する。心配しなくていい。クランダルに手出しはさせないさ。それより……もっと楽しい話をしようじゃないか。たとえば、そのドレスを着たきみがどれほどきれいに見えるかとか」

ジュリアナは笑った。気持ちが軽くなり、心配ごとは心の奥のほうへと押しやられた。

「このドレスをほめても、自分の趣味のよさをほめたことになるだけよ。これはあなたが選んだドレスですもの」

「ぼくがほめたのはドレスじゃないさ」ニコラスのきらめく瞳がジュリアナを見返している。「ドレスを着たきみの姿だよ。ドレス自体はどうということはない。きみの美しさを引きたてているだけだ」

「お世辞が上手だこと」ジュリアナはニコラスの腕に手をかけると、並んで小道を進んでいった。

ニコラスとこうして一緒にいると、なんとも言えずいい気分だった。彼のそばにいると必ず体を走る興奮のせいで、ふたりのすばらしい関係を台なしにしてはいけない、とジュリアナは心に誓った。なにはさておき、わたしたちは友達なのだ。友達のままでいられるよう、努力しなくては。

ミセス・クーパーは村はずれにある小さな家に住んでいた。壁一面に蔦《つた》が絡まり、前庭には色とりどりの花が咲き乱れている。ミセス・クーパーはニコラスのノックにドアを開けた。そしてジュリアナに気づくと、いぶかしげな表情を消し去り、顔を輝かせた。「ミス・ジュリアナ！　それに、ミスター・ニコラス……いいえ、バール卿とお呼びしなくてはなりませんでしたね。リクウッド・ホールにお戻りになったことは聞いておりました。お会いしたいと思っていたんですよ」

「わたしもよ。だから会いに来たの」ジュリアナはそう言うと、前に出て、背の低いずんぐりした女性を抱きしめた。

ミセス・クーパーは後ろにさがり、大きな白い帽子にきちんとたくしこんだ髪が乱れたかのように頭を撫《な》でつけた。「どうぞなかに入ってお座りになってください。お茶をお持ちいたしましょうね。さぞ喉が渇いていらっしゃるでしょう。リクウッド・ホールからずっと歩いてらしたんですか？」

ミセス・クーパーはせかせかと狭い台所に入っていった。水をくみ、やかんを火にかける音、そして皿のかちゃかちゃいう音が聞こえてくる。数分後、彼女は白い陶器のティーポット、カップとソーサー、それに小さな甘いケーキを山盛りにした皿をトレイにのせて戻ってきた。

「またお会いできてうれしゅうございます、ミス・ジュリアナ」ミセス・クーパーは手をのばしてジュリアナの手を軽くたたいた。「お久しぶりでございますね」

「そうね。わたしもあなたに会いたかったわ」手紙はまめに書いて住所や近況は知らせていたものの、会いに来たことはなかった。ジュリアナはいささか後ろめたさを感じた。

「でも、ここを出て以来……」

「説明の必要はございませんよ」ミセス・クーパーはやさしく言って、それぞれのカップにお茶を注《つ》いだ。「事情はわかっております。ひとたびリクウッド・ホールを出たら、あなたはここを訪ねてはいらっしゃらないと承知しておりました」ほほえんで紅茶をさしだす。「でも、今はここにおられる。リクウッド・ホールの女主人として戻ってらした。お母さまもさぞ喜んでらっしゃることでしょう」

　なんとこたえていいかわからず、ジュリアナは笑みを返した。もっともミセス・クーパーは返事を期待してはいなかったようだ。ひとりジュリアナの母親の思い出話を続けた。ダイアナ・ホルコットがこの女性にとって特別な存在なのは明らかだった。

「あなたのお母さまはまさに聖女でしたよ。不幸のどん底にあったのに、ひと言でも不満をもらしたことがありましたか?」ミセス・クーパーは自らの問いに首を振って答えた。

「いいえ、一度もありませんでした。不運な人生でしたが、それを受け入れ、耐えていかれたのです」

「母は父の死をとても悲しんでいたわ」ジュリアナも同意した。記憶にある母はやつれて悲しげで、いつも喪服に身を包み、亡霊のように歩いていた。喪服のせいで実際以上に小さく、肌は青白く見えた。

「お母さまの心はお父さまと一緒にお墓に埋められたのです」ミセス・クーパーはうなずいた。「お母さまが亡くなられたとき、わたしは号泣しましたが、お母さまは喜んでいらっしゃったに違いありません。ミスター・ホルコットと再び一緒になれたのですから。穏やかな最期でした。ほとんど苦しむこともなくて。心臓発作を起こしてあっというまでした」

ジュリアナはうなずいた。「そうね。お医者さまも苦しむことはなかったとおっしゃっていたわ」

「あの人とは違って」ミセス・クーパーはあいまいに壁のほうを顎でしゃくった。

誰のことを言っているのかジュリアナはよくわからなかったが、やがてミセス・クーパーが軽蔑《けいべつ》のこもった口調であとを続けた。

「わたしが言っているのは、トレントン・バールのことですよ」

ミセス・クーパーがニコラスのおじをどう思っていたかは尋ねるまでもなかった。表情には嫌悪以上のものがにじんでいる。

「おじさまがどういうふうに亡くなったのか、わたしは知らないのよ」ジュリアナは言った。「そのときにはもうここに住んでいなかったから」

「全身に水腫《すいしゅ》ができたんですよ」ミセス・クーパーが言った。「ひどい苦しみようでしたね。ひきがえるみたいにふくれあがって。肝臓がどうかしたという話でした……あの飲み方では無理もありませんけど。何カ月も死の淵《ふち》をさまよったんですよ」彼女は肩をすくめた。「この先味わう苦しみからすれば、ほんの小手調べでしょうけど」

ジュリアナは戸惑った。ミセス・クーパーの口調に含まれる憎しみに面くらったのだ。トレントンの来世に関するミセス・クーパーの推測はおそらく正しいと思うものの、普通、死者を悪く言うものではない。たとえそれが真実であっても。

幸い今回も返事は期待されておらず、ミセス・クーパーは敬愛するダイアナと彼女の家で働いた日々の話題に戻った。ミセス・クーパーと会話を続けるのは難しくなかった。ジュリアナはただうなずくか、首を横に振るか、ミセス・クーパーが息を継ぐために言葉を切ったり、問いかけるようなまなざしを向けてきたりしたときに適切な感想を述べれば、それでこと足りた。

しばらくして紅茶を飲み終わり、ジュリアナもリクウッド・ホールで暮らしたときのよい思い出だけをひととおりよみがえらせたところで、ふたりはミセス・クーパーにいとまを告げ、リクウッド・ホールへ向かった。

ミセス・クーパーの狭い家にいたあとだけに、新鮮な夏の空気と午後の静けさが心地よく感じられた。いつのまにかニコラスがジュリアナの手をとっていた。それに気づいたとたん、彼女は心ならずもその手から熱が這《は》いあがって全身に広がっていくのを感じた。横目でちらりとニコラスを見る。彼にとっても無意識のしぐさだったのかしら？

ニコラスの手はあたたかく、少しざらついていた。ついさっきまで彼の隣で気持ちよくくつろいでいたのに、今やすべてが強烈に意識された。寄り添う腕と腕。腕を包む服の感触。瞳を縁どる黒いまつげ。顎にはうっすらとひげがのびている。あの頬に触れたらどんな感じだろう？　肌はなめらかなの？　それとも、生えかけたひげでもうざらざらしているのかしら？

ニコラスがジュリアナを見おろした。彼女は頬が熱くなり、あわてて自分の頭をしめる思い以外の話題を探した。ちょうど雑木林を抜け、小高い丘に出たところだった。草地の向こうにリクウッド・ホールが見えた。太陽は傾き、灰色の石づくりの屋敷を金色の光で染めている。

「見て」ジュリアナは屋敷を指さした。「きれいじゃない？」

「ああ」ニコラスは気のない返事をした。「本当の姿を知らなければね」

ふたりとも思わずため息をもらした。ニコラスが小さくほほえんでジュリアナを見おろす。

「夕食に向かう心の準備はできているかい？」

「ゆうべみたいな夕食だったら、できているとは言えないわ。クランダルが来ないといいんだけれど」

「その可能性はほとんどないだろうな」ニコラスは屋敷に視線を戻した。「親戚《しんせき》を選べないのは残念なことだ」

「どうするつもり？」ジュリアナは小声できいた。

「クランダルのことかい？」ニコラスは首を振った。「決めかねているんだ。彼はぼくが強硬手段に出るのを待っているようにも見える。ぼくが彼を屋敷から追いだすよう仕向ければ、自分の勝ちと思っているような。それでなんの得があると考えているのか、想像もできないが」

「たぶんクランダルは、以前からあなたに対して持っていた思いこみを証明したいんじゃないかしら」ジュリアナは言った。「あなたに対する自分の仕打ちを正当化するために。おじさまがあなたにしたこと、しようとしたことも。それで彼は肩を押してもらいたいんだと思う。あなたを殺す勇気を奮い起こしたいのよ」

「またその話か。忘れるつもりはないようだな」

「できないわ。クランダルは危険よ」

「本気で心配するにはあまりにつまらない男だよ」ニコラスは言い返したが、ジュリアナの視線に気づいてつけ加えた。「それでも彼には注意する。用心は怠らない」

「あなたになにも起きてほしくないのよ」

「わかっている」ニコラスはじっとジュリアナの目を見つめた。そのまなざしが陰り、なにかが変わったのが彼女にはわかった。

ふたりのあいだに緊張が走る。彼はキスをしようとしているんだわ。

だがニコラスは肩の力を抜くと、わずかに身を引いた。「さて」おどけた笑みを浮かべて言う。「またドラゴンと対決に行こうか？」

ジュリアナはうなずき、ふたりは足を踏みだした。

その後の日々は矢のように過ぎていった。結婚式の準備に追われているうえ、使用人たちは家事のごくささいなことに関しても引っきりなしにジュリアナに指示を求めてくる。これはリリスの差し金ではないかとジュリアナは疑っていた。そうでないときは、リリスは使用人たちに矛盾した指示を与えてすべてを混乱させるのだ。

それでもジュリアナは万事穏やかにことを運ぼうと心に決めていたので、リリスへの不満をのみこみ、全力でさまざまな問題に対処した。セラフィナは少なくとも友好的で、ジュリアナの邪魔をすることはなかったが、ほとんど助けにはならなかった。いまだに救いがたい怠け者で、エネルギーのほとんどをなにもしないですむ方法を考えることに費やしているからだ。

クランダルの妻ウィニフレッドは多少なりとも力になってくれた。いつものようにはにかみながらも、自分にできることがあればなんでもお手伝いしますと言ってくれた。ジュリアナが招待状の宛名《あてな》書きを頼んでみたところ、うれしいことにウィニフレッドは実に美しい優美な文字を書くことがわかった。ジュリアナは常々自分の字に自信がなかったので、その仕事を任せられてほっとした。

ウィニフレッドの隣に座り、彼女が書き終えた招待状に吸いとり紙をあて、折って封をしていく。ジュリアナはふと、ウィニフレッドの袖《そで》が肘のあたりまでまくりあげられているのに目をとめた。腕に紫がかったリング状のあざがいくつかついている。どうしたのかきこうと口を開きかけた瞬間、リング状のあざだけでなく指先くらいの大きさのあざが並んでいるのに気づいた。誰かに強く腕をつかまれ、ぎゅっとしめつけられたことでできたものだとすぐにわかった。

驚いた声をあげたのだろう、ウィニフレッドが顔をあげ、ジュリアナの視線の先を見た。そして顔を赤らめ、あわてて袖をもとどおりにおろしてあざを隠すと、仕事に戻った。

ジュリアナは怒りがこみあげるのを感じながら目をそらした。あのあざは夫のしわざに違いない。クランダルはジュリアナが一緒にいるときも明らかに妻にいらだっていた。彼がウィニフレッドを乱暴につかんだと……いや、殴ったとわかっても、驚くにはあたらない。ジュリアナはウィニフレッドを救いたい、なんとかして守りたいという激しい思いに駆られた。

けれども、なにができるだろう？　これは夫婦間の問題だ。夫婦であれば、夫があらゆる権利を持つということはジュリアナもよく知っている。ウィニフレッドはあざを見られて明らかにばつが悪そうだった。あれこれ質問してさらに恥ずかしい思いをさせるのは気が引ける。だが、ただ傍観していることもできなかった。

「ウィニー」ジュリアナはそっと声をかけてみた。「あなた、大丈夫？　なにかわたしで力になれることはない？」

ウィニフレッドがこちらを見た。まだ頬は赤く染まったままだ。「どうして？　わたしはなんともないわ」

「でも、あざが……」

「ああ、これね……」ウィニフレッドは引きつった笑い声をもらした。「なんでもないのよ。わたしっておっちょこちょいだから、しょっちゅうなにかにつまずいたり、ぶつかったりしているの」

「でもそのあざは――」

「そうそう！」また神経質な笑いがもれた。「転びそうになったとき、クランダルが腕をつかんで支えてくれたのよ。わたし、あざになりやすくて……いかにも痛そうに見えるでしょう？」

「ええ」ジュリアナは相槌《あいづち》を打った。嘘《うそ》だと思ったものの、どうしていいかわからなかった。ウィニフレッド本人が、クランダルは彼女を傷つけたのではなく助けたのだと主張しているのだ。「あのね、もしあなたが……その、助けが必要なら、わたしに話してほしいの。ニコラスがきっと――」

「あら、だめよ！」ウィニフレッドはうろたえた。「お願いだから、バール卿にはこのことを話さないで。わたしはただ……よくばかなことを言ってしまうの。でも……バール卿に心配してもらうようなことなんかなにもないのよ」

ジュリアナは心配でならなかったが、ウィニフレッドの訴えるようなまなざしを見ると、自分の疑念をニコラスに話すのはためらわれた。いずれにしても、ウィニフレッドはその明らかに不自然なつくり話をニコラスに繰り返すだけだろう。クランダルに故意に傷つけられたとは認めないに違いない。ニコラスも自分同様ウィニフレッドの話を信じないだろうが、彼女の説明は間違っていると証明する方法もない。

それでもニコラスのことだから、クランダルにその話を持ちださずにはいられないはずだ。今でもふたりの仲が険悪であることを考えると、ジュリアナとしてはこれ以上もめごとを起こしたくはなかった。だいたいニコラスが妻への暴力のことでクランダルをいさめたところで、クランダルがその鬱憤《うっぷん》をこちらが守りたい女性本人に向けるのは確実だ。クランダルとニコラスがけんかになり、その結果ニコラスが彼を追いだしたら、ウィニフレッドは住む家を失うばかりか、夫とふたりきりになってしまう。クランダルがすべてをウィニフレッドのせいにするのは目に見えていた。

そういうわけでジュリアナはため息をひとつつくと、不本意ながらうなずくしかなかった。「わかったわ。ニコラスには言わない……今のところはね」

けれどもジュリアナはそれ以来、ウィニフレッドをよく観察し、クランダルに危害を加えられた形跡はないかと探すようになった。

予想にたがわず、クランダルはひどい態度をとり続けた。母親に対しても無作法で、リリスが怒りに顔を引きつらせることも一度や二度ではなかった。ジュリアナが昔ここに住んでいたときにはめったになかったことだ。

妹との仲もぎくしゃくしているようだった。クランダルはいたずらっぽく目をきらめかせ、冗談めいた口調でセラフィナになにやら話しかける。どういう意味かジュリアナにはわからないのだが、セラフィナにはわかるらしく、彼女は目に怒りをたぎらせて憎々しげに兄をにらむか、ひと言も言わずにそっぽを向くのだった。

セラフィナの夫との関係も似たようなものだった。サー・ハーバートはできる限りクランダルを避けることにしているらしく、食事中など同席せざるを得ないときも、ほとんど彼に話しかけなかった。考えてみればおかしなことだった。サー・ハーバートはクランダルが礼儀正しく接するただひとりの人間だったからだ。

　ある日、彼らの会話を立ち聞きして、ようやくジュリアナはふたりがなぜそんな態度をとるのか納得できた。そのときはどうしても少しのあいだひとりになりたくて結婚式の準備を数分だけ抜けだし、長い柱廊の奥へ引っこんだ。そして本とりんごを手に窓の下のベンチに座り、誰からも見えないよう体を丸めていた。

　しばらくすると人の声がした。誰かが自分を捜しに来たのかと思い、ジュリアナは身を縮め、カーテンの片方を少し引っぱって完全に姿を隠した。

　けれども声が近づいてくるにつれ、それが小声ながら真剣な口調で話すふたりの男性のものとわかった。

「必ず金は返す」聞きとれた最初の言葉だった。

　はっきりと識別できない深い声がそれに続いた。

「だが、きみはわかっていない」最初の声が続けた。今ではクランダルの声だとわかる。

「サー・ハーバート、どうしても金がいるんだ。ぼくはすっからかんなんだよ」

「わかっていないのはきみのほうだ」サー・ハーバートからは断固とした返事が返ってきた。「きみがどれほど金に困っていようとぼくには関係ない。二度ときみに金を貸すつもりはないよ」

「必ず返す。好きなだけ利子をつけてくれていい」

「ぼくは卑しい金貸しじゃない」サー・ハーバートは抗議した。「利子などいらないよ」

ふたりの男性はジュリアナが隠れている場所からほんの数メートルのところで足をとめたようだった。彼女はいっそ消えてしまいたいと思いながら、カーテンの奥でできる限り隅に体を押しつけた。今さらひょいと姿を現すわけにはいかない。彼らは少なくとも会話の一部は聞かれたと思うだろう。気まずい状況になる。けれども彼らがカーテンの後ろをのぞいたらもっとまずい。こんなところに隠れているのが見つかったら……。ジュリアナは目を閉じ、早く向こうへ行ってと心のなかでふたりをせかした。

「借金がたんまりとあるんだ。その三分の一も返せない」

「賭《か》け事に金を注《つ》ぎこまなかったら、こんな状況に陥ることもなかっただろうに」サー・ハーバートはこたえた。「何度も金を貸したが、きみはそのたびに同じことを言った。〝必ず金は返す。賭け事はやめる。生活を変える〟と。だが、実現したためしがないじゃないか」

「今度は違う」クランダルは今にも泣きだしそうな声で言った。「見ていてくれ。でも、そのためにはぼくにチャンスをくれないと。金貸しだけじゃないんだ。何人かの紳士にも借用書を書いた。返せなかったら、ぼくの評判は地に落ちるだろう」

「ぼくに言わせれば、きみの評判などとうに地に落ちているよ」義理の弟はぴしゃりと言った。

「ぼくたちは家族じゃないか！　妻の兄が社交界から完全に追放されてもいいというの

か？　期日までに返さなかったという噂《うわさ》が流れたらそうなるだろう。紳士として約束したんだ！」

「きみは〝紳士〟という言葉の意味を理解していない」サー・ハーバートは言った。「だいたい、よくもぼくに頼みごとができるものだ。ぼくの妻にかかわらない代わりにきみを助けろとでもいうのか？　そもそも、セラフィナがあんな厄介なことになったのもきみが原因なんだ。社交シーズン真っ盛りの今、どうしてぼくたちがここで田舎暮らしをしていると思う？　セラフィナが街じゅうにつけをためこんだせいだ。ぼくは自分の信託財産に手をつけざるを得なかった！　彼女はこづかいや生活費も使い果たし、金貸しやギャンブル仲間にも金を借りた。カールトン卿にある日かたわらに呼ばれ、セラフィナに二百ポンド貸していると耳打ちされたときほど恥ずかしい思いをしたことはないぞ」

「でも、返したんだろう？」クランダルはむっつりと尋ねた。「どうしてロンドンに残らなかったんだ？　セラフィナが社交界を避けなきゃいけない理由はないだろうに」

「あるに決まっているじゃないか。自制ができない限り、セラフィナにロンドンで自由にさせるわけにはいかないんだ。きみが身を滅ぼしたように、彼女まで身を滅ぼさせるわけにはいかない。きみは自分だけでは足りないとばかり、セラフィナも破滅の道に引きずりこまずにはいられなかったんだろう」

「そんなことはない！」

「否定するのか？　セラフィナをギャンブル仲間に紹介したのはきみだろう。きみはトムリンソンの女の家にセラフィナを連れていき、カード遊びを教えた。しかも続けるよう、そそのかした。じきにつきが変わると言って、借金を返す唯一の方法は賭《かけ》を続けることだという愚かな考えを吹きこみ、いずれ金をとり戻せると期待させたんだ。きみも同じように金に困っていると知らなかったら、きみがあいつらから金をもらっていたと思うところだぞ」

長い沈黙があった。カーテンの向こうでなにが起きたのだろうと思いながら、ジュリアナは待った。

サー・ハーバートはクランダルの顔からなにかを察したらしく、突然、怒鳴りだした。「なんてことだ。そうなんだな？　疑うことを知らない鴨《かも》を次々と連れていくことで、きみは金をもらっていたのか？　羊を屠殺《とさつ》場へ案内していたのか？」

「損をさせようと思っていたわけじゃない」クランダルは弱々しく反論した。「カードをやりたがっていたやつらに、気楽なクラブを紹介しただけさ。セラフィナも自分からその手のクラブに連れていってと頼んできたんだ」

「きみは兄だろう。妹を守って当然じゃないか。金を巻きあげられるのがわかっていてそんなところに連れていくなんて、とんでもない」サー・ハーバートは声を荒らげた。「きみは忌まわしい裏切り者のユダだ。一発見舞ってやりたいところだよ」

「お手並み拝見したいね」クランダルはぬけぬけと言い返した。

どすんという音がしてジュリアナの横の壁になにかがあたった。そして、来た方向へ去っていく足音が続いた。

「二度とぼくの前に顔を見せるな！」サー・ハーバートがジュリアナから数十センチのところから怒鳴った。どうやらクランダルは義理の弟を壁に突きとばして立ち去ったらしい。

しばらくしてサー・ハーバートはため息をつき、同じく歩み去った。

ジュリアナはほっと息をもらし、壁にもたれた。

つまり、クランダルは妹にカードを教えたんだわ。サー・ハーバートがクランダルを毛嫌いする理由がはっきりとわかった。セラフィナが兄への嫌悪を隠さない理由も、きっと同じなのだろう。クランダルの冗談めいた発言は、彼女の賭け事のことをほのめかしていたに違いない。クランダルの非道ぶりには驚くばかりだ。自分の妹を賭け事に誘いこみ、借金まみれにして……それを茶化すとは。

その夜、クランダルは夕食の席に現れなかった。ジュリアナだけでなく、全員がほっとしていた。食事中も重苦しい雰囲気になることはなかった。リリスはいつもと変わらず言葉少なで冷ややかだったが、少なくともウィニフレッド、セラフィナ、サー・ハーバートはジュリアナやニコラスとともに普通に話をした。

翌日の朝食にもクランダルは姿を見せなかった。珍しいことではない。午前中もジュリアナは彼を見かけることはなく、屋敷のなかは比較的平和なまま昼食の時間になった。

クランダルを除くバール家の面々はいつもの時間にテーブルにつき、メイドが給仕を始めた。そのとき、クランダルが食堂に入ってきた。足音に顔をあげたジュリアナは、ぽかんと口を開けた。テーブルの向こうでウィニフレッドが息をのんだ。

クランダルの顔はあざだらけだった。唇は腫《は》れ、口の横は皮膚がむけて赤くなっている。右目のまぶたは黒ずみ、ほとんど開いていなかった。

思わずジュリアナはニコラスのほうを見た。

11

リリスが手を喉もとにあてて立ちあがった。「クランダル！　なにがあったの？　あなた、大丈夫？」

クランダルは母親を無視し、乱暴に椅子を引くとどさりと座りこんだ。ウィニフレッドが手をのばしてクランダルの腕に手をかけたが、彼はその手を払いのけてうなった。「ほっといてくれ！」

リリスはくるりとニコラスのほうを向き、ヒステリックに叫んだ。「これはどういうことなの？」

ニコラスは冷静にリリスを見返した。「質問する相手はぼくじゃないでしょう。ご子息にきいてみてはいかがです？」

「クランダル、いったいどうしたの？」リリスの口調は高圧的だった。

クランダルは肩をすくめた。「なんでもない。気にしないでくれ」

「なんでもない、ですって？　顔全体が青黒くなっているのよ。それでなんでもないなんて信じられるわけがないでしょう？　ニコラスにやられたの？」

クランダルは顔をしかめた。「村の男に襲われたのさ。それだけだ。さあ、食べようじゃないか」

「そうはいかないわ」リリスがぴしゃりと言った。「あなたが襲われたと聞いて、なにごともなかったかのように食事を続けられるはずがないでしょう。誰なの？　その男は逮捕されたんでしょうね？」

「リリスおばさま、この件に関しては大騒ぎしないほうがいいと思いますが」ニコラスは穏やかな口調で口をはさみ、クランダルに意味ありげな視線を向けた。

「大騒ぎ？」リリスは冷ややかな目でニコラスを見つめた。「わたくしの息子がどこかのごろつきに襲われたのよ。なのに大騒ぎすべきではないというの？　クランダルにこんなことをした犯人が刑務所送りになったかどうか確かめなくては」

「いや、昼食にふさわしい話題ではありません。話は食事のあとにしましょう」ニコラスはこたえた。

リリスは文字どおり怒りに身を震わせてニコラスをにらんだ。「あなたはいきなり現れて、リクウッド・ホールの主人になったかもしれませんけれどね、バール卿《きょう》。息子がひどい目にあったというのに、そのことでわたくしがなにを言うか言わないかまで指図はさせませんよ。なにがあったのか、その男がどうして刑務所に入っていないのか、知りたいんです！」

ニコラスはため息をついてフォークを置き、執事のほうを向いた。「ランデル」

「はい、ご主人さま」執事が従僕に向かって合図をすると、使用人たちは部屋を出ていった。ランデルはそっと後ろ手にドアを閉めた。

「いいでしょう。その話をしましょう」ニコラスはまずウィニフレッドのほうを向いて言った。「きみに聞かせたくはないのだが」

ウィニフレッドは夫のほうを見た。彼女の顔は青ざめ、不安げな表情が浮かんでいる。

「クランダル？」

クランダルはウィニフレッドを無視し、腕を組んでむっつりと椅子の背にもたれた。

「続けてくれ。どうせおまえはみんなに話したくてたまらないんだろう」

「言っておくが、きみの無分別な行動について話すのは少しも楽しくない。後始末は言うに及ばずだ」ニコラスは向きを変えてリリスを見た。「おばさま、ぼくは今朝、件《くだん》の男に会いました。ファローはクランダルをちゃんと監督すべきだとぼくに忠告しに来たんです。あなたのご子息はファローの妻に力ずくで無理やり迫ったらしい。ファローはその場面にでくわし、当然ながらクランダルをとめにかかった。それが今日、彼の顔がこんな状態になっている理由です」

「ばかなことを！」リリスは叫んだ。「そのあばずれ女が夫に嘘《うそ》をついたのよ。女のほうが誘いをかけたに決まっているわ。クランダルをそそのかし、それが見つかると、夫の怒りを逃れるためにクランダルに言い寄られたって顔をしたんでしょうよ」

リリスもかつてのようにクランダルを溺愛《できあい》しているわけではないようだけれど、彼の女性関係についてはいまだに完全な思い違いをしているみたい、とジュリアナは思った。

「ファローは現場を見たんですよ、おばさま」ニコラスはきっぱりと繰り返した。「彼の妻はクランダルを押しのけようとしていた。彼女がクランダルを誘惑した可能性も、ファローが状況を誤解した可能性も少ないと思いますね」

「そいつは嘘を言っているんだ」クランダルが抗議し、母親のほうを向いた。「ふたりとも嘘をついているのさ」

「そりゃそうでしょう」リリスは同意した。「そのファローっていうのは何者です？　どうせお金目当てなんでしょう」

テーブルの向かいで、セラフィナがぐるりと目をまわした。彼女が兄の言葉を信じていないのは明らかだ。一方、ウィニフレッドは恥ずかしさに顔を真っ赤に染めてテーブルに視線を落としていた。ジュリアナはウィニフレッドが気の毒でたまらなかった。この場に座って、夫がほかの女性に手を出した話を聞いていなくてはならないなんて、あまりに屈辱的だ。ニコラスが食事の席でこの話題を避けようとしたのも無理はない。

「今朝、ファローがこの屋敷を訪れたのは金のためではないと思います」ニコラスはいらだちから早口で答えた。「彼は憤慨しています。まあ、無理もありませんが。ファローは村の鍛冶屋《かじや》で、正直な話、あの体の大きさからしてクランダルが目のまわりのあざとすり傷ですんだのは幸運だったと言えるでしょうね」

「あいつときたら、後ろから襲ってきたんだ！」クランダルは叫んだ。「ぼくはあいつがそこにいたのすらわからなかった」

「きみはほかのことに気をとられていたんだろう」ニコラスはそっけなく言った。

「あいつのところに戻って、今度こそ一発――」

「なにを言っているんだ」ニコラスはぴしゃりとさえぎった。「きみがファローと一戦まじえる気などないのはわかっている。クランダル、昔からきみは臆病《おくびょう》者だった。女性や自分より小さい者をいじめるのがせいぜいで、ファローのような男を相手になどできっこない。まったくあきれるよ。ファローにこてんぱんにされることなく彼の妻を手ごめにできると思うほどまぬけだったとは。バールの名前だけでファローが引きさがると思っていたのなら、誤解もはなはだしい。ファローは金には興味がない。仮に金で黙らせることができるとしても、きみには払う金がないだろう。言っておくが、ぼくはきみをこの手のトラブルから救うために一シリングだってつかう気はないからな」

「おまえがぼくの味方をするなんて、はなから期待していないさ」クランダルはせせら笑った。

「それは賢明だ」ニコラスは言い返した。「とりあえず、ぼくがファローをなだめ、こんなことは二度と起こさないようにさせると約束した」テーブルに手をついて身をのりだし、厳しい視線でクランダルの顔を見すえる。「今後は行動を慎むんだ。わかったな？　もしミセス・ファローやこのあたりの女性がきみになにかされたという話がぼくの耳に入ったら、今度は容赦しない」

クランダルは恨めしげにニコラスを見やると、反抗的に顎をこわばらせ、テーブルに視線を移した。

「好きなだけむくれていたらいいさ。だがここに住み続けたいのなら、ぼくの決めたルールを守ることだ」ニコラスはあからさまに言った。

「よくもそんなことを！」そう叫んだのはリリスだった。目が怒りに燃えている。「わたくしの息子に命令するつもり？」

「彼が今後もぼくの地所で暮らそうと思うなら、そうです。ある程度は生活態度を改めてもらわないと」ニコラスは穏やかに答えた。

「こんなのすべて嘘っぱちなのはわかっているはずよ」リリスの頬は真っ赤だった。「あなたはその男とぐるになって、クランダルについての嘘をでっちあげたんでしょう。悪い噂《うわさ》を流しているのね。クランダルが憎いんだわ。昔からこの子をねたんでいたもの。活発で賢くて、あなたよりもずっと出来がよかったから……。あなたはそれが我慢できなかった。子供のころからよくクランダルに乱暴していたわね。あなたは恐ろしい人間よ。クランダルのような子が成功するのを黙って見ていられないんでしょう。あのころから根性が曲がっていたけれど、今も――」

「やめてください！」ジュリアナは飛びあがって叫んだ。怒りに身を震わせてリリスに向きあう。「もういい加減にして！」

リリスはジュリアナの勢いに気圧《けお》されて目をぱちくりさせた。

「根性が曲がっているのはあなたのほうだわ」ジュリアナは続けた。礼儀や体裁などにはかまっていられなかった。「母親としてもひどかったけれど、おばとしてはもっとひどかった。あなたやあなたの夫のニコラスへの仕打ちは犯罪だったわ。ニコラスは両親を悲劇的な事故で失い、孤児としてここにやってきた。なのにあなたは彼を愛そうとも、大切にしようともせず、軽蔑《けいべつ》し、虐待した。クランダルはニコラスの半分も価値のない人間だけれど、あなたにはそれがわからなかったみたいね。甘やかし、過ちを大目に見ることでクランダルをだめにしたのよ。ニコラスのことも破滅させようとしたけれど、それには成功しなかったわね。彼があなた方のもとから逃げたから。あなた方の虐待に屈しなかったから」

リリスも立ちあがり、目に怒りをたぎらせてジュリアナに向きあった。「よくもわたくしにそんな口がきけたものね。思いあがった成りあがり者が！　母親と同じくらい性悪だわ」

「母はなんの関係もないでしょう。わたしが話しているのはあなたのこと、そして、あなたがあずかった子供に対して虐待をしたことよ。いいですか、あなたはもうここの女主人じゃない。虐待したその少年のお情けでここにいるのよ。彼の援助を受け、彼に住む家を与えられている。わたしがあなたなら、言葉にもっと気をつけるでしょうね。ニコラスは自分のおばをこの屋敷から追いだしたいとは思っていないかもしれない。でも、わたしは違うわ。今度ニコラスに対してそんな無礼な態度をとったら、あなたとあなたの家族には出ていってもらいます」

リリスは真っ青な顔でジュリアナをにらんでいた。唇は真一文字に結ばれている。

「それから」ジュリアナは容赦なく続けた。「このことも頭に入れておいてください。数日のうちにわたしはレディ・バールになります。つまりわたしは、あなたをここからほうりだすだけでなく、社交界から追放する力も持つことになるの。ここやロンドンの人々にあなたがどんな人間かを知らしめることもできるのよ。あなたが子供のころのニコラスを、庇護《ひご》すべき孤児をどう扱ったかすべて話してもいい。そうしたら、あなたは人々からどう思われるかしら?」

リリスの顎はこわばり、目は憎しみでぎらついていた。一瞬ジュリアナは、リリスが負けじと非難を浴びせてくるのではないかと思ったが、実際には引きつった声でこう言っただけだった。「わたくし、よもやバール卿に無礼なことを言うつもりなどありませんでした」ニコラスのほうは見ずに続けた。「わたくしの言ったことが気にさわったのなら、許してください」

「もちろんです、おばさま」

「では、わたくしはこれで失礼します。食欲がなくなってしまったので」リリスはそう言うと、食堂を出ていった。

ジュリアナは立ったまましばしリリスの後ろ姿を見送っていたが、やがて椅子に腰をおろした。膝から急に力が抜けたかのようだった。怒りをあらわにしてしまったせいで少し気分が悪い。体の震えを抑えようと、両手をぎゅっと握りあわせる。テーブルについている全員の視線が感じられた。

ジュリアナが自制心を失ったことにみな唖然《あぜん》としているのは明らかだった。だが不思議なことに、恥ずかしさは感じなかった。逆に挑戦的に顎をあげ、まずクランダルを、次いでセラフィナを見やった。

「本当のことでしょう」

クランダルは予想どおり鼻で笑ったが、視線はジュリアナではなくテーブルに向けていた。セラフィナは感心にも、指を唇にあて顔を赤らめながらわずかにうなずいた。ウィニフレッドはただ仰天しているようだった。

ジュリアナはためらいがちにニコラスのほうを見た。彼はこちらを見つめている。そのまなざしはあたたかく、愉快そうにきらめいていた。

「サー・ハーバート」やがて、ニコラスはなにごともなかったかのように言った。「すまないが、ランデルを呼んでもらえないか？　そろそろ食事を再開してもよさそうだ」

執事と従僕が次の料理を持っていそいそと戻ってきた。好奇心でいっぱいに違いないが、慎重にそれを隠し、無表情を装っている。誰もが話をしようともせず、そそくさと食事を終えた。終わるやいなやみなさっさと出ていき、テーブルに残っているのはジュリアナとニコラスだけになった。

ジュリアナはまたちらりとニコラスのほうを見ると、従僕が部屋を出るのを待って口を開いた。「あんな醜態を演じてしまってごめんなさい。普段のわたしはいたって冷静なのに」彼女はかすかにほほえんだ。「今となってはそんなこと、とても信じられないでしょうけどね」

ニコラスは笑みを浮かべて手をのばし、ジュリアナの手をとった。「きみがあんなにきついことを言うとは思わなかったよ。ぼくもきみといるときは行儀に気をつけないと」

彼女はあいまいな笑みを浮かべた。「あなたが心配する必要はないと思うわ」

ニコラスはジュリアナの手を自分の口もとへ持っていった。「ぼくを弁護してくれてありがとう」

彼の唇を肌に感じたとたん、ジュリアナの全身が熱くなった。ニコラスが椅子をまわしてぐいと手を引く。ジュリアナは引っぱられるまま立ちあがって、彼の膝に倒れこんだ。ニコラスの腕が背中にまわされると、息を切らしながら小さな笑い声をもらした。彼の腕のなかにいるのは驚くほど自然で、すんなり体がなじんでいく。ジュリアナは彼の胸に身を寄せた。

ニコラスが頭をさげ、唇をそっと首に押しつけてきた。それから徐々に上へあがっていって彼女の髪に鼻をすり寄せ、羽根のようなタッチで耳を愛撫《あいぶ》する。ジュリアナの体を震えが駆け抜け、下腹部に火がついた。ニコラスはもう一方の手をしばらく彼女のおなかにあててから、上へと滑らせて胸のふくらみを包みこんだ。熱く激しい欲求がジュリアナのなかで脈打ち始める。ああ、ニコラスに全身を触れてほしい。みだらな女のように彼の腕のなかで体をのけぞらせ、もっと愛撫して、もっと熱くしてと懇願したい。このあいだの夜みたいに全身が燃えるまで。

ジュリアナはニコラスの膝の上で身じろぎした。彼の唇から低いうめき声がもれる。彼女の耳たぶを軽く噛《か》みながら、ニコラスは小声で言った。「きみはぼくをめろめろにする気かい？」

その言葉に勇気づけられてジュリアナはさらに体を近づけ、手をニコラスの胸もとに滑らせた。彼が息をのむのがわかった。顔をあげると、情熱的な目がこちらを見おろしていた。ニコラスの手が薄いモスリン越しに胸をまさぐる。

ニコラスはじっとジュリアナの目を見つめたまま、親指で胸の先端をもてあそんだ。そのとたん、ジュリアナの肌がさっと粟《あわ》だち、それが全身に広がっていった。めくるめく快感に、彼女は下唇を噛み、目を閉じた。

ニコラスの手は胸を離れ、両脚のあいだへとおりていった。まるで熱さの源を探るかのように。ドレスとペチコート越しではあったが、もっともひそやかな場所に指が押しつけられると、これまでにない快感が全身を貫いた。ジュリアナはニコラスのシャツをつかみ、胸に顔を押しつけて、彼が生みだす感覚に酔いしれた。

耳にニコラスの心臓の鼓動が感じられた。彼の荒い息づかいも聞こえる。すべてを忘れてニコラスに身を任せたかった。彼を焼きつくし、彼に焼きつくされたかった。

そのときドアのほうで足音がした。続いて、押し殺した驚きの声が聞こえる。ジュリアナがぱっと目を開けると、急いで部屋を出ていく従僕の後ろ姿がちらりと見えた。

ニコラスは小さく悪態をつき、彼女から手を離した。ジュリアナは真っ赤になってさっと立ちあがった。燃えるように熱い頬に手をやる。恥ずかしさに身をよじりながら、しばし彼を見つめた。

それからきびすを返して食堂を飛びだした。

ニコラスはテーブルに肘をつき、手で頭を抱えた。心のなかで自分をののしる。あれではまるで発情した若者と同じだ。またしてもジュリアナとの約束を破ってしまった。彼女が憤慨するのも無理はない。

自分の行為が正しくないこと、紳士らしからぬものであることは承知していた。厳密な意味で自分を真の紳士だと思ったことはないが、ジュリアナに対してだけは名に恥じるようなふるまいは決してするまいと心に誓っていたのだ。なのにぼくときたら欲望に負けて、彼女との約束を破ってばかりいる。この結婚は形だけのものだと自ら宣言し、ジュリアナもその条件で結婚を承諾した。ここ数日のぼくのふるまいを見たら、彼女もその取り決めは本当に守られるのかといぶかしんでいることだろう。だまされたとさえ思っているかもしれない。ぼくがその気もないのに名目上の結婚を申しこんだと。

これまでぼくは、なにかを怖いと思ったことなどほとんどなかった。だからこそ、たったひとりで世の中を生き抜き、普通以上の成功をおさめてこられたのだ。臆病者には得ることのできない成功を。だが、今は不安が胸を突き刺すのを感じる。ジュリアナの信頼だけはなんとしても失いたくなかった。

ジュリアナはこの世でただひとり、ぼくが大切に思っている人だ。孤独にさいなまれていたときも、彼女だけは仲間であり友人でいてくれた。ジュリアナのことは信頼している。そう言える人間がほかにいるとは思えない。だからこそ、ふたりの絆《きずな》を損なうようなまねは決してしてはならないのだ。どれほど彼女がほしいと思っても。

自分がジュリアナに対してそんな感情を抱くようになるとは夢にも思わなかった。記憶にあるジュリアナはまだ子供で、当時は彼女のことを妹のように思っていた。美しく魅力的な女性に成長したのはわかっていても、その魅力にこれほど――自制心を失いそうになるほど引かれてしまうとは思いもしなかった。

結婚を申しこんだのは下心があったからではない。ジュリアナを救いたいという純粋な思いからだ。ジュリアナがどう見ても彼女より劣る人々に指図を受けている姿は見たくなかった。ジュリアナには最高のものがふさわしいし、それを与えてやりたかった。

けれども再会して数週間たった今、ジュリアナはぼくにとって〝昔の大切な友人〟というだけではなくなっている。彼女はひとりの女性――抗《あらが》いがたいほど魅力的な女性だ。自ら提案した結婚の形はもはや自分の気持ちにそぐわなくなってしまった。ジュリアナを誘惑し、ベッドに連れていきたい。気がつくと、花婿が普通そうであるように、初夜をひたすら心待ちにしている。

けれどもそんなことをしたら、ジュリアナに対してフェアではない。彼女は結局のところ、これが形だけの結婚であるという条件で妻になることに同意したのだから。おそらく子供のころ友人だった少年への義理を深く感じて結婚を承諾しただけで、ぼくを愛しているわけではないのだ。事実、愛情がないからと結婚をしぶっていたではないか。そしてジユリアナの場合、愛と欲望は緊密に絡みあっている。深い感情を持てないぼくのような人間とは違うのだ。

ジュリアナは、ぼくも彼女のように深い感情を持っていると信じているらしい。けれども実際は、ジュリアナはぼくのなかに自分の姿を見ているだけなのだ。それはよくわかっている。彼女の善良な心がぼくの行為をすべて好意的に解釈し、罪を許し、過ちを見逃しているだけなのだと。ジュリアナが見ているぼくは、彼女がこうあってほしいと願っているぼくなのだ。彼女といるときはその役を演じざるを得ないが、それが演技であることは自分がよく承知している。自分のなかに巣くう怒りも、おじの死の知らせを聞いてもわずかな哀れみや悔いさえ感じることのなかった冷たい心も知り抜いている。おじに鞭《むち》で打たれるたびにわきあがった憎悪はいまだに忘れられない。また、自分が法を破り、でなければ法をうまくくぐり抜けてきた人間であることもわかっている。ぼくは金持ちになるために、世の掟《おきて》も、名誉さえも無視してきた。

ぼくは善人ではない。ジュリアナがそう信じているだけだ。

それでもジュリアナが抱いているイメージを汚してしまいたくはなかった。他人にどう思われようと気にしないが、彼女の意見だけは大切だ。

初夜にジュリアナのベッドを訪れても、拒絶されることはないだろう。きっとぼくの欲望を受け入れてくれるに違いない。結局、それが妻としての務めだと彼女は信じているはずだ。でなければ、レディ・バールとなってよりよい生活を与えられる代償に、なんであればぼくの望みどおりにするのが義務だと感じているに違いない。それに、先ほどぼくがジュリアナの欲求をかきたてたのは明らかだ。彼女はぼくに身を任せてきた。息をのむのも聞こえたし、脈が速くなっているのも感じた。彼女はぼくのキスや愛撫にたしかに興奮していた。

とはいえ、いくら興奮を感じたとはいっても、ジュリアナはぼくを愛してはいないのだ。その事実に彼女は動揺するだろう。義務感からぼくの願望に屈してほしくはない。葛藤《かっとう》を感じてほしくないし、愛のない欲望の奴隷になってほしくもない。

なにより耐えられないのは、ぼくがジュリアナの思っていたような男ではないと彼女にわかってしまうことだ。ぼくの本当の姿を――欲望を満足させるためなら神聖な誓いさえ破る男だということを彼女に知られ、幻滅したような目で見られたら、死ぬほどつらいだろう。

そんなことになってはならない。なにがなんでも形だけの結婚という取り決めを守らなくては。そんなに難しいことではないはずだ。ニコラスは自分に言い聞かせた。適当な期間ここでジュリアナと過ごしたら、ロンドンで商売女を買えばいい。

もっとも、その計画にもあまり心をそそられなかった。正直に言って、ジュリアナの前ではほかのどんな女性も色あせて見えた。過去につきあったもっとも美しい愛人でさえ、ジュリアナと比べると退屈で魅力に乏しく思える。欲望を静めるためにほかの女性に目を向けようという気も起きない。それを思うと、結婚生活の行く末がなおのこと暗く感じられた。

　結婚したからといって、ジュリアナとベッドをともにはしない。ニコラスは改めてそう心に誓った。だが唯一の問題は、自分がその誓いを守れるかどうかわからないことだった。

12

結婚式の日は明け方からすっきりと晴れ渡っていた。その前の二日間が気のめいるような雨だったことを考えると、太陽の日ざしはいい前兆だとジュリアナは思った。緊張していたせいで朝食はあまり食べられなかった。紅茶一杯とトーストひと切れをのみくだすのがせいいっぱいだった。

今日、エレノアがそばで支えてくれたらとジュリアナは思わずにいられなかった。ウィニフレッドが来て侍女を手伝い、ドレスや髪を整えてくれた。だが、いくら気のいい女性とはいえ、学生時代からの親友と同じではない。エレノアならきびきびとすべてをとり仕切り、問題が起こればそれを解決していただろう。そしてわたしを励まし、落ち着かせてくれたに違いない。

ジュリアナは午前中ずっと、自分は過ちを犯しているのではないかという恐怖と、式に臨むのが待ちきれない期待感のあいだで揺れていた。この結婚を自分が望んでいることは確かだが、自分にとって正しいことなのかどうかとなると、あまり確信は持てなかった。

そんな不安に加えてここ数日頭を離れなかったのは、今夜、ニコラスにベッドに誘われるのだろうかということだった。たしかに彼は、これは形だけの結婚なのだと言った。けれどもついこのあいだのキスは、彼の気持ちが変わったのではないかと思わせるようなものだった。今夜、ニコラスがわたしの寝室に来たらどうしよう？　あのキスに自分がどうこたえたかはよくわかっている。彼がわたしに求められていると思っても無理はない。

問題は当然ながら、事実、自分がニコラスを求めているということにある。とはいえ、実際に彼に抱かれたら、いつか胸のはり裂けるような思いをすることになりそうで怖かった。自分のことをニコラスの本当の妻であると思いこんでしまいそうだ。彼が同じように感じるかどうかはわからないのに。ニコラスは、愛なんてものには関心がないと言った。彼が人を愛せない人間だとは思わないけれど、ああ言ったということは、つまり、今まで誰とも恋におちた経験がないということだ。要はわたしを愛してはいないということ。愛してくれない男性を本気で愛するなんて――相手はじき飽きるだろうに、ますます深く愛してしまうばかりだなんて、あまりに悲しすぎる。待っているのは孤独と傷心だ。

ならばあえて深みに飛びこむのは避け、ニコラスと友達のままでいたほうがはるかにいいのではないか。ニコラスは求めてくるかもしれないが、わたしが断れば、彼が夫の権利を主張するようなことはないと信じている。それよりも、自分自身がニコラスを求める気持ちを抑えきれるかどうかのほうが心配だ。わたしに彼を拒絶する強さがあるかしら？

ジュリアナはそんなことばかり思い悩み、ウィニフレッドととりとめのないおしゃべりをしても気はまぎれなかった。ついに式の時間になったときにはほっとした。これで悩みごとは脇《わき》に押しやって、前へ進むことができる。

結婚式は午後、村の教会で行われた。ノルマン様式の塔がある古いグレーの建物で、招待客は少なく、地元の名士と、遠方の親戚《しんせき》が数名だけだった。社交界を離れていた期間が長かったのでニコラスもジュリアナも知りあいは多くないし、バール家の人々も友人たちを招待する意向はないようだった。だから昨日、クランダルの友人だというピーター・ハックボーンがロンドンからやってきたときには、ジュリアナは正直なところ驚いた。クランダルも仰天した顔をし、ふたりだけで話をするためにそそくさと部屋を出ていった。この客はたぶんクランダルがお金を借りている紳士のひとりなのだろうとジュリアナは推測した。

人がまばらでも、ジュリアナは気にならなかった。式は簡素ながらも感動的だった。手をつないでニコラスと向きあい、誓いの言葉を述べたときには胸がいっぱいになった。ほほえみを浮かべ、うるんだ瞳で彼を見あげる。なにがあろうと、わたしは正しい決断をしたんだわ。ジュリアナはそう確信した。ふたりの人生は絡みあっている。未来はともにあるのだ。

式が終わるとふたりはリクウッド・ホールに戻り、祝福に訪れた人々を出迎えた。屋敷のなかでは晩餐《ばんさん》会と舞踏会が行われることになっている。だが、まずは借地人や村人の祝福を受けなくてはならなかった。彼らには庭で、心のこもったごちそうがふるまわれた。

ジュリアナはほほえみながら、みんなと挨拶《あいさつ》を交わした。昔から知っている人もいたし、初対面の人もいた。ミセス・クーパーもジュリアナが用意したポニー引きの二輪馬車でやってきた。ミセス・クーパーは顔を輝かせ、ジュリアナの手をとって幸せを祈った。めまいがするほど大勢の借地人やその妻がふたりに祝福の言葉をかけていった。

例の鍛冶屋《かじや》も来ていた。ブロンドの巨漢で、ニコラスよりも背が高い。仕事柄胸板は広く、腕の筋肉は盛りあがっていた。彼は心からの敬意をこめて会釈をしてから、かたわらの若く愛らしい妻を紹介した。

ふたりが軽食のテーブルへ移動すると、ジュリアナはニコラスに身を寄せてささやいた。

「クランダルの顔にあざをつくったのはあの人でしょう？　お祝いに来てくれるとは驚いたわ」

ニコラスはうなずいた。「ああ。だが、彼はフェアな男だと思う。ぼくは好きだよ。クランダルや彼の行いと、ぼくの人格や行動はまったく別物だとわかってくれている」

ジュリアナはゆっくりと歩いていく夫婦を見やった。妻は夫の腕に腕をかけ、夫はかばうように妻のほうに頭を傾けて話を聞いている。「とてもきれいな人ね」

「ああ。クランダルが手ごめにしようとしたのもうなずける」ニコラスは顔をしかめた。

「クランダルの友達のことは知っている？」ジュリアナは好奇心から尋ねた。

「ロンドンから来た男のことかい？」ニコラスが言った。「名前はなんといったかな？　たしか魚《フィッシュボーン》の骨みたいな名前だったが」

ジュリアナは笑った。「ハックボーンよ。ピーター・ハックボーン」

「ああ、そうだった。彼のことは知らないな。それにしても、ぼくたちの知らない、招待もしていない男が結婚式に現れるなんて妙な話だ」

「クランダルも彼が来ることを知らなかったみたいよ」ジュリアナは言った。

ニコラスは眉をひそめた。「クランダルのことだから、友人がここに現れたのもまっとうな理由からとは思えない。いくつか質問をして、彼の訪問の裏になにがあるか探ってみよう」かすかな笑みを浮かべてジュリアナを見た。「純粋な友情からクランダルを訪ねてくる人間がいるとは思えないなんて、ぼくのことを意地の悪いやつだと思うかい？」

「わたしなら、利口な人だと思うわ」ジュリアナは応じた。

屋敷のなかにも外にもふんだんに料理や飲み物が用意されていた。やがて舞踏会が始まった。ニコラスは夫婦となって初めてのワルツを踊ろうと、ジュリアナをダンスフロアへいざなった。彼の腕が体にまわされると、ジュリアナは一カ月前、十五年ぶりの再会を果たした夜を思いださずにはいられなかった。

ニコラスの腕のなかで彼の顔を見あげたときの気持ちは忘れられない。そんな昔のことではないのに、あれから一生分の時間が過ぎたかのようだ。一カ月後にニコラスの妻になっているなんて、あのときは想像もできなかった。

そして今夜、わたしは名目だけでなく、本当の意味で彼の妻になるのかしら？　その問いにはまだ答えられなかった。

花婿のあとは、ほかの客と踊らなくてはならなかった。実際のところ、ダンスを楽しむどころではなかったと、ジュリアナは内心ため息をもらしながら思いだした。最初はサー・ハーバート、次いでピーター・ハックボーンのリードでダンスフロアをまわった。サー・ハーバートの踊り方ときたら、何年も前のレッスンを必死に思いだそうとしているかのようで、ステップを踏みながら歩数を数えているのが聞こえてきそうだった。曲が終わったとき彼がジュリアナに向けた笑みには、ダンスの楽しさより、踊り終えた安堵《あんど》感がありありと浮かんでいた。ハックボーンはダンスのほうはまずまずだったが、会話が貧弱そのものだった。ジュリアナはさりげなく探りを入れてみたものの、一曲踊り終えても彼のことはなにひとつわからないままだった。この男性が質問をはぐらかすことに慣れているのか、単に内気なのかは判然としなかったが。

ダンスが終わると、ハックボーンはお辞儀をして離れていった。ジュリアナが見ていると、クランダルのほうへ歩いていく。クランダルはグラスを手に不機嫌な顔で祝宴を眺めていた。

クランダルが友達と会ってうれしくないらしいのは、想像力をたくましくするまでもなくわかった。近づいてきたハックボーンをにらみつけ、逃げ場を探すようにまわりをさっと見渡す。だがハックボーンはクランダルの目の前に陣どるや、ジュリアナと踊っているときにはなかった饒舌《じょうぜつ》さでしゃべり始めた。

ちょうどそのとき、ジュリアナは地元の独身の中年男性ミスター・ボルトンに次のダンス――カドリールを申しこまれ、ステップを思いだすのに忙しくて、クランダルとその友人のほうを見る暇はなくなった。けれども曲が終わってミスター・ボルトンと席に戻ると、クランダルとハックボーンはまだ話をしていた。

というより、声を荒らげて言い争っていた。驚いた客が声のするほうを振り返る。するとリリスの合図で弦楽カルテットが急いで次の曲を弾き始め、口論の声をかき消した。

リリスはクランダルのほうへ歩いていき、彼の前で足をとめると、短い言葉をいくつか発した。ハックボーンはばつが悪そうな顔で黙りこみ、わかりましたというようにうなずいた。そして最後にクランダルをひとにらみすると、人ごみを縫って離れていった。クランダルは母親にむっとした目を向け、ふてぶてしく酒の残りを飲み干した。

やがてクランダルは向きを変えると、人ごみのなかをまっすぐジュリアナのほうへ向かってきた。誰かにぶつかったが、謝りもせずに強引に進んでくる。彼女としてはきびすを返して逃げだしたかったが、それではクランダルを避けていることがはっきりわかってしまう。あの酩酊《めいてい》状態では、なにをしでかすかわかったものではない。遠くから怒鳴りつけてくる可能性もある。

結婚式の日にもめごとは避けたかったので、ジュリアナはその場にとどまり、クランダルが近づいてくるのをなんとか愛想のいい表情を浮かべて見守った。

「ジュ、ジュリアナ」クランダルはつぶやき、つんのめりそうになるほど大げさなお辞儀をした。

「クランダル、お願い……」ジュリアナはささやいた。「あなた、酔っているわ。自分の部屋へ行って横になって」

クランダルは横目でジュリアナを見た。「それって、誘っているのか？」

ジュリアナは歯噛《はが》みした。「これ以上ばかなまねはしないほうがいいわ。お願いだからご家族や奥さまのことを考えて。いいえ、せめて自分のことを考えてちょうだい。ここにいるみんなの前で恥をさらしたいの？」

「ぼくは花嫁と踊りたいだけさ」ろれつがまわっていなかった。ジュリアナもすでにクランダルの意図を察しているのでなかったら、なにを言っているか理解できなかったに違いない。「結婚式の日に花嫁と踊ってもらえないのか、ぼくは？」

クランダルが声をはりあげたので、まわりにいた数人がこちらを向いたのがジュリアナにはわかった。急いで答える。「わかったわ、クランダル。踊りましょう。そのあとすぐにここを出てくれると約束するなら」

「約束するよ。それで今日は終わりにする……花嫁とダンスをしたら。美しい花嫁とね」

クランダルはジュリアナの腰に腕をまわし、ダンスフロアへ引っぱっていった。ジュリアナはいらだちを抑えて彼と向きあった。どんなときでもクランダルと踊るのは苦痛だろうが、彼が酔っているとなるとなおさらだった。手をとられ、腰には彼のもう一方の手が添えられている。なるべく離れて立ったものの、それでも酒くさい息がかかった。

音楽が始まると、ジュリアナはできる限りクランダルのリードに合わせた。

「美しい花嫁と」クランダルが再び言った。

「ありがとう」ジュリアナはそっけなくこたえた。

クランダルはいやらしい目つきで彼女を見おろした。「ずっときみがほしかった。もちろんきみは知っているだろうが」

「クランダル……そういう会話はふさわしくないんじゃないかしら」本当にどうしようもない男だ。

「ほ、本当さ」クランダルは、問題になっているのはその点だとばかりに続けた。「ぼくが学校から帰ってくると、いつもきみがいて……ぼくを誘っていた」

「ばかなことを言わないで」ジュリアナは憤慨して言い返した。酔っ払いと口論しても埒《らち》が明かないのはわかっているが、この発言を受け流すわけにはいかなかった。「わたしは決して――」

「ああ、きみは誘惑していないつもりかもしれない」クランダルはウィンクをして認めた。「でも、ぼくはきみを見ていた。わかっているんだ」

「あなたはなにもわかっていないわ」ジュリアナの目に怒りが燃えあがった。「でも、少なくとも自分の無知をひけらかすのを控えることはできるんじゃないかしら」

クランダルは笑い、彼女の腰をぐいと引き寄せた。ジュリアナはつんのめりそうになったが、なんとか彼の胸に倒れこまずにすんだ。

「クランダル！　また醜態を演じる前にやめてちょうだい」ジュリアナは低い声で言った。

そのときクランダルの肩に手が置かれ、ニコラスの冷ややかな声がした。「すまない、クランダル。花嫁を花婿に返してくれないか」

「ニコラス！」ジュリアナはほっとして彼のほうを向いた。

ニコラスはジュリアナの顔を見て、紅潮した頬やグレーの瞳に燃える炎を認めると、クランダルに向き直った。「きみは飲みすぎだ。そろそろ引きあげてベッドに入ったほうがいい」

「おまえがどう思おうと関係ない」クランダルはニコラスをにらんだ。「ぼくたちは踊っていたんだ。行け。おまえは邪魔だ」

「今すぐ妻から手を離さなかったら、邪魔するだけじゃすまないぞ」歯をくいしばり、目には冷たい光が浮かんでいたものの、ニコラスは冷静な口調でこたえた。

クランダルは鼻で笑った。「おまえの妻か……。もしかして初夜を楽しみにしているのか？　本気で自分が初めての男だと思っているのか？　昔ぼくが――」

そのあとなにを言おうとしていたにせよ、言葉にはならなかった。ニコラスの拳《こぶし》が飛んできて、クランダルの顎を直撃したからだ。彼はあおむけに床にたたきつけられた。

女性の悲鳴があがった。クランダルはやっとのことで立ちあがると、ニコラスに飛びかかった。だが、みごとにかわされてよろめく。ニコラスは振り返ってクランダルの腕をつかみ、ぐいとひねりあげた。クランダルは狂ったように拳を繰りだしたが、またも的をはずし、代わりに腹部に一撃をくらった。続いて顎を突きあげられ、どさりと倒れた。

「ニコラス！」ジュリアナはニコラスの腕をつかんだ。「お願い。やめて！」

ニコラスは顔を上気させ、拳をかまえて、床に転がっているクランダルをにらんでいる。

クランダルは悪態をつき、もがくようにして立ちあがった。

「ニコラス」ジュリアナは早口で言った。「お願いよ。結婚式を台なしにしないで」

ニコラスはジュリアナを見おろした。彼のはりつめた筋肉がゆるむのがわかった。「すまなかった、いとしい人《マイ・ディア》」それからクランダルのほうを振り返った。「ベッドに入って酔いを醒《さ》ませ」

クランダルは唇をゆがめた。挑戦的な表情も、頬の腫《は》れと、唇から流れる血で形なしだった。「おまえを殺してやる」

「ぼくがきみなら、やめておくが」ニコラスは穏やかにこたえた。

「ばかなまねはするな、クランダル」ピーター・ハックボーンが言い、見物人のあいだをすり抜けて友人の肘をとった。「行こう」

クランダルはしばらくためらったのち、友人にしたがい、千鳥足で彼のあとから舞踏室を出ていった。ほかの客は道を空けてふたりを通すと、やがて顔を見あわせ、たった今目にした騒ぎについて話を始めた。ジュリアナは内心うめいた。この結婚式は数週間にわたって人々に話題を提供するに違いない。

ニコラスはジュリアナのほうを向き、こわばった声で言った。「すまなかった。パーティを台なしにしてしまったようだ」

「かまわないのよ」ジュリアナは請けあった。

ニコラスに目をやると、突然、別人のようによそよそしく見えた。ジュリアナはふと恐怖に襲われた。ニコラスがクランダルの言ったことを信じたのだとしたら……。

「ニコラス！」ジュリアナは傷ついた表情で彼を見た。「もしかしてクランダルの話を信じたんじゃ……」

「なんだって？　まさか」ニコラスの顔がさらにこわばった。「あいつは嘘《うそ》つきだ。昔からそうだった。だが、ぼくは……。すまない。きみにあんな醜態を見せるべきではなかった」

けんかをしたのは何年ぶりだろう、とニコラスは思った。若いころはしょっちゅうけんかをしていた。ちょっとした侮辱や挑発で、心の底に巣くう怒りが飛びだしたものだ。実際のところ、そうすることでなんとか生きのびてきたのだ。反抗と攻撃が、生きていくうえでのぼくのモットーだった。

何年もかかったが、自分のそういう荒々しい面をコントロールできるようになったと思っていた。だから、あれほど激しく暴力的な衝動がわきあがってきたのに気づいたときは驚いたし、動揺もした。ジュリアナにこんな自分を見られたくなかった。内なる獣が自分のなかにいまだにひそみ、牙《きば》をむいて息吹を与えられる瞬間を待っていることを知られたくなかった。ジュリアナの顔に恐怖の色を認めるのが怖くて、彼女のほうを見ることもできなかった。

そのとき、セラフィナがふたりのほうへ駆け寄ってきて、一方の手をニコラスの腕に、もう一方の手をジュリアナの手にかけた。セラフィナは数分前の出来事などなかったかのように明るくほほえんだ。「そろそろなんじゃない？　あなた方がふたりきりになりたくてそわそわしているのがよくわかってよ」

セラフィナの背後で野卑な笑い声があがった。ジュリアナは感謝の気持ちをこめてセラフィナを見た。新郎新婦を送りだすことで、まわりの注意をそらそうとしてくれているのだ。

「わたしがあなたなら、ここでうろちょろしてはいませんぞ」近くに住んでいる引退した将軍がからかうように言った。

「まあ、いやだ。あなたが先陣を切るおつもり？」元将軍の妻が言い返す。背が高く、がっしりした顎をした女性で、リリスの乗馬仲間のひとりだった。この無遠慮な女性が澄ましたリリスの友人とはジュリアナはどうしても信じられなかったが、どうやら馬への愛情は人を結びつける力を持っているらしい。

元将軍の妻の発言にジュリアナは頬を赤らめたが、セラフィナがさりげなく言った。

「まあ、ミセス・カーギル、レディ・バールが赤面してしまいましたわ。さあ、おふたりとも引きあげる時間よ」

ジュリアナとしても舞踏室や客たちから逃げられるのはうれしかったが、一方でこれからのことを考えると少しどきどきしてきた。彼女とニコラスは別れの挨拶をすると、客たちの陽気な祝福を受けながら、セラフィナにせきたてられるように舞踏室を出た。

階段の下にみんなを残して、ふたりで階段をあがる。ジュリアナはニコラスの腕に手をかけていた。上着の生地越しに、鉄のようにかたい筋肉が感じられる。ジュリアナは混乱していた。興奮と不安――どうなることを望んでいるのか自分でもよくわからなかった。

ニコラスがジュリアナの寝室のドアを開けると、彼女はなかに足を踏み入れた。ニコラスもあとから入ってくる。自分の気持ちが顔に表れるのが怖くて、彼のほうを見ることができなかった。ニコラスがほしい。その腕で抱いて、息ができなくなるほどキスをしてほしい。あらゆる意味で彼の妻になりたい。けれども、彼がなにを望んでいるかはわからないのだ。だから、怖くてたまらなかった。

ジュリアナはちらりとベッドを見て、あわててまた目をそらした。どこを向いても、これから起ころうとしていることを想起させるなにかがあった。

背後でニコラスが咳払《せきばら》いをした。ジュリアナは振り返り、ようやく視線をあげて彼の顔を見た。

そこにはジュリアナを勇気づけるものも、不安を和らげるものも見あたらなかった。急にニコラスが見ず知らずの他人になってしまったかのように感じられる。彼の表情はかたく、ときにあたたかみや笑いや茶目っ気にあふれる黒い瞳もなんの感情も示していなかった。

ニコラスは背中で手を組んだまま部屋を見渡している。生徒にどういう罰を与えようかと考えている厳格な校長先生みたい、とジュリアナは思った。場をなごませ、気心の知れた友人同士という、いつものふたりの関係に戻れそうな話題を必死に探す。最初に思いついたのはクランダルと階下での騒ぎについてだったが、その話は緊張をほぐす役にはたちそうになかった。

「すてきな式だったわね」ようやくジュリアナは言った。

「ああ。晩餐会も……その、すばらしかった」

なんともまのぬけた、ぎこちない返事だ。ニコラスはそう思いながらジュリアナを見た。彼女は美しい。彼女を求める気持ちは苦しくなるほど激しく強かった。取り決めを破ることなくジュリアナを腕に抱き、愛を交わす方法を見いだそうと幾度も試みたが、もちろんそんなものはなかった。夫としての権利を主張するよりも誘惑するほうがやり方としてはいいだろうが、決してしないと誓った行為であることに変わりはない。

ましてや今夜、こともあろうに自分の凶暴性をあらわにしてしまったのだ。ジュリアナがクランダルに一片の好意も持っていないことはわかっているが、祝いの席が殴りあいで台なしになるのを見てうれしいはずはない。さらに悪いことに、殴りあいをした男のひとりが自分の夫なのだ！　夫のそんなふるまいを見て、おそらくジュリアナはうんざりしたに違いない。取り決めを破って彼女をベッドに誘うことで、またもや自分の凶暴さを証明するわけにはいかない。ジュリアナの目に自分への幻滅と失望が浮かぶのだけは、絶対に見たくなかった。

「さて……ええと……」ニコラスは隣室に続くドアのほうを示した。「ぼくは自分の部屋に戻るとしよう。きみがぐっすりと眠れるといいが」

ジュリアナは呆然《ぼうぜん》としてうなずいた。ニコラスに抱かれるか否か、自分で決断しなくていいことにいくらかほっとしたものの、いちばん強く感じているのはやはり失望だった。彼のなかに欲望の兆しを見たと思ったのは間違いだったのかしら？　どうして彼はわたしとベッドをともにしたいとは思わないのだろう？　キスされたらどうしようと心配していたなんて、わたしはとんだおばかさんだったということ？

「そうね。おやすみなさい」喉がしめつけられるのを感じながら、ジュリアナはこたえた。

ニコラスが部屋を横切り、ドアを開けるのを見守る。彼は軽くうなずき、自分の寝室に入ると、後ろ手にドアを閉めた。ジュリアナはどさりと椅子に座りこんだ。

こういうことなのね。そう思うと、涙があふれた。わたしの結婚生活はこういうものだということよ。ニコラスはよそよそしくわたしと距離を置き、ふたりのあいだにあるのは友情だけで、愛など永遠に期待できない。赤ん坊を産みたくなったらぼくにそう言ってくれと彼は言ったけれど、自分がそんなことを頼めないのはわかっている。愛のない、冷ややかな態度で迫られるなんて耐えられないに違いないもの。すぐにニコラスはほかに楽しみを求めるようになるだろう。わたしはひとり老いていくのだ——子供も持たず、夫婦のまじわりを知ることもなく。

快適で安全な生活が手に入ったといっても、そのつけはあまりに大きかったのではないか。突然、ジュリアナにはそう思えてきた。

物憂げに立ちあがり、ベルを鳴らして侍女を呼んだ。結婚式に着た優美なサテンのドレスは背中に小さなボタンがたくさんついているため、ひとりでは脱ぐことができないのだ。普通、花嫁は、侍女ではなく夫にボタンをはずしてもらうのだろうけれど。

数分後にシーリアがやってきて、ほほえみながらジュリアナのネグリジェを広げた。新婚初夜にふさわしい、繊細なレースがあしらわれたサテンのネグリジェだ。シーリアはジュリアナのドレスを脱がせながら興奮気味におしゃべりをし、ニコラスの寝室に続くドアのほうにたびたび意味ありげな視線を向けた。

「ああ、ミス……いいえ、奥さま、わくわくしませんこと？　伯爵さまはあんなにハンサムで背が高くてたくましくていらっしゃるんですもの」

ジュリアナはおざなりにうなずいた。シーリアのおしゃべりにいらだっていた。ときおりニコラスの部屋から聞こえてくる物音が気になってしかたがない。彼はなにをしているのかしら？　彼も服を脱いでいるの？　ニコラスの長くしなやかな指がボタンをはずすところが目に浮かんだ。肩からシャツを脱ぎ、それからたぶん手をあげて、いつも額に落ちてくる髪を後ろにかきあげる……。ジュリアナは指がうずくのを感じた。ああ、手をのばして、乱れた髪を直してあげたい。その髪は指のあいだをなめらかに滑り、彼は愉快そうなまなざしを投げかけてくるだろう。

ぎゅっと拳を握った。こんなことを考えるのはやめなくては。人生をありのままに受け入れるのよ。でも、こんな状態が一生続くの？　そう考えると、耐えがたいほどつらかった。

ジュリアナは座ったまま、シーリアが髪からピンを抜き、丁寧にとかすに任せた。侍女のおしゃべりを心から閉めだし、鏡に映る自分の姿をじっと見つめる。わたしが美しくないからだろうか、とジュリアナは考えた。わたしのダークブラウンの髪は量が多すぎるし、顔だちが平凡だから？　眉はまっすぐすぎるし、鼻と口は形がいいけれど人目を引くほどではないから？　エレノアみたいに高い頬骨に大きな瞳、大きくてふっくらした唇と意志の強そうな顎をしていたら、ニコラスももっとわたしに魅力を感じたかしら？　それならこの部屋にいてくれたの？

そんなふうに考えるのはやめなさい。ジュリアナは自分を戒めた。ニコラスは、結婚するのはわたしを助けたいからで、形だけのものだと言った。それはわたしのためを思ってのこと、わたしが結婚を受け入れやすいようにという配慮からなのだ。彼の寛大さややさしさを、愛のないしるしと曲解するのは間違っている。

それでも頭のなかに疑念が残った。いくらわたしへの気づかいからそういう取り決めをしたにせよ、本気でわたしを求めていたら、ああも簡単に出ていけるものかしら？

侍女が後ろにさがり、ジュリアナを上から下まで見て顔を輝かせた。「とてもすてきですわ、奥さま。今夜は伯爵さまもお喜びになるでしょうね」

シーリアは自分の大胆な発言にひとりくすくす笑い、軽くお辞儀をすると、そそくさと部屋を出ていった。ジュリアナは振り返って、誰もいない部屋を見渡した。さて、これからどうしよう？　眠れないのははっきりしている。

ガウンのサッシュを少しきつくしめ、読みかけの本が置いてある小さなテーブルと椅子に近づく。座って本を手にとったものの、結局は膝の上に置いたまま、椅子の背に頭をもたせかけて向かいの壁を見つめた。

ニコラスの寝室から足音が聞こえてきた。彼がやってくるのではないかと一瞬、期待に胸が高鳴った。けれども足音は遠のき、しばらくして廊下側のドアが閉まる音がした。彼は部屋を出たのだ。

ジュリアナは絨毯《じゅうたん》に吸いこまれる足音に耳を澄ませた。妻の寝室の前を素通りし、廊下を歩いていく。目に涙があふれてきたが、ジュリアナはまばたきでそれを払った。

背筋をのばし、無理やり本に注意を向ける。読もうとしたが、集中力が続かなかった。ときおり人が廊下を行き来する足音が聞こえる。気がつくと、全身を耳にしてニコラスの寝室のドアが開いてまた閉まるのを待っていた。

しばらくたって、ようやく待っていた音が聞こえた。ジュリアナは耳を澄ませ、ニコラスが部屋を動きまわる音を聞きとろうとした。なんてばかなことをしているのだろうと思いながら。

やがてため息をつき、もう寝ようと立ちあがった。ガウンのサッシュを解き、肩からするりと脱ぐ。それからガウンをベッドの足もとにほうって、上掛けの下にもぐりこもうとした。

そのとき突然、隣室に続くドアが開き、ジュリアナはびくっとした。振り返ると、ニコラスが戸口に立っていた。心臓が早鐘を打ち始め、喉がからからになる。ジュリアナはなにも言えず、ただじっと彼を見つめた。

ニコラスの顔には間違いようのない欲求が刻まれていた。官能的にゆがんだ唇。けだるげなまなざし。ジュリアナが息もできずに見つめていると、彼は大股で彼女に近づき、かたわらに来るなり腕をつかんでぐいと引き寄せた。ブランデーのにおいがする。ニコラスはたぶん書斎に閉じこもり、飲んでいたに違いない。ジュリアナを見おろす瞳はぎらつき、指は彼女の腕にくいこんでいる。ジュリアナは少しばかり怖くなったが、それ以上に興奮していた。

「きみのことを考えずにはいられないんだ」ニコラスはくぐもった声でつぶやいた。「ここにいるきみを、ベッドに横になりぼくにぴったりと体を寄せているきみを思い浮かべてばかりいて、ぜんぜん眠れない。きみのことしか考えられないんだ」

「ニコラス……」ジュリアナはささやくように言った。ニコラスの言葉にとろけそうだ。

「情熱のない結婚なんてもういやだ。きみを抱きたいんだ」

ニコラスはさらにジュリアナを引き寄せた。そして手をジュリアナの髪にさし入れると、彼女の頭をしっかりと手で支えて、唇を奪った。

ジュリアナは腕をニコラスの首にまわすと、爪先立ちになり、彼のキスに情熱的にこたえた。胸はニコラスの愛撫《あいぶ》を求めてうずいている。ジュリアナは彼の胸板にさらに強く体を押しつけた。ふたりのあいだにあるのはネグリジェと彼のシャツの薄い生地だけ。体を動かすと、軽くこすれたせいで胸の先端がかたくなった。そこをニコラスに指でもてあそばれたことを思いだす。体の奥のうずきはさらに激しくなっていた。

ジュリアナはニコラスのシャツのボタンに手をかけたが、指が震えてはずすことができなかった。彼は体を離してネグリジェをつかむと、引っぱりあげ、頭から脱がせた。次の瞬間、ジュリアナは裸でニコラスの前に立っていた。恥ずかしさを感じていない自分に驚く。感じているのはほとばしるような情熱だけ。逆に彼のまなざしを感じて楽しんでいるくらいだ。自分の素肌を見てニコラスの目に炎が燃えあがるのがわかり、体がぞくぞくした。

ニコラスは乱暴に自分の肩からシャツを押しのけた。カフスをとめたままの袖口《そでぐち》が手首に引っかかったときには悪態をついた。ジュリアナを愛撫したくて、シャツを脱ぐ手間も惜しいようだ。結局、彼は手首からシャツをぶらさげたまま、ジュリアナの腰に手をあて、自分のほうへ引き寄せた。そして、白く柔らかな胸へと頭をおろしていき、震える頂にキスをした。ジュリアナの全身を震えが走った。肌を這《は》うニコラスの唇はベルベットのようだ。彼の舌が胸の先端を探しあてると、彼女は感きわまって、小さくむせぶような声をもらした。

こんなことは予想もしていなかった。激しい情熱。めくるめく欲望。体はこの快感がいつまでも続くことを願っているのに、一方で解放を求めている。

ふと、両脚のあいだが湿ってくるのを感じてジュリアナはぎょっとした。そこは熱くうずき、鼓動に合わせて脈打っている。ニコラスは手をジュリアナの腰からヒップへとおろすと、彼女の体を持ちあげた。そしてやさしく胸の先端を口に含み、吸ったり、舌で転がしたりした。

ジュリアナはこみあげる欲求になすすべなく溺《おぼ》れ、うめき声をあげた。手をニコラスの髪にさし入れる。彼女は情熱の暗いトンネルにのみこまれるのを感じながらニコラスの名前をささやいた。

そのときだった。屋敷のなかのどこかから、女性の悲鳴が響いた。

13

ニコラスとジュリアナは凍りついた。彼は頭をあげ、戸惑ったようにジュリアナを見た。悲鳴は繰り返し聞こえてくる。

ニコラスはいきなり体を離すと、シャツを肩に引きあげてボタンをはめ直しながらドアへと急いだ。ジュリアナも床に投げ捨てられていたネグリジェに飛びつき、あわてて頭からかぶった。あせっていて、裏返しになっていることも気づかなかった。ニコラスが廊下に飛びだすと、ジュリアナもガウンをつかんで彼のあとから部屋を出た。

廊下のあちこちで人々が部屋から顔を出し、あたりを見渡したり、質問を交わしたりしていた。ニコラスが階段を駆けおりていき、ジュリアナがそのすぐあとに続くと、彼らもそれにならった。階下の廊下に使用人が何人か集まっていた。ほかの者たちも屋敷の奥からそちらへと走っていく。

執事がひとりのメイドの腕をつかんでいた。彼女はわけのわからないことをわめいている。メイドはもうふたりいて、目を見開いてその様子を見つめていた。

「どうした？　なにがあったんだ？」ニコラスがきいた。

ランデルがほっとしたようにニコラスのほうを向いた。「ご主人さま！　マリー・ルイーズが……恐ろしいことを発見しまして」

「なんだ？」

答える代わりに、執事はニコラスを奥にある小さな客間のひとつに案内した。ジュリアナはニコラスのあとを追い、その後ろに一同が続いた。

高価な胡桃《くるみ》材の鏡板が張られたその部屋は、テーブルのひとつにのったランプの明かりが光の輪を投げかけているだけでとても暗かった。暖炉の前にソファが置かれ、ソファの後ろには庭に面した窓がある。

そしてそのあいだにクランダルがうつ伏せになって倒れていた。頭にはべっとりと血がついている。

ジュリアナがはっと息をのむと、ニコラスは悪態をついた。振り返ってほかの者をとめようと手をのばしたが、すでに遅かった。リリスがふたりの後ろに立っており、床の動かぬ体を見つめている。その顔は蒼白《そうはく》で、目つきは険しかった。

「クランダル……」リリスはささやき、ニコラスを見た。「なにがあったの？　あの子――」

「ジュリアナ……」ニコラスに言われて、ジュリアナはすばやくリリスに近づいた。リリスの腕をとって向きを変えさせ、部屋から連れだす。

リリスがショック状態にあるのは、彼女が抵抗することなくジュリアナにしたがったことからも明らかだった。セラフィナは戸口で夫の後ろに立ち、ウィニフレッドはその背後をうろうろしている。ジュリアナはリリスをふたりのもとへ連れていった。「セラフィナ、ウィニフレッドとお母さまを……そうね、居間にお連れしてくれる？」

「なにがあったの？」セラフィナが怯《おび》えた顔できいた。

「どうして？　あそこになにがあるの？」ウィニフレッドも混乱した様子で尋ねた。「お義母《かあ》さまはクランダルって言わなかった？」

「クランダルがけがをしたのよ」

「なんですって？」ウィニフレッドは足を踏みだそうとしたが、ジュリアナがとめた。

「だめよ。なかに入らないほうがいいわ。見ないほうがいい」

「なにを見ないほうがいいの？」ウィニフレッドはますますとり乱した。「彼になにがあったの？」

「わからないの」ジュリアナは答えた。「これからニコラスが調べるわ。今はなにもわからないの」彼女はあたりを見まわし、使用人の一団に目をとめると、侍女のシーリアに合図した。少なくともシーリアは、エレノアのもとで働いていただけあっててきぱきしているし、感情的になることもない。「シーリア、彼女たちをお願いできるかしら？　ブランデーを一杯ずつさしあげてちょうだい」

シーリアはうなずくと、ジュリアナの見こみどおりよけいな質問をすることなく、命じられたことを実行した。女性たちが行ってしまうと、ジュリアナは振り返ってピーター・ハックボーンとサー・ハーバートの横をそっとすり抜けた。

ニコラスはクランダルの脇《わき》に膝を突いていたが、ジュリアナが部屋に戻ると、また立ちあがった。「死んでいる」

「なにがあったんだろう?」サー・ハーバートが尋ねた。

「何者かに後頭部を殴られたようだ。暖炉の火かき棒が横に落ちていて、そこに血がついている」

「なんてことだ」サー・ハーバートは見るからに動揺していた。

ハックボーンはまばたきをし、おそるおそる床の遺体を見おろした。「どうするつもりです?」

「判事を呼びにやりましょう。ちょうどカーステアズ判事がいらしているので」ニコラスは近くで指示を待っていた執事のほうを振り返った。「ランデル、従僕のひとりをやって判事を連れてきてくれ」

「かしこまりました」

「だが、まず、きみの知っていることを話してくれないか」

「お話しできることはほとんどないんです」執事は言った。話し方は落ち着いているものの、普段よりかなり顔が青ざめている。「片づけを終えまして、そろそろベッドに入ろうとしていたときでございました。メイドのひとりがこの部屋に明かりがついているのを見つけ、消そうとなかに入ったのです。そのとき、ミスター・クランダルを発見し……」

「悲鳴をあげたのはそのメイドか?」

「そうです」

「この部屋に出入りした人間を見なかったか?」

ランデルは首を振った。「いいえ。今晩、この部屋は使いませんでしたので。お客さまはみな舞踏室にいらっしゃいましたし……もちろん、庭にも人はおりましたが。誰でもここに入れたでしょうが、わたしはどなたも見ておりません」

「クランダルのことも?」

「ええ……いいえ。つまり、見ておりません」

「最後に彼を見たのはいつだった?」

「はっきりとは覚えておりません。出たり入ったり、忙しかったものですから」

ニコラスはほかのふたりの男性のほうを向いた。「サー・ハーバート、ミスター・ハックボーン、あなた方は?」

セラフィナの夫は落ち着かなげに身じろぎした。「最後に見たのは、たぶんクランダルがあなたとその……口論をしたときでしょうか。あのあと彼はすぐ舞踏室を出ていきましたからね」

「ぼくが連れだしたんです」ハックボーンが言った。「階上《うえ》のクランダルの部屋まで一緒に行ったあと、彼は顔を洗いに行きました。ぼくは部屋で横になるようすすめたんですが……」彼は肩をすくめた。「そのとおりにしたかどうかはわかりません。ぼくは舞踏室に戻りましたから。そのあとは見ていません」

「家の者全員と話がしたい」ニコラスは執事に言った。「判事を呼びにやったら、みんなを台所に集めてくれないか」

「かしこまりました、ご主人さま」ランデルは一礼して部屋を出た。

ハックボーンとサー・ハーバートは互いに顔を見あわせた。ふたりがなにを考えているかジュリアナにはわかる気がした。クランダルとニコラスは憎しみあっている。まさに今夜、彼らは言い争い、殴りあいまでした。クランダルの頭に火かき棒をたたきこみそうな人間といえば、誰よりもバール卿《きょう》本人なのではないかとふたりは考えているに違いない。

ジュリアナの胸に不安がこみあげた。ニコラスではない。ニコラスのはずがない。彼はわたしと一緒に二階へあがった。悲鳴が聞こえたとき、一緒にいたのだ。でもメイドが客間に入るどれくらい前からクランダルがそこに横たわっていたのかは誰にもわからない。もしかしたら、もっと前に起きたことなのかもしれないのだ……ニコラスが部屋をあけていたころに。ニコラスはクランダルを殺していないと確信しているが、わたしにはそれを証明することはできない。

　男性たちは振り返って、もう一度クランダルを見やった。その視線を追ったジュリアナは、背筋が寒くなった。クランダルのことは嫌いだったし、率直に言って覚えている限り一瞬たりとも好意を感じたことすらないが、こんなふうに血まみれの遺体となって横たわっている姿を見るのはやはり恐ろしかった。

　ニコラスは小さなテーブルに近づいてランプをとりあげると、クランダルの上にかざした。男性三人はかがみこんで遺体を調べた。後頭部の髪についた血が黒っぽく光っている。

　その光景にジュリアナは胃が引っくり返るのを感じた。あわてて目をそらす。その瞬間、なにか光るものが目に入った。一歩前に出て壁に近寄り、キャビネットの前の床を探す。最初はなにも見えなかったが、ニコラスがまたランプを動かすと、その光が小さくきらめくものをとらえた。

　ジュリアナはかがみこんで、小さなガラスのようなものを見つめた。指先でそっとつまみあげる。色は赤で、よく見るとガラスではなく、宝石だとわかった。ルビーだ。

　ジュリアナは自分が発見したものをほかの三人に示そうとしたが、思い直して男性たちのほうに目をやった。誰もこちらを見ていない。彼女はルビーをポケットにしまった。もしかしたら、以前、誰かのアクセサリーから落ちたものかもしれない。けれども殺人者が身につけていたものから落ちたものかもしれないのだ。クランダルを殺した犯人を知る手がかりとなる可能性は大きい。だとしたら、これを見つけたことは誰にも知らせないほうがいいだろう。宝石をなくしたことを知らなければ、犯人はその宝石がついていた宝飾品を処分しようとはしないはずだ。

それに、ハックボーンかサー・ハーバートが犯人である可能性もある。サー・ハーバートがクランダルを嫌っていることはよく知っているし、ハックボーンが今夜クランダルと口論していたのも目撃した。どちらも犯人でないとしても、殺人現場で宝石が見つかったことを誰かに話すかもしれない。そうしたら宝石の話はあっというまに屋敷内に広まってしまうだろう。

ニコラスが向きを変えてランプをテーブルに戻し、男性たちは遺体から離れた。ジュリアナはハックボーンがニコラスにしかめっ面を向けたのに気づいたが、彼はなにも言わなかった。

彼らは客間を出てドアを閉めた。ニコラスは従僕のひとりを廊下に立たせ、警察が来るまで誰もなかに入れないよう指示すると、台所で使用人たちの話を聞くためにその場をあとにした。ジュリアナはリリスたちを捜しに行った。彼女たちは居間にいた。シーリアが暖炉に火をおこしておいたので部屋は暑すぎるくらいだったが、リリスは暖炉の近くに座り、肩にショールをかけていた。

リリスは打ちのめされた様子だった。顔には血の気がなく、目は絶望をたたえている。ジュリアナは胸に同情がこみあげるのを感じた。この屋敷のなかでクランダルの死を本当に悲しんでいるのはリリスだけなのではないだろうか？　彼女が息子の態度にいらだちを募らせていたのは明らかだが、心の底では今も彼のありのままの姿を直視しようとはせず、自分がそうあってほしいと願う立派な息子として見ていた。それに、クランダルがあんな人間になったのはリリスの責任でもある。彼女は息子を甘やかし、なにか問題が起こると人の話は聞かずにクランダルの都合のいい説明だけを受け入れてきた。とはいえ、リリスがクランダルを愛していたことは誰も否定できない。わが子の死に大きなショックを受けているのは間違いなかった。

セラフィナは暖炉からずっと離れたソファにウィニフレッドと座り、扇子をあおいでいたが、ジュリアナが入っていくと目をあげて弱々しくほほえんだ。ちらりと母親のほうに目をやる。リリスは部屋には誰もいないかのようにじっと火を見つめていた。ジュリアナはどうしていいかわからなかった。リリスを慰めるなんて、これまで考えてみることすらなかったのだ。

ジュリアナは歩いていって、リリスの向かいの椅子に腰をおろした。「リリスおばさま……」

リリスは誰だかよくわからないというようにぼんやりとジュリアナを見つめた。

「本当にお気の毒です」ジュリアナは言葉少なに言った。

リリスはジュリアナを見つめるだけで、口を開こうとしない。

「お部屋に戻って、横になられたほうがいいんじゃないでしょうか」

「眠れるとは思えないわ」リリスがこたえた。

「コックに言って、ミルクを一杯あたためてもらいましょうか」ジュリアナは言ってみた。

「眠りたくないの」力ない答えが返ってきた。

ジュリアナとしてもほかに言うことは思いつかなかった。とはいえ、苦しんでいるリリスをほうっておくわけにもいかない。そこで、セラフィナやウィニフレッド同様に、黙ったまま座っていることにした。

しばらくして、サー・ハーバートとハックボーンが居間に入ってきた。どちらもベッドに入る気にはなれなかったようだ。かといって、彼らにしてもなにも言うことはなかった。やがて廊下からざわめきが聞こえてきた。おそらく判事が到着したのだろう、とジュリアナは思った。思ったとおり、カーステアズ判事が入ってきてリリスに厳粛な面持ちでお辞儀をし、それからほかのみんなにも一礼した。

「なんとも悲しいことです」判事はあたりさわりのない感想を述べた。

「カーステアズ判事」リリスは立ちあがって彼に近づいた。「なにかわかりましたか?」

判事は被害者の母親を前に、いささか狼狽《ろうばい》しているようだった。「そうですね、ええと、ミセス・バール……それより、あなたは横になられたほうがいい。レディに聞かせるような話じゃありませんからな」

「あの子はわたくしの息子です」リリスは重々しい口調でこたえた。「わたくしには知る権利があります」

「たしかにおっしゃるとおりですな。ご子息は何者かによって偶発的に殺されたと思われます」判事は言った。「もちろん検視官の判断が出るまで確かなことは言えませんが、死因が変更になることはないでしょう」

「そうですか。でも、誰が殺したんです？」セラフィナがきいた。スカートの上で手を握りあわせている。「犯人の目星は――」

カーステアズ判事は首を振りかけたが、彼が口を開く前にリリスが割りこんだ。「それは明らかなんじゃありません？　わたくしの息子を誰よりも憎んでいたのは誰かしら？　今夜ダンスフロアであの子と殴りあったのは？」

判事が気まずそうな表情を浮かべた。彼も招待客のひとりで、ニコラスとクランダルのけんかを目撃していたのだ。「あなたがそうおっしゃるのはわかりますが、だからといってバール卿が関係あるということには――」

「ニコラスが犯人だなんてあり得ませんわ」ジュリアナは言った。「あのけんかのあと、彼はずっとわたしと一緒だったんですから」

「やっぱり」カーステアズ判事はほっとした様子だった。「バール卿にはアリバイがある。ひと晩じゅうご一緒だったということですね？」

「今夜は結婚初夜なんですよ」ジュリアナは指摘した。

「もちろんです」この話題に、判事はジュリアナ以上にどぎまぎしているようだった。やがて彼はリリスのほうを向いて言った。「検視官がちゃんと調べてくれるでしょう、ミセス・バール。あなたのご子息を殺した犯人は必ずつかまえます」

リリスは長いこと判事を見つめていた。やがてその視線はジュリアナに移った。「わたくしはもう部屋にあがります。あとは殿方に任せましょう」

ジュリアナはまだ引きあげたくなかったが、リリスが支えに彼女の腕をとろうと手をのばしてきたので、どうしようもなかった。女性たちはほとんど言葉を交わすことなく二階へあがった。みんな自分と同じで、今夜の一連の出来事にうろたえ、ちゃんと考えることすらできなくなっているのだろうとジュリアナは思った。

寝室に戻ると、ジュリアナはガウンのポケットに手を滑りこませ、宝石をとりだした。ドレッサーの上のランプに近寄り、身をかがめて光のなかでルビーをじっくりと眺めた。これだけでは以前に見たことがあるものかどうか判断できない。彼女はあきらめて、宝石箱の最上段に注意深くしまった。ガウンを脱いで脇に置き、ベッドに目をやる。悲鳴にさえぎられる前、ニコラスとなにをしていたかが思いだされた。ふと自分の体を見おろし、初めてネグリジェを裏返しに着ていたことに気づいた。ガウンの襟もとはV字にくれているから、前の部分は明らかに見えていたはずだ。そう思うと頬が真っ赤に染まった。あわててネグリジェを着たのが一目瞭然《りょうぜん》だっただろう。つまり、なにをしていたところか誰にでもわかったということだ。

少なくとも、この身なりはニコラスのアリバイについてわたしが判事にした話に信憑《しんぴょう》性を与えたはずだわ。ジュリアナはベッドにもぐりこみ、上掛けをほてった顔まで引きあげながら考えた。

横向きになり、考えをまとめようと試みる。けれども気持ちは千々に乱れ、一分たりともひとつのことに集中していられなかった。

ようやく階段をのぼってくる足音が聞こえた。だが、ニコラスではなかったのだろう、誰も隣の部屋には入らなかった。眠れるはずがないと思いながら、ジュリアナは待ち続けた。

気がつくと、朝になっていた。

カーテンの隙間《すきま》から日がさしこみ、ジュリアナは目を覚ました。よろよろと体を起こす。十分な睡眠はとれていなかったが、もう一度眠りに戻ることができないのもわかっていた。膝をたててそこに頭をのせ、低いうめき声をもらす。

できることなら、ゆうべの出来事はすべて夢だと思いたかった。けれども、そうでないことはわかっている。クランダルは死んだ。何者かに殺されたのだ。リリスは明らかに犯人はニコラスだと信じている……いいえ、信じたがっている。

ゆうべ、ニコラスとクランダルが大勢の人の前でけんかをしたのは事実なだけに分が悪かった。わたしが彼のアリバイを証明したとしても、妻の言葉は信頼できる証拠とは言えない。つまりわたしとニコラスは、実際に殺人を犯した人間を見つけだす必要に迫られているということだ。

ジュリアナは立ちあがって洗面台で顔を洗い、ひとりで着られる午前用のドレスを引っぱりだした。シーリアを早朝から呼びつけたくなかったからだ。靴をはいたあと、ジュリアナは衝動的に例のルビーをポケットに入れ、階下へおりた。

朝食の席にいたのはニコラスだけだった。彼はジュリアナを見ると、少し疲れたようにほほえんで立ちあがり、テーブルの椅子を引いた。「きみも眠れなかったのかい？」

「朝早くに目が覚めたわ」ジュリアナは答えた。「眠りが浅かったみたい」

「無理もないよ」

ニコラスが再び腰をおろすと、メイドのひとり、アニーという名の娘が進みでて、ジュリアナに紅茶を注《つ》いだ。アニーの手は気の毒なほど震え、ティーポットがカップにあたってかちゃかちゃと音をたてた。ジュリアナは心配になってアニーの顔を見あげた。その顔は青ざめ、目は大きく見開かれている。

「アニー、大丈夫？」

メイドは息をのみ、ニコラスに卵料理を給仕している従僕のほうを見た。「大丈夫です、ミス……いいえ、奥さま」

アニーがあまりにびくびくしているので、ジュリアナもそれ以上はきけなかった。だが、その必要もないだろう。前の晩に殺人があった屋敷で若い娘が怯えているのは不思議でもなんでもない。

アニーはニコラスのカップにも紅茶を満たすと、ポットをサイドボードに戻した。それから朝食の料理を盛った大皿をとり、ドアを背にしてテーブルのほうへ向かいかけた。ちょうどそのとき、執事がいつものように音もなく部屋に入ってきて、アニーの後ろからサイドボードに近づいた。彼女は振り向きざまランデルとぶつかりそうになり、悲鳴をあげて、がしゃんと皿を落とした。

「なにをやっているんだ！」ランダルが怒鳴った。「今すぐ台所に戻りなさい」

「す……すみません」アニーはやっとのことで謝ると、わっと泣きだし、部屋を飛びだした。

従僕が急いで片づけを始める。ランデルはニコラスとジュリアナのほうを向いて言った。

「失礼いたしました、ご主人さま、奥さま。あの娘はただでさえ臆病《おくびょう》なうえに、すっかり怯えきっておりまして」

「無理もないよ」ニコラスは即座にこたえた。「気にしなくていい」

「すぐに新しいのを持ってまいります」

片づけはすぐにすみ、部屋を出たランデルはまもなく料理をたっぷりのせた皿を持って戻ってきた。そして従僕をさがらせ、自ら朝食の残りを給仕した。

ニコラスはまもなく執事もさがらせた。使用人たちは動揺しているに違いないから、そばについていて安心させてやってほしいと言って聞かせたのだ。ランデルはうなずき、一礼して部屋を出ると、後ろ手にドアを閉めた。

ニコラスはため息をつき、フォークとナイフを脇に置いた。「今朝はさすがに食欲がないな」

「遅くまで調べていたの？　その……」ジュリアナは言いよどんだ。

「遺体を、かい？」ニコラスはずばり言った。「ああ、警察が帰るまでずっと立ち会っていたよ。それから誰も入れないよう、自分で客間のドアに鍵《かぎ》をかけたんだ」彼は顔をしかめた。「もちろん、ぼくが第一の容疑者なんだろうが」

「ニコラス、まさか……」

彼は思案げにジュリアナを見た。「きみはゆうべ、判事に正確な事実を話さなかった。舞踏室を出たあとぼくとずっと一緒だったときみは言ったが、実際には、少なくとも一時間は別々だったはずだ」

「わかっているわ」ジュリアナはこともなげにこたえた。「あなたが部屋を出る音を聞いたから」

「どうしてそう言わなかった？」

「あなたがクランダルを殺していないことはわかっているからよ。それにリリスおばさまに、あなたがやったのかもしれないって疑念を植えつけたくなかったの」

「きみはぼくを信頼しすぎだ。ぼくはこれまでずいぶんあくどいことをしてきた。それにクランダルを憎んでもいた。ぼくが火かき棒で彼の頭を殴ったのではないと、どうして言いきれるんだ？」

「あなたを知っているからよ」ジュリアナはきっぱりと答えた。「あなたが模範的な人生を送ってきたわけではないらしいのはわかっているわ。たぶん、その……厳密に言えば合法でないこともしてきたんでしょう。でもわたしは、あなたが悪い人じゃないのを知っている。あなたにはクランダルを殺す十分な動機があるでしょうけど、たとえ殺すとしても怒りが昂《こう》じてのこと、ゆうべダンスフロアでしたような一対一のけんかのなかでのことだと思うわ。火かき棒で背後から殴りつけるなんていう、陰険で卑怯《ひきょう》なまねは絶対にしないはずよ」彼女は衝動的にニコラスに手をのばし、両手で彼の手をとって顔をのぞきこんだ。「わたし、間違っていないでしょう？」

ニコラスは長いことジュリアナを見つめていた。やがて彼の表情がわずかに変化した。緊張が解け、あたたかみが戻る。ニコラスは彼女の一方の手をとると、口もとへ持っていってやさしくキスをした。

「きみが妻となってくれて、本当に感謝しているよ」ニコラスが言った。

ジュリアナはにっこりした。「わたしこそ」

「もちろん、きみは正しい」ニコラスはジュリアナの手を離すと、椅子にもたれた。「ぼくはクランダルを殺していない。ついでに言えば、判事もぼくを疑っていない。彼は、犯人はファローだと考えている」

「鍛冶屋《かじや》の？」

ニコラスはうなずいた。「ファローがクランダルを恨んでいたのは明らかだ。先週、クランダルをしたたか殴りつけたんだから。それに、クランダルを殺すチャンスもあった。彼もゆうべここに来ていたからね」

「でも、あれから少し時間がたっているわ。どうしてもっと前に殺さなかったのかしら？クランダルが妻に暴行しているのを見つけたときに」

「わからない。ぼくもファローがやったとは思えないんだ。ただ、クランダルというやつは人の想像を超えたばかなまねをしかねない。ゆうべまたファローの妻に言い寄ったのかもしれない。クランダルは庭に出ていた。ゆうべ使用人たちの話を聞いたところ、従僕がふたりほど、彼が庭で借地人たちと話をしているのを見ていたんだ」

「でも、クランダルは屋敷のなかで殺されたのよ」

「クランダルのあとをつけてなかに入るのは難しくない。あの部屋は横手のドアから遠くないからね。ファローを容疑者から除外することはできないと思う」ニコラスはいったん言葉を切り、また続けた。「とはいっても、ファローが犯人だとは考えたくない。彼はまっすぐで正直な男だ。きみがぼくに関して言ったように、後ろから火かき棒で人の頭を殴りつけるような人間には見えない。ただ、裁判では彼に不利になりそうで心配だ。影響力のある紳士よりも村人を有罪にするほうがはるかに簡単だからね」

「でなければ、影響力のあるレディを」

「そのとおり」ニコラスは同意を示してジュリアナのほうへ頭を傾けた。「クランダルがいなくなればと思っていた女性は大勢いるに違いない」

「ファローが殺していないのであれば、彼に罪をかぶせるわけにはいかないわ。それに、リリスおばさまがどうにかしてあなたを犯人に仕立てあげようとするんじゃないかと心配でならないの。わたしたちも調べたほうがいいと思うわ」

「判事や警察に任せるつもりはないさ」ニコラスはきっぱりと言った。「ぼくも自分で調査しようと思っていた。だがきみは――」

「問題なのは」ジュリアナはさえぎった。ニコラスが〝きみは調査に手を出さないように〟と言いかけたに違いないと思ったからだ。しめだされるつもりは毛頭なかった。「除外できる人はごくわずかしかいないということね。クランダルはそこらじゅうに敵をつくっていたから」

「ああ」ニコラスも同意した。

「たとえば友人のミスター・ハックボーン。ゆうべダンスの最中に彼がクランダルと言い争っているのを見たわ。彼が単に友達に会いにここへ来たとは思えない。クランダルも彼を見てひどく驚いていたし……あまりうれしそうではなかったもの。たぶんクランダルは彼にお金を借りているんだと思うわ。それからこの前わたし、クランダルとサー・ハーバートの話を立ち聞きしてしまったの。クランダルはサー・ハーバートからお金を借りようとしていたわ。彼の話によると、大勢の紳士に借金があるみたいだった」

「クランダルが金を借りているのだとしたら、ハックボーンが彼を殺したという推理は筋が通らなくなる。金が返ってこなくなるわけだから」

「それはそうね。でも、ゆうべミスター・ハックボーンは見るからに激昂《げっこう》していたわ。怒りが良識を押しのけてしまうということもあり得るんじゃないかしら」ジュリアナは指摘した。「それにサー・ハーバートも容疑者からはずすことはできないわ」

「どうしてだい？」ニコラスは眉根を寄せた。「たしかにクランダルに好意を持っているようには見えないが、殺すほどの敵意を抱いているだろうか？」

ジュリアナは肩をすくめた。「わからないわ。ただ、サー・ハーバートとクランダルの口論を聞いた限りでは、サー・ハーバートは相当腹をたてていた。どうやらクランダルはすでに彼にかなりのお金を借りていて、返していないみたいね」

「だからといって殺すとは考えられないな。それ以上貸さなければいいだけのことだ」

「ほかにも怒る理由があるのよ。サー・ハーバートは、セラフィナがギャンブル仲間とつきあうようになったのはクランダルのせいだと考えているようだったわ。彼女、カードでかなりの額をすったみたい。だから社交シーズンの真っ最中だというのにロンドンではなくここにいるのよ」

「なるほど、すっからかんなわけか」ニコラスはうなずいた。「不思議に思っていたんだ。セラフィナは、毎晩舞踏会に出かけられるというときに田舎住まいをするようなタイプじゃないからな」

「ええ。彼女がここにいたくないのは確かよ。そのことでクランダルを責めていたに違いないわ」

「もともと仲のいいきょうだいではなかったが」ニコラスがつけ加えた。「クランダルはいつもつまらないことを言ってはセラフィナを怒らせているようだった」

「ええ、おかしいと思っていたの。たいして罪のない発言に思えるのに、セラフィナはいつもすごく怒った顔でクランダルをにらみつけていたから」

「当然ながら」ニコラスは考えこんだ。「誰よりもクランダルを亡き者にしたいと思う理由がある人間といえば、まず第一に彼の妻だろうな」

「ウィニフレッド?」ジュリアナは驚いてきき返した。「でも彼女はとても小柄だし、内気だわ」

「サー・ハーバートとセラフィナはクランダルのそばにいる必要はないんだ。そんなに彼がわずらわしいなら、ここを出ていけばいい。だが、ウィニフレッドはクランダルにしばりつけられている。彼女はとうに、クランダルと結婚したのは間違いだったと気づいているに違いない」

ジュリアナは考え深げに口をすぼめた。「たしかにウィニフレッドには、クランダルから逃れたいと思う理由がたっぷりありそうね。彼との生活は悲惨だったでしょうから」ウィニフレッドに招待状の宛名《あてな》書きを頼んだときに見た、腕のあざを思いだした。「クランダルは彼女を傷つけていたかもしれないわ……肉体的に、という意味だけれど。いつだったか彼女の腕に、誰かにきつくつかまれたようなあざがあったの。それに、夫が浮気をした話も始終聞かされていたでしょうし。クランダルのことだから、ほかの女性にも手を出していたに違いないもの。ついこのあいだの昼食のときにも……」

「そう、鍛冶屋の妻の一件では、少なくともクランダルがウィニフレッドを裏切ろうとしていたことが明らかになった。知らん顔をしていられるはずがない」ニコラスは言った。

「小柄で内気ということについて言えば……背後から火かき棒で殴られているわけだから、肉体的に不利であることはちゃんと考えていたのだろう」

「犯人が女性である可能性を除外することはできないわね」ジュリアナも認めた。「これを見て。ゆうべ、あの部屋の床に落ちていたのを見つけたの。クランダルの遺体から一メートルほどのところにあったのよ」

ジュリアナはポケットに手を入れると、ルビーをとりだしててのひらにのせ、ニコラスにさしだした。

ニコラスはひょいと両眉をつりあげた。「これはなんだい？」てのひらから宝石をつまみあげ、窓からさしこむ光にかざした。「ルビーか？」

「ええ。あなたがクランダルにランプをかざしたとき、見つけたの。明かりを受けてきらりと光ったのよ。クランダルのそばにあったキャビネットの脚もとに落ちていた。これが犯人のものである可能性はあるかしら？」

ニコラスは考え深げにルビーを調べた。「もちろん、あり得るな。あの部屋はめったに使われないし、以前誰かの体から落ちたものなら、メイドが掃除したときに見つけ、拾っていただろうから」

「たぶんね。もちろん大きな石ではないから、見逃された可能性もあるけれど。わたしだってあなたがランプを動かしたから気づいたのよ」

ニコラスはジュリアナを見た。「このことは誰にも話していないのか？」

「ええ。見つけたときもなにも言わなかった。なにか言ったら、犯人が……」

「このルビーがついていた宝飾品を処分してしまうかもしれないということか」ニコラスがあとを引きとった。「そのとおりだ。よし。もちろん決定的な証拠ではないが、これで犯人の目星がつきやすくなるかもしれない」彼はいったん言葉を切ってから、また続けた。「これが犯人のものだとしても、必ずしも女性だということにはならないな。このルビーはタイピンやカフスから落ちたものかもしれない」

ジュリアナもうなずいた。「ゆうべみんながなにを着ていたか、思いだせればいいのだけれど」

「ぼくには絶対に無理だな。きみの姿しか思いだせない」

ニコラスははたと口をつぐんだ。そしてさっと立ちあがってサイドボードのほうへ歩いていくと、カップにお代わりを注いだ。彼はしばらくそこに立ったままカップを見おろしていたが、やがてくるりと振り返った。

「ぼくは謝らなくてはならない」ニコラスはジュリアナのほうは見ずにこわばった声で言った。「ゆうべのふるまいのことだ。ぼくは……いや、酔っていたせいだとしか言い訳できない」

ニコラスがなんの話をしているのか理解するのに数秒かかった。ゆうべのふるまいというのがおそらく、ジュリアナを腕に抱き、荒々しくキスをしたことを言っているらしいとわかったときには、奈落《ならく》に突き落とされたような気持ちになった。わたしはこのうえない歓《よろこ》びを感じたというのに、彼は困惑しているのだ。

「いいのよ」ジュリアナは力なくこたえた。ニコラスはキスを後悔している。あのまま自分の部屋にいればよかったと、いっときの情熱に屈しなければよかったと思っているのだ。彼は本当にわたしのことをなんとも思っていないのかしら？　彼をああいう行為に駆りたてたのはアルコールのせいなの？　そう考えると、ジュリアナは泣きたくなった。

「あんなふうに強引に迫るべきではなかった」ニコラスは続けた。

「それは違う――」

「いや！」彼は鋭く首を振った。「かばうことはない。ふたりで合意した結婚生活の取り決めをぼくは破ったんだ。不適切なふるまいだった。きみが許してくれることを願うよ。もう二度としないと約束する」

ジュリアナは気まずい思いで皿に目を落とした。ニコラスの言ったことからして、彼はわたしのふるまいも不適切だったと思っているのかしら？　わたしは彼に負けないくらい情熱的に反応していた。ニコラスはたぶんそう思っている――彼が自分の妻に求めているふるまいではなかったと思っているんだわ。

「もちろん、謝罪は受け入れるわ」ジュリアナは必死に感情を抑えて言った。

「ありがとう」

ニコラスはまだしばらくサイドボードの前にいた。ジュリアナは彼のほうを向くことができなかった。自分の顔にどんな表情が浮かんでいるのか不安だったのだ。ようやくニコラスはその場を離れ、歩いていってドアを開けた。

ジュリアナはニコラスが部屋を出るつもりなのだと思ったが、やがて彼はテーブルのほうに戻ってきて腰をおろした。ジュリアナは少しばかり皿の料理をつついたものの、これ以上食べられそうにないと判断すると、フォークを置き、できるだけ無表情を保ちつつ目をあげた。

ニコラスがこちらを見つめていた。少々不安げな表情だ。わたしがなにか騒ぎだすのではないかと心配しているのかしら？　そう思ってジュリアナは彼にかすかな笑みを向け、席を立とうとした。

ちょうどそのとき、廊下から足音が聞こえ、ピーター・ハックボーンが部屋に入ってきた。ニコラスがちらりとジュリアナを見た。ジュリアナには彼の考えていることがわかった。ひとり目の容疑者がここにいる。ニコラスはハックボーンからできる限りの情報を引きだすつもりなのだ。

ジュリアナは食堂を出るのをやめた。真の意味でニコラスの妻ではないかもしれないけれど、少なくともこの件ではわたしは彼のパートナーだ。協力してクランダルを殺した犯人を突きとめなくては。

「これは、ミスター・ハックボーン」ニコラスは愛想よく言い、立ちあがってポットをとると、彼のために紅茶を注いだ。「今朝は自分でやっているんです。あなたが気になさらないといいんですが」

「もちろんかまいませんよ」ハックボーンは快く応じた。

「よく眠れまして、ミスター・ハックボーン？」ジュリアナは尋ねた。

「まあ、あんなもんでしょうな」ハックボーンは座りながら答えた。紅茶をひと口飲み、カップを置いてからまた言った。「その、あなたは、警察が誰を疑っているか聞いてらっしゃいますかね？」

「いいえ、まだ」ニコラスは答えた。「今、妻とその話をしていたところなんですよ。犯人について、あなたはどう思われます？」

ハックボーンは肩をすくめた。「クランダルの死を願う人間を見つけるのは難しいことじゃないと思いますね」彼は挑戦的な表情で、テーブル越しにニコラスを見返した。「難しいのは、それをひとりにしぼりこむことでしょうよ」

14

ハックボーンの挑発的な発言のあと、しばし沈黙が流れた。

やがてニコラスがとぼけてきいた。「つまり、クランダルには大勢の敵がいたということでしょうか?」

ハックボーンは肩をすくめた。「あの男のことはご存じでしょう。どう思われます?」

「クランダルにはひどくいらいらさせられるときもありました」ニコラスは認めた。「でも、それだけで彼を殺すでしょうか?」

「なかには、たいした理由がなくても殺意を覚える人間もいるんじゃないですかね」

「あなたはどうなんです、ミスター・ハックボーン?」ジュリアナは穏やかにきいた。

ハックボーンは目を見開いて彼女のほうを向いた。「ぼくがクランダルを殺したかときいているんですか?」ジュリアナが答える前に、彼は続けた。「答えはノーです。彼に腹をたてていたかと言われれば、たしかに腹をたてていましたがね。一杯くわされたんですから」

「一杯くわされた？　どういうわけで？」ニコラスがきいた。

「まるっきり値打ちのない馬を買わされたんですよ。そりゃもちろん、ことに馬に関しては、売り手は商品の品質に責任を持たないものだってことはわかっています。だが、あの男はぼくのことを友達だと言っていたんですよ。なのに裏切って、けががあるのを知っていて狩猟馬を売りつけた。まったく、とんでもないやつだ」

「つまり、使いものにならない馬を買わされたんですね」

「ここで見たときは、けがはしていなかったんです。以前クランダルを訪ねたとき、ぼくはその馬にほれこみ、買いたいと申しでました。ところがその時点では、彼は売る気はないとはねつけたんです。数カ月後ロンドンで会ったとき、彼のほうからあの馬を売らざるを得なくなったと言ってきました。ほら、彼は金に困っていましたからね。もちろんぼくは買うと答えました。とにかくすばらしい馬でしたから。でも実際に試乗してみたところ、なにか違和感を感じたんです。ぼくが馬になにかあったんじゃないかと尋ねると、クランダルは完全に否定しました。まあ、それは嘘だったわけですが」

「ゆうべ口論していたのはその件だったんですか？」ニコラスがきいた。

「口論？」ハックボーンは不意を突かれた顔をした。

「わたし、ダンスのときにあなたとクランダルが話をしているのを見たんです」ジュリアナは説明した。「あまり友好的な雰囲気ではありませんでしたわ」

「まあ、たしかにそうですね。彼はぼくの過失だと言うんですよ。ぼくの過失だと！」ハックボーンは怒った表情でふたりを見た。「ごまかされてはたまらないと思い、ここまでやってきたわけです。結婚式のことは知りませんでした」彼は少々申し訳なさそうにほほえんだ。「お邪魔をするつもりはなかったんです。直接話せば、クランダルも自分の過ちに気づくんじゃないかと思ったもので。だって、友達から金をだましとるなんて間違っているでしょう」

相手が誰にせよ金をだましとるのはよくないことではないかとジュリアナは思ったが、それを指摘するのはやめておいた。

「クランダルはあなたが払った代金を返すのを拒んだんでしょうね」ニコラスが口をはさんだ。

「きっぱりとね。しかも一度ならず」

「さぞかし腹がたったでしょう」ジュリアナは共感をこめて言った。

「そりゃそうです。こっちだって金が余っているわけじゃない。その金があれば、なにかと助かるんです。ところがクランダルは、金はもう手もとにないの一点ばりでした。あちこちの借金を返すのに使ってしまったと言うんですよ」ハックボーンは信じられないというように言った。「おそらく、また賭《か》け事に使ったんでしょう。あの男はやめられないんです。病気ですね」

　それがクランダルら貴族に共通した問題なのをジュリアナは知っていた。紳士の財産の多くが、賭博師《とばく》のポケットに消えている。

「なにに賭けたんでしょう?」ニコラスがきいた。

「競馬、カード、拳闘《けんとう》……ありとあらゆることです。一度なんて、ねずみのレースに賭けていました。もちろん、最後にはすっからかんになりましたけどね。いろんな人に金を借りていましたよ。金貸しだけでなく、紳士からも」ハックボーンは答えた。

「彼に金をだましとられたのはあなただけでしょうか?」

「そうは思いませんね。ぼくをだますまでに、ずいぶん多くの人をだましてきたんじゃないかな。それだけじゃなく、狂ったように金を借りまくっていましたよ」

「誰からです?」

「クランダルに金を貸す愚か者なら誰からでも。妹さんのご主人もそのひとりでした。いつも最初にサー・ハーバートを頼っていましたよ。なんといっても、まあ家族ですからね。サー・ハーバートは何年ものあいだに何万ギニーと貸したんじゃないですか。でもクランダルは一ペンスたりとも返していない。サー・ハーバートも、とうとう彼に金をくれてやるのをやめたようですよ。レディ・セラフィナのことで憤慨してましたから」

「クランダルがセラフィナにギャンブルを教えたからでしょうか?」ジュリアナはきいた。

　ハックボーンはうなずいた。「どうして知っているんです?　クランダルはしばらくそういうことをやっていたんですよ。ギャンブル仲間に借金を返すためにね。鴨《かも》を連れていき、借金の一部を免除してもらうか、支払いを猶予してもらうかしていました」

「鴨？」

「ギャンブルの初心者ってことだよ」ニコラスが説明した。「つまり、そこでも友達を裏切っていたわけですね？」

ハックボーンは肩をすくめた。「さあ。クランダルがまっとうなゲームに連れていってくれると信じるのは、街に来たばかりの連中くらいでしょうね。でも、レディ・セラフィナは兄がそんなことをするとは思わなかったでしょう。でなかったら、あまりにも世間知らずだったのか。サー・ハーバートは少々おかたいですからね。彼女も最初は勝ちました……それが連中の手口なんです。でも、そのうち負け始めた。ひと財産すったという話ですよ。だから今、こんな田舎に引っこんでいるんです。ともかく、噂《うわさ》ではそういうことです」

ジュリアナとニコラスは目を見あわせた。ハックボーンの話は、ジュリアナが立ち聞きしたクランダルとサー・ハーバートの話を裏づけている。

ハックボーンはしばらくのあいだ無言で朝食を食べながら考えこんでいたが、やがて言った。「おそらくクランダルは、レディ・セラフィナからも金をもらっていたのでしょう。全財産を失った彼女がどこから金をひねりだしていたのかは知りませんが」

「どういう意味です？」

「この前クランダルと会ったとき……ぼくが馬を買ったときですが、彼はレディ・セラフィナが金をくれたようなことをほのめかしていたんです。驚きましたよ……彼女にあんなことをしたあとなんですから。でもクランダルは、〝セラフィナも金を払ったほうが得策だとわかっているんだ。サー・ハーバートに秘密をばらされては困るからね〟なんて言っていました」

「どんな秘密なんでしょう？」ニコラスがきいた。

「よくわかりません。クランダルも言いませんでした。彼がよく使う手ですよ……いつも人の弱みをかぎつけ、相手を困らせるような情報を仕入れて、それを利用するんです。たいていは金をしぼりとるために」

「まったく、見さげ果てた男だわ！」ジュリアナは叫んだ。

ハックボーンが興味深げな目で彼女を見つめた。「あなたもなにかされたんですか？」

「いいえ。でも、わたしの弱みをなにか知っていたら、ためらうことなく利用したでしょうね。クランダルのことは好きではありませんでしたが、ゆすりをするほど恥知らずだとは思いませんでした」

「クランダルが恥を感じるってことはほとんどないんじゃないですかね」ハックボーンは考えこんだ。「ですが、最近はさらにひどくなっていたように思います。これまで以上に金に執着していた」

「どうしてなんでしょう？」ニコラスは興味をそそられたように身をのりだした。

「そうですね……実のところ、あなたが原因なんじゃないでしょうか？」

「ぼくが？」ニコラスは驚いた顔をした。「ぼくにここから追いだされると思っていたからですか？」

「その可能性もあるかもしれません。ただそれより、あちこちから借金の返済を求められていたからだと思いますね。あなたが現れるまでは、多くの人が老バール卿《きょう》亡きあとはクランダルが地所を受け継ぐものと思っていました。もちろん、みんながみんなというわけではありません。相続権はあなたのお父上にあると知っている人もいました。抜け目のない連中ですよ」ハックボーンは言葉を切り、しばらくしてぽつりと言った。「ぼくは違いましたが」

「そうですか」ジュリアナはつぶやいた。「驚きましたわ」

「ぼくは貴族年鑑とか家系図とかには詳しくないものですから」

「クランダルはまわりの人々に、自分がここを相続するようなことを話していたんでしょうか？」ニコラスがきいた。

「そういうわけではありません」ハックボーンが答えた。「ただ、リクウッド・ホールの話をするときの口ぶりからは、そうとしか思えませんでした。自分がここをとり仕切っていると言っていましたから。いずれ自分のものになるかのような態度でしたよ。ところがいざ老バール卿が亡くなってみると、地所を受け継ぐのはクランダルではなくて、名前も聞いたことのない……。まあ、その結果、みんな貸した金が心配になったわけです。返してもらえるものかどうかわからない。それで、うるさく取り立てを始めたんでしょう」

「なるほど。そういうことですか」

ハックボーンは皿に残っていた料理を口にほうりこむと、紅茶をいっきに喉に流しこんだ。「ところで……」満足げに腹をぽんとたたく。「いつもながらすばらしい料理ですな、伯爵」

「それはどうも、ミスター・ハックボーン。よろしければ、もうしばらくここのもてなしをお楽しみください」

「本当ですか?」ハックボーンは驚きながらもうれしそうだった。「ぼくは当然……なにせ、あなたはぼくを知らないわけですからね。クランダルの友人だったというだけで。おそらく、なるべく早く出ていったほうがいいと——」

「とんでもない」ニコラスは笑みを浮かべて言った。「このまましばらくリクウッド・ホールに滞在していただけたら、ぼくとしても光栄ですよ」

「それはありがたい」ハックボーンもにっこりした。「なにはともあれ、クランダルの葬儀がありますからね。別れの挨拶《あいさつ》くらいはしなければなりません。それに、実は今ロンドンにいるのは少々具合が悪いもので。債権者が引っきりなしにやってくるんですよ……クランダルが金を返さないものだから、なおのこと」

しばしリクウッド・ホールに滞在するのは大歓迎ですとニコラスが今一度請けあうと、ハックボーンはうれしそうに部屋を出ていった。

「彼はクランダルの死を悲しんではいないようだな」ニコラスがそっけなく言った。

「そうね。ミスター・ハックボーンがクランダルに怒っているのは、ひとえに自分が被害にあったからという点は興味深いわ」

「強い倫理観の持ち主でないということは言えそうだな」ニコラスは続けた。「とはいえ、クランダルを殺すような人間かどうかは疑問だ。特にこの場合、クランダルを殺してもハックボーンにはなんの得にもならないわけだから」

「たしかに、自分の利益になることとしか頭にないように見えるわ」

「もちろん彼が、クランダルをここまで追ってきた理由について真実を……少なくともすべての真実を語っていない可能性もある」

「そうね。ほかの人々がクランダルを嫌う理由をやけに熱心にあげつらっていたのも怪しいし。殺人犯とは思えないけれど、彼を容疑者のリストから消去することはまだできないわ」ジュリアナはため息をついて立ちあがった。「気は進まないけれど、クランダルの葬儀の手配をしなくてはならないわね。当然、ほかにもすることは山ほどあるわ。リリスおばさまとウィニフレッドの様子を見に行ったほうがいいし、それに、もちろんクランダルを殺した犯人を突きとめなくてはならない」

「ジュリアナ……」ニコラスはそう言うと、同じく立ちあがった。彼の口調には警告の響きがあった。「この屋敷の誰かがクランダルを殺したという事実を忘れてはいけないよ。そいつはきみがあれこれ調べてまわるのを快く思わないかもしれない。頼むから、ぼくのいないところで人に質問したりしないでほしい」

「いずれにしてもわたしはみんなと話をしなくちゃならないのよ」ジュリアナはもっともらしく指摘した。だが、ニコラスの眉間《みけん》にしわが寄ったのを見て、つけ加えた。「でも、犯人を警戒させるようなことは言わないよう注意するわ。約束する」

ニコラスの表情からして、その約束が守られるかどうか彼が疑っているのは明らかだ。ジュリアナはさらに反論される前にすばやくドアをすり抜けた。

その日は家事が滞りなく行われるよう目を配ることで終わった。使用人たちはみなぴりぴりしており、たびたび皿を割ったり、ものを引っくり返したりした。メイドたちは今、ふたりひと組で働いているらしい。彼女たちがこの広い屋敷でひとりきりになることを恐れているのは想像にかたくなかった。

村の巡査がほぼ一日かけて屋敷の者全員を聴取したが、特にこれといった成果はなかった。巡査はジュリアナに質問したときはいたって丁重で、パーティを抜けたあとニコラスとはずっと一緒だったという彼女の主張をそのまま受け入れた。けれどもその丁重さにジュリアナは不安を感じた。巡査がバール家の面々やその客を十分調べず、鍛冶屋《かじや》だけに疑いの目を向けているように思えたからだ。

クランダルがどんな人間だったかを思えば、殺人犯は彼を憎んでいたのであり、おそらくほかの人間に危険が及ぶことはないだろう。それでも今、屋敷全体にはどことなく不穏な空気が漂っていた。かつては安全だと思っていたもの、外界のあらゆる悪から守られていたはずのものが、侵害されたのだ。不安になるなと言うほうが難しい。

葬儀の手配はほとんどジュリアナがすることになった。お悔やみを言いに訪れた人々の応対も。クランダルの妻も母親も、自分の部屋に閉じこもりきりだったからだ。

ジュリアナはまずウィニフレッドの部屋をのぞいてみることにした。彼女はガウン姿のまま座って、ぼんやりと窓の外を眺めていた。ジュリアナが入っていくと、振り返ってほほえもうとした。

「なにか必要なものはないかと思って来てみたのよ」ジュリアナは部屋を横切って、ウィニフレッドのそばにあるドレッサー用の椅子に腰かけた。

ウィニフレッドは首を振った。「食べるものは持ってきてもらったんだけれど、食べられなくて」ジュリアナに向けた顔は青ざめ、年齢よりも老けて見えた。「わたしって、恐ろしい人間なのよ」

クランダルを殺したと告白するつもりなのかしら？　ジュリアナはどきどきしたが、こうこたえただけだった。「そんなことはないわ。わたしにはわかっている」

「でも、そうなの」ウィニフレッドはひとりうなずいた。「涙ひとつ出ないのよ。泣きたくて、泣こうとしたんだけれど、泣けないの」身をのりだし、真剣な面持ちでジュリアナを見つめる。「夫が亡くなったのよ。なのにわたし……わたし、ほっとしているの」

ウィニフレッドは自分の感情を抑えこむかのように、手を口もとに持っていった。ジュリアナはなんと言っていいかわからなかった。クランダルと結婚した女性なら誰でもウィニフレッドのように感じて当然だ。

「お義母《かあ》さまは悲しみに打ちひしがれているわ」ウィニフレッドは低い声で続けた。「メイドはここに入ってきたとき、わたしも泣いているものと思ったでしょうね。あなたも慰めようとして来てくださったんでしょう。でも、わたし……」ため息をつき、また窓の外に目をやった。「クランダルに出会ったとき、あんなにハンサムな男性は見たことがないと思ったものよ。ブラウンの髪に、すばらしい瞳。それにとても洗練されていて、ウィットに富み、経験豊富だった」

その思い出にウィニフレッドの瞳がかすかに輝いた。

「クランダルが大勢の女の子のなかからわたしを選んだときは信じられなかったわ。わたしはまだ社交界にデビューしてもいなかったのよ。どこへも行ったことがなかったし、なんの経験もなかった。だけど彼はわたしに好意を示してくれたの。彼にはなにか下心があるかもしれないから注意しなさいと母が言ったほどよ。その夜、母がかたくなにだめだと言わなかったら、彼はわたしと三回ワルツを踊っていたでしょうね」

「とてもロマンティックなお話ね」ジュリアナは、声にクランダルへの嫌悪感が表れないことを祈りながら言った。

「そうなの」なつかしい記憶にウィニフレッドの口もとがほころんだ。「彼にプロポーズされたとき、わたしはイングランドじゅうでいちばん幸せな少女だったわ」ふと笑みが消えた。「でもすぐに、彼はわたしと結婚したことを後悔したの」

「そんなことはないわ、ウィニフレッド……」事実はどうなのかわからなかったが、ジュリアナはただ、彼女を慰めたい一心でそう言った。

ウィニフレッドは首を振り、ジュリアナに感謝をこめたまなざしを向けた。「あなたってとてもやさしいのね。でも本当のことよ。わたしにはわかっているの。このあいだ……バール卿が鍛冶屋の奥さんの話をしたときに――」

「あんな話を聞かなければならなかったなんて、お気の毒に」ジュリアナは手をのばしてウィニフレッドの手をとった。

「ああいうことがあったのは初めてじゃないの。いろいろ聞いたし、使用人たちも噂していたわ。セラフィナがクランダルをなじっていたことも……わたし、知っていたの。それもこれも彼がわたしと結婚したせいだということもわかっている。お義母さまにそう言われたわ」

ジュリアナは歯噛《はが》みした。「リリスおばさまの言うことを気にしてはいけないわ。彼女は……ときどきひどく辛辣《しんらつ》で意地悪になるのよ。あなたが悪いんじゃない。単に彼女はそういう人なの。誰であろうと息子にふさわしいとは認めなかったでしょうね。昔は息子を溺愛《できあい》していたもの」

「それは確かね」ウィニフレッドは同意した。「今でもそうだと思うわ。クランダルはときどきお義母さまにひどい態度をとっていたけれど。しょっちゅうお金をねだっていたのよ。でもたいていの場合、お義母さまはお金を出ししぶったから、八つあたりしていたんでしょうね。よく言っていたわ。お義母さまはすごく体面を気にする人だから、息子が債務者監獄に入るはめになって、家名を汚すことは望まないはずだって。クランダルがそんな見くだした態度をとっていたのに、お義母さまがぴしゃりと断らないのが不思議でならなかったわ。最後には決まってお金か売れる宝石を渡していたの」

「だったらなおさら、リリスおばさまの言ったことを本気にしてはだめよ」

「でも、クランダルもそう思っていたのよ。実際、わたしは、彼にふさわしいほど頭がよくないし、社交界に知りあいもいなければ、ものも知らないもの。彼は一度もわたしをロンドンへ連れていってくれなかった。連れていってと頼んだとき……」それまでウィニフレッドが浮かべることもできなかった涙が今やその目にあふれていた。「わたしがそばにいたら恥ずかしいと言われたの。友達はみなわたしのことをまぬけな田舎者だと思うだろうって」

ジュリアナはウィニフレッドに対して同情の念がこみあげてくるのを感じた。彼女はクランダルがいないほうが幸せだろう。とはいえ、その将来は必ずしも明るいとは言えない。ここ数週間で聞いた話によると、クランダルには金がまったくないらしい。妻にはなにひとつ遺《のこ》していないはずだ。もちろんニコラスはウィニフレッドがここに住むことを許すだろうし、彼女に肩身の狭い思いなどさせないだろうが、彼女は自分がそういう立場にあることをわかっているのだ。

ジュリアナは立ちあがってウィニフレッドに近づき、椅子の横に膝を突いて彼女の顔をのぞきこんだ。そして、そっと手を重ねた。「わたしはクランダルを幼いときから知っているわ。彼が母親と同じで、辛辣で意地悪な人だっていうことをね。亡くなった人を悪く言いたくはないけれど、クランダルが身勝手なことばかりしていたのは事実よ。彼に言われたことをまともに信じてはいけないわ。たぶんロンドンに妻がいるのが都合が悪かっただけなのよ」意味ありげな顔でウィニフレッドを見た。「クランダルがあんなことになったのはあなたの責任じゃないわ。それにわたし……彼が死んでもあなたが泣けないのは無理もないと思うの。残念なことだけれど、母親以外誰も彼の死を悼んではいないような気がするわ」

　ウィニフレッドは悲しげにジュリアナを見た。「そうね。たしかに残念なことだわ。でも、そう言ってくれてありがとう。おかげで少し……気分がよくなったわ」そう言うと、ジュリアナの手をぎゅっと握って、かすかに笑みを浮かべた。

「だったら……少しなにか食べられるんじゃない？」ジュリアナは立ちあがった。「よかったら、誰かに昼食を持ってこさせるけれど」

「そうね。たぶん食べられるわ」もう一度ウィニフレッドはほほえんでみせた。「ありがとう」

　ジュリアナは部屋を出ながら考えをめぐらせた。ウィニフレッドを犯人と考えるのはやはり無理があるようだ。ウィニフレッドには夫を憎む理由が山ほどあるのは確かだが、彼女はクランダルを恨んでいるというより、出会ったころの愛が失われてしまったことを嘆いている。そしてその責任は、彼ではなく自分にあると考えているのだ。

　もちろんウィニフレッドが芝居をしている可能性もある。だが、だとしたらなぜ彼女は夫の死を嘆くふりをせず、結婚生活の惨めな実態を率直に打ち明けたのだろう？

　ジュリアナはベルを鳴らしてメイドを呼び、ウィニフレッドに軽い食事を持っていくよう命じてから言った。「彼女に少し仮眠をとるよう、言ってみてくれるかしら？」

　メイドをさがらせると、ジュリアナはリリスの部屋へ向かった。ふたりの仲はぎくしゃくしているとはいえ、リリスを気の毒に思わずにはいられなかった。たぶん、この屋敷のなかでクランダルの死を悲しんでいるのは、リリスただひとりだろう。

リリスの部屋のドアを静かにノックする。追い払われることをなかば覚悟していたが、ややあってリリスの返事が聞こえてきた。「どうぞ」

ジュリアナはなかに入った。ウィニフレッドと同じで、窓際の椅子に腰かけ、生気のない顔で外を眺めている。もちろん極度の悲しみのなかでさえ、リリスが午後にガウン姿でいることはなかった。シンプルなハイネックのドレスを着て、髪もいつもどおり優雅に結いあげ、黒い櫛《くし》でとめている。

リリスは振り向くと、不機嫌な顔でジュリアナを見た。「いい気味だと言いに来たの？」

「リリスおばさま！」ジュリアナはリリスの敵意に満ちた口調にショックを受けて叫んだ。

「もちろん、違います。どうしてそんなことをおっしゃるんです？」

「どうして違うの？　わたくしはばかではなくてよ、ジュリアナ。あなたがどれほどわたくしを嫌っているか、よくわかっているわ」

「何年ものあいだ、あなたがわたしに対してなさったことを思えば、嫌いになるのも無理はないと思います」ジュリアナは穏やかに指摘した。「それでも、あなたが悲しんでいるのを見てわたしが喜んでいるとお思いだなんてあんまりです。クランダルが亡くなったことは、本当にお気の毒に思っています」

「あなたもクランダルの死を悲しんでいるなんて言うつもりじゃないでしょうね」

「ええ、わたしは偽善者ではありませんから。でも、あなたのお気持ちはわかる――」

「あなたはなにもわかっていないわ」リリスは低い声で吐き捨てた。「わたくしの気持ちなんてわかるはずがない。赤ん坊だったあの子をこの腕で抱っこしたときほど幸せを感じたことはないわ。あの子を愛していたの」

ジュリアナは胸に同情の念がこみあげてくるのを感じた。「それは存じています」

リリスは振り返って、壁にかかっている夫の肖像画を見あげた。「もちろん」いくらか苦々しげな口調で言う。「あの子の父親のことも愛していたわ。うまくいっていたときもあったもの」彼女はしばし肖像画をじっと見つめた。「結婚したときは、世界が自分たちのものになったような気がしたわ。わたくしたちはあらゆる面でぴったりだった。完璧《かんぺき》な夫婦だったのよ……そう信じていた」リリスは物思いから覚めたかのように眉をひそめた。そしてジュリアナのほうに向き直り、唇をゆがめて声を荒らげた。「なにもかも彼女のせいよ！」

ジュリアナはリリスの目にたぎる憎悪に面くらって、彼女を見つめた。「ど、どういうことです？」

「あなたの母親よ。あのなんとも繊細で愛らしいダイアナのせいよ。狩猟の女神ダイアナ……まさに彼女にふさわしい名前だわ。あの虫も殺さないような顔からは想像もできないでしょうけれど。やさしくて、物静かで、亡き夫を深く愛していて」

「母は父を心から愛していました」ジュリアナは母を弁護せずにはいられなかった。「あなたがなにをおっしゃっているのかわかりません。なにが母のせいなんです？　母にあなたを怒らせるつもりがなかったのは確かです。ここに住まわせていただいたことをとても感謝していましたから」

「感謝ですって！　人の夫を盗むことで感謝の気持ちを表現する人がどこにいるかしら？」

「なんですって？」ジュリアナは呆然《ぼうぜん》とリリスを見つめた。クランダルが死んだせいで頭がおかしくなったのかしら？

「実際、彼女は狩人《かりゆうど》だったわ。そんなそぶりはまったく見せなかったけれど。誰にも知られることなく巧みにトレントンをたぶらかした。いかにも哀れっぽく悲しそうに、彼の広い肩にもたれて泣いたんでしょうね。そうしながら媚《こび》を売り、じらしてその気にさせて――」

「やめてください、リリスおばさま！　どうしてそんなことを思いついたのかはわかりませんが、あなたは間違っています！」ジュリアナは叫んだ。

「間違っている？　そうは思わないわ」リリスは立ちあがってジュリアナと向きあった。長年の怒りが今またその目に燃えあがった。「どうしてあなた方があああも長いあいだここに住んでいられたと思っているの？　どうしてあなたが母屋に出入りし、わたくしの子供たちと教育を受けられたと思うの？」

「それは、母があなたのいとこだからでしょう」

「わたくしがダイアナをここに置きたがったと思っているの？」リリスは鼻で笑った。「言っておきますけど、わたくしが彼女をここに住まわせたんだとしたら、あなた方ふたりは数週間で家から追いだされていたでしょうよ。あなたとあなたの母親をあの家に住まわせたのはわたくしの夫。彼女が感謝していたのもわたくしの夫よ。彼女なりの特別なやり方でね」

「まさか！」ジュリアナは愕然《がくぜん》としてリリスを見つめた。胃がしめつけられるのを感じ、顔をそむける。これ以上リリスと一緒にいることはできそうになかった。「失礼させていただきます」

　急ぎ足でドアへ向かい、廊下に出る。自分の寝室に着くまで足をとめなかった。部屋に入ると、椅子に座りこんで両手で頭を抱えた。

　本当のはずがない。ジュリアナは心のなかで叫んだ。母がトレントン・バールと関係があったはずがない。あの冷酷で心のねじれた男に身を任せたはずがない。彼を愛していたはずがない。

　ジュリアナは低いうめき声をもらし、子供時代のことを思い起こしてみた。今振り返ってみると、バール家の貧しい親類としていやな思いはしてきたけれど、もっとひどい境遇だってあり得たのだとわかった。家は快適で、設備も整っていた。服のほとんどはいとこのセラフィナのおさがりだったけれど、少なくとも数は豊富で、みな高級な仕立てのものだった。それに、寄宿学校へも行かせてもらった。はすっぱなセラフィナに監視が必要だったとしても、異例のことだ。実際のところ、セラフィナはどうにも手に負えないというわけでもなかった。彼女の友人にはもっと危なっかしい娘も何人かいたが、誰も親戚《しんせき》のお目付け役《シャペロン》などついていなかった。

リリスが明言したとおり、自分たちをあの家に住まわせていたのは、リリスではなかった。リリスは明らかに母を嫌っていた。できるものなら早々に追いだしただろう。わたしと母に住む家を与え、必要なものをそろえ、わたしを学校へ行かせてくれたのがトレントンであることは明らかだ。

そして、トレントン・バールが純粋な親切心からそういうことをする人間ではないことも同じくらい明らかだ。甥《おい》であるニコラスの扱いを見ればわかる。トレントンは慈悲の心に動かされたりはしない。同情心など持ちあわせていないのだ。

こうした事実にどうして今まで気づかなかったのだろう、とジュリアナは思った。

子供のころ、トレントンがたびたび家を訪ねてきたことを思いだす。最初は不思議に思ったものだった。どうして母のいとこのリリスではなく、いつもトレントンが訪ねてくるのだろうと。リリスが家に来たことは指で数えられるほどしかなかったが、トレントンは毎週訪ねてきた。

母の動揺ぶりも思いだされた。トレントンが来る時間になると、椅子に座ってはまた立ちあがり、幾度も窓に近寄って外をのぞいたものだ。わたしもトレントンの前ではできるだけきれいにするよう、うるさく言われた。髪にリボンを結び直し、一張羅を着せられたことを覚えている。もちろん母も美しく装っていた。いちばんいいドレスを着て、髪は女らしく結いあげ、唇や頬には紅をさして。もちろん驚くことではない。誰だって恩人の前では身なりを整えようとするだろう。それでも今は疑問を感じずにはいられない。母が着飾っていたのは、トレントンが恩人だったからだろうか？　それとも愛人だったから？

トレントンが家に来ると、母はわたしを客間へとせきたてた。わたしはにっこりして、礼儀正しくお辞儀をしなくてはならなかった。彼が訪問したときのことはよく覚えている。いやでたまらなかったからだ。トレントンのことは怖かったし、嫌いだった。彼の前に立って、にこにこし、質問にお行儀よく返事をするのは苦痛でしかなかった。しばらくすると、母はうなずいて自分の部屋へ行きなさいと言った。するとわたしはいつもほっとし、トレントンから逃れられたことがただうれしくて自室へ飛んでいき、ドアを閉めたものだった。

どうしてトレントンが毎回長いこと家に居座るのか？　どうして母はわたしに、ミスター・バールがお帰りになるまで自分の部屋にいなさいと言うのか？　そうしたことを疑問に思ったことはなかった。とにかくもうトレントンの顔を見なくてすむのがひとえにありがたかったからだ。

ジュリアナはむかむかする胃に片手をあてた。これまでの人生が突然引っくり返ってしまったような気がした。母について信じていたことはすべて嘘《うそ》だったのだろうか？　母は父の死後、悲しみに暮れて過ごしたのではなかったの？　本当にトレントン・バールのような下劣な男とベッドをともにしたの？　彼を愛していたの？　母はいとこの夫と密通していたの？

あまりに恐ろしくて、冷静に考えることができなかった。きっとリリスが嘘をついたのだ。リリスはおそらく母に嫉妬《しっと》していたに違いない。いつも冷ややかなリリスとは対照的に、母がやさしくて穏やかな女性であることを思えば、それも不思議はない。たぶんリリスは根拠もないのにただ疑い、嫉妬していたのだろう。母とトレントンが密通していたと本当に信じていたのかもしれないが、だからといってそれが真実だということにはならない。

真実を知っているであろう人物がひとりいることにジュリアナはふと気づいた。母とリクウッド・ホールに移り住んだ最初の日から家を切り盛りしてくれたミセス・クーパーなら、その昔なにがあったか知っているに違いない。幼い子供であればトレントンが訪ねてきたときになにがあったか気づかないかもしれないが、その家で働いていた大人の女性なら、頻繁に通ってくる男性がダイアナの愛人かどうかわからないはずがない。

もう一度ミセス・クーパーに会いに行こう、とジュリアナは決心した。彼女から聞く話に徹底的に打ちのめされることになるかもしれないけれど。胃が痙攣《けいれん》し、むかむかしたが、それでも知らないままですませることはできなかった。どんなにつらくても、真実を突きとめなくては。

15

クランダルの葬儀は翌日だった。葬儀にはふさわしくないほどよく晴れているわ、とジュリアナは思った。墓地も陰気さなどまるでなく、心地いい場所にすら見えた。鉄製のフェンスには薔薇《ばら》が絡まり、甘い香りを放っている。

ジュリアナは、掘られたばかりの墓穴のまわりを囲む一団を見やった。女性は喪服に身を包み、男性は黒い腕章をつけている。ジュリアナは昨日から今日にかけて、みんなが身につけている宝石に目を配るようにしていた、もっとも、不幸があった直後だけに、誰もルビーのような華やかなものはつけていなかった。イヤリングは一様に黒玉《ジェット》かオニキスだし、男性のカフスやタイピンも同じく黒っぽい石か、もしくは金か銀だけのものだった。

ジュリアナのかたわらにはウィニフレッドが立ち、両手をしっかりと握りあわせて棺《ひつぎ》を見おろしていた。その向かいには、リリスがぴんと背筋をのばして立っている。黒いドレスと帽子のせいでひどく青ざめて見えたが、表情は落ち着いていた。彼女は息子のためだろうと感情をあらわにすることを自分に許さないらしい。

司祭が話を終え、短い祈りを捧《ささ》げると、棺は土のなかへとおろされた。リリスを先頭に家族がひとりひとりその横を通りすぎ、待機していた馬車へと進んでいく。ジュリアナは、リリスのそばへ行って、彼女に手を貸すのが自分の役目なのだとわかっていたが、どうしてもその気になれなかった。

ゆうべはほとんど眠れなかった。リリスが母とトレントンのあいだに関係があったという話を暴露してからというもの、思いは同じところをぐるぐるとまわってばかりいた。

ジュリアナは向きを変え、馬車ではなく、近くに立つ一族のほかの墓のほうへ歩いていった。トレントン・バールの墓が息子の墓の隣にある。その向こうにはまた別のバール家の者が眠っていた。一族の墓地のいちばん隅に、母の墓がぽつんと立っていた。

簡素な墓石の前で足をとめ、長いこと見つめた。ふと、ニコラスがそばに来たのを感じた。彼の手がそっとジュリアナの手を包む。彼女はニコラスを見あげ、かすかな笑みを浮かべた。彼の手のぬくもりになぜか勇気づけられた。

「なにか悩んでいるようだね」ニコラスは言った。

ジュリアナは驚いて彼を見た。

ニコラスはほほえんだ。「顔を見ればわかるよ。クランダルの死以外のなにかが心に引っかかっているんじゃないか?」

ジュリアナはうなずいた。「実は……リリスおばさまが母のことを、トレントンを奪ったと言って責めたの。ふたりは関係があったというのよ」

ニコラスはジュリアナを見つめた。「なんだって？　きみはそれを信じたのか？」

「どうしてそんな嘘《うそ》をつくのかわからなくて。リリスおばさまはトレントンを愛していたわ。ただわたしを動揺させるために彼の名前を汚したりはしないでしょう。おばさまは本気でそう信じているんだと思う。ただ、本当かどうかは……わからないわ。母がそんなことをしていたなんて信じたくないけれど」

ジュリアナは苦悩に満ちたまなざしでニコラスの顔を見あげた。彼はぎゅっとジュリアナの手を握った。「おばはいつも人を疑ってかかるんだ。彼女の心のなかは、怒りと侮蔑《ぶべつ》の念でいっぱいなのさ。彼女が信じているからといって、事実そうだとは限らないよ」

「わかっているわ。実際、ずっと自分にそう言い聞かせている。だけど、いろいろ考えると……」

「どんなことを？」

「腑《ふ》に落ちないことよ……たとえば、ここリクウッド・ホールでの境遇とか。母はリリスおばさまのいとこであって、トレントンとは関係がない。なのにわたしたちをここに住まわせたのはおばさまではなく、トレントンなのよ。だけど、彼が親切心からなにかしたことがほかに思いあたる？」

「彼はぼくを憎んでいながら、引きとった」ニコラスが指摘した。

「そうね。でもそれは、そうせざるを得なかったからでしょう。おじいさまに後見人に指名され、あなたを任されたんですもの。それに、明らかに彼はおじいさまより先にあなたが死ぬことを望んでいたのよ。そして自分が地所を相続するつもりだった」

「それでもふたりとも、体裁のいいことはけっこうしていたよ。貴族仲間にけちだの、しみったれだのというレッテルをはられたくなかったんだろう。妻のいとことその娘を見捨てたりしたら、悪い評判がたちかねない」

「本当のことを知りたいの。わたし……ミセス・クーパーならリリスおばさまの話が真実かどうか答えられると思うのよ」

「たぶん答えてくれるだろう。おばの言うことを信じる前に、話を聞いてみるべきだ。ぼくも一緒に行くよ。明日の午後にでも」

ジュリアナはニコラスにほほえみかけた。だいぶ気が楽になった気がする。なにがわかるにせよ、彼が一緒ならさほど悪いことはないように思えた。

その夜、ジュリアナは夕食におりていこうとして、セラフィナの部屋のドアが開いたままになっているのに目をとめた。なかを見ると、セラフィナがドレッサーの前に立ち、宝石箱をのぞいている。どうやら眉をひそめて宝石を選んでいるようだ。

ジュリアナの心臓がどきどきし始めた。すばやく部屋に入り、声をかける。「あなたも夕食におりるところなの？　よかったら一緒に行かない？」

「えっ?」セラフィナはあわてたように振り向いた。「ええ、そうね。ごめんなさい。わたし、なんだかその……妙な感じがするの。まわりがどんどん進んでいくのに、ひとり置いてきぼりにされているみたいな」彼女は頭を振った。「ばかみたいね。さっきからここで、つけられるイヤリングを探していたの。ジェットはないようだわ」

ジュリアナはそばに近寄り、宝石箱を見おろした。「きれいな宝石をたくさん持っているのね」

雑然としまわれた宝石のなかに赤く光るものを見つけ、ジュリアナはつまみあげた。ルビーのイヤリングだが、なくなっている石はなかった。露骨にならないよう注意しながら、もう片方を探して箱のなかをざっと見る。あるいは、イヤリングとそろいのネックレスを。

セラフィナはジュリアナの手からイヤリングをひったくるようにしてとった。ジュリアナはその反応に好奇心をそそられてセラフィナを見つめた。彼女の目には……恐怖と言っていい表情が浮かんでいた。

ジュリアナの心臓は激しく鼓動していた。セラフィナが実の兄を殺した、などということがあり得るだろうか? だから宝石箱を引っかきまわして、なくなったルビーを捜していたの?

「きれいなルビーね」ジュリアナはセラフィナの顔を観察しながら言った。「おそろいのネックレスもあるの?」

「もちろんよ」セラフィナの目に警戒の色が浮かんだ。

「見てみたいわ」ジュリアナはできる限りさりげない口調を装って言ったが、心のなかでは緊張が高まっていた。

「どうして？　ああ、なんてこと。知っているのね。そうなんでしょう？」セラフィナは手を口もとに持っていき、目を見開いた。「どうしてわかったの？　ああ、お願い。サー・ハーバートには言わないで」

「セラフィナ……あなたのしたことにはちゃんと理由があるに違いないって、わたしにはわかっているわ」ジュリアナは穏やかな口調で言い、セラフィナの腕に手を置いた。「自分から告白すれば、そうひどいことにはならないはずよ」

「だめよ！」セラフィナは腕を振りほどき、あとずさりをした。「彼には言えない。言えないのよ！　あなたにはわからないわ」目に涙があふれてきた。「どうしてわかったの？　クランダルから聞いたの？」

「どういうこと？」ジュリアナはぽかんとした。

「誰にも言わないって約束したのに。だからお金を払ったのよ！」セラフィナは叫んだ。

「セラフィナ……いったいなんの話をしているの？」どうも話がくい違っているようだ。

「クランダルはなにを言わないと約束したの？　どういうわけであなたは彼にお金を払ったの？」

「あなたは知らなかったの？」セラフィナはジュリアナを見つめた。「でもあなた……わたし、頭がおかしくなったに違いないわ。あなたはルビーがガラス玉だってことに気づいたんだと思ったの」彼女は引きつった笑い声をあげた。

「ガラス玉？　これは本物じゃないということ？」

「そうよ。それが問題なのよ！」セラフィナは涙声で言った。「サー・ハーバートがこのことを知ったら、怒り狂うわ。いつかじっくり見て気づくんじゃないかと、わたしはひやひやして……」

「彼はこれがガラス玉だってことを知らないのね？」

「もちろんよ！　ああ、もうめちゃめちゃ！」セラフィナはドレッサーの前の椅子にどすんと腰をおろすと、テーブルに肘をついて両手で頭を抱えた。「どうしてあんなにたくさんのお金をすってしまったのかしら？」

「ギャンブルで？」ジュリアナはようやく話の流れがつかめてきた。

セラフィナはうなずいた。「そう。最初はずっと勝っていたの。すごくわくわくしたわ！」ジュリアナを見あげる目は、その記憶にきらきら輝いている。「相手はクランダルの知りあいだったわ。クランダルはわたしを彼らに紹介したの。ちゃんとした人たちだと思ったのよ。誰ひとり知らなかったけれど。ただミセス・バトルの家に集まってカードを楽しんでいるだけなんだと思ったの。ギャンブル地獄に陥るなんて思いもしなかったわ」

「でも、そのうちお金をすってしまったのね」ジュリアナはつけ足した。

セラフィナはため息をついた。「そう。それもかなりの額をね。最初はうまくいっていたのに、どうしてあんなに負けられるのか不思議なくらい。サー・ハーバートが言うには、わたしはだまされたんですって。網にかけるために最初は勝たせるものなんだそうよ」再びジュリアナを見る。セラフィナのまつげに涙が光っていた。「あなたも彼の言うとおりだと思う?」

ジュリアナは意外にもセラフィナへの同情に胸がうずくのを感じた。「そうね。残念ながら、そうなんでしょう。ミスター・ハックボーンも、クランダルがそういうことをしていたって言っていたわ。お金を巻きあげる〝友達〟のところへ、いろんな人を連れていっていたって」

セラフィナは悲しげな表情でうなずいた。「いくらクランダルでも自分の妹にそんなことができるなんて思わなかったわ。わたし……わたしたちは仲のいいきょうだいではなかったし、彼がよくないことをしているのは知っていたけれど、でも……」

「あんまりよね」ジュリアナも同意した。「おそらくクランダルは相当お金に困っていたんでしょう」

セラフィナの表情がこわばった。「知っているわ。秘密を守る代償としてお金を要求されていたから」

るんでしょう？」

「宝石のことは知らないのよ」セラフィナは答えた。「わたし、借金が払えなくて、宝石を売ってしまったの。払わないとギャンブルを続けさせてもらえなかった。サー・ハーバートに知られる前のことよ。どうしていいかわからなかったの。自分が使える以上のお金をすでに使ってしまっていたし、仕立屋にも帽子屋にも支払いをしていなかった。ドレスのお金も賭《か》けちゃったから。途方に暮れたわ。それでもやめられなかった。それがお金をとり戻す唯一の手段なんですもの。そうでしょう？　それでクランダルが……。まったくひどい話よね。そもそも彼が言いだしたことなのよ！」セラフィナの顔が怒りに染まった。

「なにを言いだしたの？　宝石を売れと？」

セラフィナはうなずいた。「そう。宝石を質に入れて、そのお金を賭ければいいって言ったの。わたし、勝ってお金をとり戻せると思ったのよ。そうしたら宝石も戻ってくると。でも、それまでのあいだ複製をつくっておいたほうがいいとクランダルが言ったの。簡単な解決法に思えたわ。それで彼に宝石を渡したのよ。ルビーのセットを全部に、真珠と、指輪をいくつか。それに、婚約祝いにサー・ハーバートがくれたサファイアのブレスレットも」

「全部質に入れたの？」ジュリアナはあっけにとられてきいた。

「一度にじゃないわ。少しずつよ。だけど、たいしたお金にはならなかったわ！」セラフィナは憤懣《ふんまん》やるかたないといった顔をしている。「それに結局、お金はとり戻せなかった。ひたすら負け続けたわ。そしてついにサー・ハーバートにギャンブルのことを知られてしまったの。彼、すごく怒ったわ。そしてこう言ったの……」今度はため息をもらした。「わたしのことが恥ずかしいって。きっと、わたしなんかと結婚しなきゃよかったと思っているんでしょうね。だから、宝石を全部質に入れてしまったことを言えなかったの。知られたら、どんなことになるかわからないわ」

「なるほどね」

「そのうちクランダルが、宝石を質に入れたことをサー・ハーバートにばらすぞって脅し始めたの。金を渡さなければ、彼に話すって。卑怯《ひきょう》でしょう。そもそも、わたしにそうするようすすめたのはクランダルなのに！」セラフィナは目を細め、吐き捨てるように言った。

ジュリアナは言葉を失った。毎日のようにクランダルの悪行が明らかになっていく。

「クランダルは始終なにか言ってきたわ……お金を払ったあとでもよ。たとえばネックレスをほめるんだけど、内心ではわたしを笑っているのがわかっていた。そうやって自分がなにを知っていて、わたしがなぜお金を払わなければならないかを思いださせていたのよ。わたしにはお金なんてほとんどないのに。サー・ハーバートはもうぎりぎりのおこづかいしかくれなくなっていたから。クランダルにはそれをほぼ全部渡さなくちゃならなかった。恐ろしいことなのはわかっているけれど、クランダルが床に倒れて死んでいるのを見たときは……正直に言ってうれしかったわ！　もうこれでクランダルもわたしからお金をゆすりとることができないんだと思うと、本当にほっとしたの」

ジュリアナはため息をついた。セラフィナは自分がなにを打ち明けたかわかっているのだろうか？　彼女には明らかにクランダルの死を願う理由があった。兄が生きている限り、セラフィナは夫に事実を暴露されるのではないかという恐怖に怯《おび》えて暮らし、お金を払い続けなくてはならない。クランダルの死で彼女は大きな重荷から解放された。その事実からセラフィナが兄を殺したのかもしれないと考えるのは自然なことだ。

それでもジュリアナはセラフィナが気の毒でならなかった。クランダルにこれ以上お金をゆすりとられることはないにしても、宝石を質に入れたことを夫に知られるのを彼女が今でも恐れているのはよくわかる。

「セラフィナ、自分のしたことをサー・ハーバートに率直に話すのがいちばんかもしれなくてよ。彼だってあなたがひどくお金に困っていたことは知っているんだし」

「だめよ！」セラフィナは目を見開いた。「言えないわ。サー・ハーバートに知られるわけにはいかない。ルビーは一族に先祖代々伝わる品なの。指輪のいくつかもそうよ。ほとんどが彼からの贈り物なの。きっと恐ろしく怒るに違いないわ」

「たしかに怒るかもしれないけれど、長い目で見たら話したほうがいいと思わない？　でないとあなたは、彼がいつか真実に気づくんじゃないかとびくびくして暮らすことになる。それに今なら、少なくとも宝石のいくつかはとり戻せるかもしれないじゃない」

「でもそうするには、彼はお金を払わないとならないのよ！」

「ええ、そうね。あなたが借りた分のお金は払わなくてはならないでしょう。でも、先祖伝来の品を手放さずにすむのよ。何年もたってからわかって、すでにどれひとつとり戻せなくなっていたら、もっと大変なことになるかもしれないわ」

それでもセラフィナはサー・ハーバートに真実を話すわけにはいかないと言いはった。結局はジュリアナも折れ、今日聞いた話は決して彼に言わないと約束した。この件についてニコラスには話すつもりでいることは言わなかったけれど。それに、もしクランダルを殺したのが実はセラフィナだとわかったら、いずれにせよ彼女の抱える問題はすべての人の知るところとなるのだ。

ジュリアナはセラフィナの部屋を出ながら考えた。彼女のような恐怖を抱えて暮らすのはなんと恐ろしいことだろう。夫に嘘をつき、それがばれるのではないかといつも怯えている。演技し続けなくてはならない結婚生活なんて、幸せであるはずがない。そんな秘密があいだに横たわっている夫婦が親密になれるはずもない。

けれどもその夜、ひとりベッドに横になり、ニコラスがこの部屋に続くドアを開ける音が聞こえないかと耳を澄ましていると、自分もセラフィナと同じくらい大きな嘘を抱えて生きているのではないかと思えてきた。妻のようにふるまいながら、夜は毎晩ひとりで眠る。やはり、こんなむなしい結婚形態を受け入れるべきではなかった。どうしたらこんな生活を一生続けていけるのだろう？

涙があふれ、顔の横を流れていった。ジュリアナは顔を枕《まくら》にうずめた。わたしは嘘をついた。夫にだけでなく、自分自身に対しても。ニコラスとの友情が自分の求めるすべてであるような顔をしていた。

わたしはニコラスを愛しているというのに。子供のころからずっと愛していた。離れ離れでいたときは愛は心の底に埋もれていたけれど、彼が再び目の前に現れただけで、息を吹き返した。最初は否定しようとした。ニコラスに感じているのは友達としての親愛の情にすぎないと思いこもうとした。けれども日がたつにつれ、この思いは男女を一生結びつける類《たぐい》の愛だと気づいた。互いの過去という土台の上にたち、豊かで深く、生気にあふれるなにかへと開花していく愛だ。

気持ちのうえではわたしはニコラスの妻であり、彼は愛するただひとりの男性だ。けれどもそれだけでは物足りない。ニコラスがわたしの生活の中心であるように、わたしも彼の生活の中心になりたい。あらゆる意味で彼とひとつになりたい。彼のキスを、愛撫《あいぶ》を、ふたりのあいだで燃えあがるだろう情熱を知りたい。

とはいえ、ニコラスが同じように感じていないことは知っている。そのことが黒い雲のようにこの結婚生活を覆っていた。彼は友達としてわたしに愛情を感じていることは認めた。感謝の気持ちも口にした。必ず戻ってくるという約束のことも。けれども愛や欲求についてはひと言も言ってくれない。実際のところ、ニコラスは自分には人を愛せないと信じているのだ。

そんなことはないとジュリアナは確信していた。ニコラスはただわたしを愛することができないだけなのではないか――そんな思いが忍び寄って、彼女の心を凍りつかせた。

翌朝、ジュリアナとニコラスはミセス・クーパーを訪ねるために馬で村へ向かった。晩夏であるにもかかわらずあたたかく、秋は永久に来ないと思わせるような、すばらしい天気だった。ジュリアナは目覚めたときから頭痛がしていた。昨夜泣きながら眠ったせいだろう。けれども外で日ざしとそよ風にあたり、ニコラスのそばにいると、頭痛は心配ごととともにいつのまにか消えていた。

道中はいつもながら楽しかった。ニコラスと一緒だとずっと興奮状態にあるようなのに、それでいてこんなに気持ちが安らぐのはどうしてなのか、不思議でならなかった。

ニコラスの笑みを見ると、めまいがしそうになる。彼の笑い声を聞くと幸せな気分になり、もう一度そんな笑いを引きだすようなウィットに富んだことを言いたくなる。馬をおりるジュリアナを助けようとニコラスが腰に手をまわしてきたときには、体全体を震えが走った。

ミセス・クーパーは満面の笑みを浮かべてドアの前でふたりを出迎えると、なかに招き入れ、紅茶をすすめた。

「ごめんなさい。わたしたち、今日は長居できないの」ジュリアナは言った。「わたしはただ……母のことであなたにききたいことがあって」

「まあ、なんでしょう？　さあ、どうぞおかけください」ミセス・クーパーは狭い客間の、椅子がいくつか置いてあるほうをふたりに示した。「どんなことをお知りになりたいんです？」

ジュリアナはためらった。いざミセス・クーパーを目の前にすると、どう切りだしていいかわからない。

年配の女性はやさしい目でこちらを見ている。

これからする質問がミセス・クーパーの心の平和を打ち砕いてしまうかもしれないとジュリアナは感じた。「ミセス・バールが……リリス・バールが昨日、こう言ったの。その、母とトレントンが、つまり……」

最後まで言う必要はなかった。ミセス・クーパーがかっと目を見開き、うなるように言ったのだ。「ミセス・バール！　あの女ときたら、なにを言うのかしら？　あなたのお母さまはいつも礼儀正しくしていましたよ。どんなにひどい扱いを受けようと……」ミセス・クーパーの目に涙がにじんだ。彼女は涙をぬぐうとさらに続けた。「鼻であしらわれようと、なじられようと、ミセス・ホルコットは決して同じように応じたりはなさいませんでした」

「つまり、リリスは母に自分の疑念を話していたのね？」

「あれを話すと言うのなら、ですが。怒鳴ってわめき散らしていましたよ。まるでミセス・ホルコットに多少なりとも非があるみたいに。あの男が卑劣なまねをしたのがまるで彼女のせいみたいに」

「トレントン？」ニコラスが初めて口を開いた。「おじのことですか？」

「そうですよ！」ミセス・クーパーは吐き捨てるように言った。「あの男は悪魔です。あの男がミセス・ホルコットのやさしさにつけこんで、あの方をくいものにしたと思うと――」

「ミセス・クーパー」ジュリアナは身をのりだして彼女の手をとった。「つまり、彼……トレントンが母を力ずくで自分のものにしたということ？」

ミセス・クーパーは顔を引きつらせた。目には冷ややかな光が浮かんでいる。「肉体的にはそうでなかったかもしれません。でも、強要したことに変わりはないんです。あなたのお母さまは彼とそうなることを望んではいませんでした。けれどもわかっていたんですよ……ここで暮らし続けるためには彼の言うとおりにするしかないと。貧しい暮らしからあなたを救うためには、そうするしかなかったんです」

「母はトレントンと関係があったのね？」ジュリアナはきいた。

ミセス・クーパーはうなずくと、ジュリアナの手をしっかりと握り、懇願するように言った。「お母さまを責めてはいけません。お母さまは善良な女性でした。しなくてはならないことをしただけなんです。いつもあの男を恐れ、彼の訪問に怯えていました。さわられるのもいやだったはずです。お母さまにとって、あなたのお父さま以外の男性は存在しなかったのですから。でも、あの男にしたがわなかったら、路頭に迷うことになるかもしれなかった。もちろん、あなたを養っていくこともできなくなる。あなたがどうなるかと思うと恐ろしくてならなかったんですよ。手に職もないし、ましてや子供がいたのですから。お針子か、でなければ洗濯女になるくらいしかなかったんです」

ミセス・クーパーの言うことが真実なのはジュリアナもわかっていた。子持ちの未亡人にとって、生きていくのはきわめて困難だ。ジュリアナ自身がしていた仕事も、子供のいる女性には無理だろう。メイドの仕事にさえつくことはできない。父の亡きあと数週間、母がどれほど不安に怯えていたかはよく覚えている。家のなかを歩きまわって泣いてばかりいた。そしてトレントン・バールが現れたときには、心からほっとしていた。

母は涙ながらにわたしを抱き、言ったものだ。〝わたしたち、救われたのよ、ダーリン〟

そのとき母はすでに知っていたのだろうか？　住む家を提供する代償にトレントン・バールがなにを求めてくるか……。それともそれは、あの家に移ったあとで初めてわかったことなの？

「ああ、なんてこと」ジュリアナはささやき、両手で顔を覆った。

「なにもかも、あなたのためだったんですよ」ミセス・クーパーは続けた。「お母さまを悪く思ってはいけません」

「悪く思うはずがありませんよ」ニコラスが険しい表情でミセス・クーパーに請けあった。

「悪いのはぼくのおじだ。みんなそのことはよくわかっています」そう言いながら、ジュリアナの肩に腕をまわした。「話してくれてありがとう。ジュリアナは事実を知りたかったんです。ぼくたちはもう帰らなくては」

ミセス・クーパーはまだ不安げに眉をひそめていたが、ニコラスはジュリアナを部屋から連れだした。ジュリアナは逆らうことなく彼にしたがった。ニコラスは彼女に手を貸して馬に乗せ、自分も馬にまたがると、リクウッド・ホールへの帰路についた。

朝は美しく思えた空も、今やジュリアナにはどんよりとして見えた。頭に綿がつまったようで、考えることができない。泣きたかったが、ぐっと涙をこらえ、感情を抑えつけた。またひとりになるまでは泣くまいと心に誓って。

けれどもリクウッド・ホールに近づくと、ニコラスはあまり使われない道へ馬を進めていった。ジュリアナはぼんやりとあとに続いた。心は今も、母について知った事実をなんとか受け入れようとしていた。ニコラスが、子供時代を過ごしたあの家に向かっていると気づいたのは、少したってからだった。

ジュリアナは身をこわばらせ、そっちへは行きたくないと叫ぼうとした。けれどもちょうど木立を抜けたところで、目の前にはもう彼女がかつて住んでいた小さな家があった。胸が痛くなるほどなつかしかった。あの大きな木の、低い枝に腰かけて本を読んだものだ。裏庭では人形遊びをした。寝室の窓辺に立って幾度外を眺めたことだろう。

目にするのが耐えがたいどころか、この家は今まさに自分がいたい場所であることに、ジュリアナは気づいた。ふたりはしばし馬上に座ったまま、あたりを眺めた。家のまわりの木々はのび放題だし、窓は割れている。この場所を好きだと思ったことはないにもかかわらず、打ち捨てられたありさまを見ると悲しい気持ちになった。

「誰かに家の手入れをさせないとな」ニコラスが静かに言った。「こんな状態じゃいけない。庭の草を刈って、家を掃除させよう」

ジュリアナは弱々しくほほえんだ。「ありがとう。そうしてもたいして見栄えはしないと思うけど」

「見栄えをよくするためにするわけじゃないよ」ニコラスは即座にこたえた。「ここがぼくにとって大切な家だからだ」

ジュリアナは少し意外に思って彼を見あげた。

その視線にこたえるようにニコラスが言った。「あの大きな寒々しい屋敷から逃れて、よくここへ来たものだよ。ここにはきみがいたからね。ミセス・クーパーはいつもクッキーを皿いっぱいにのせてぼくに出してくれた。きみの母上もやさしかったよ。ほほえんでは、日に日に背が高くなるとぼくに言ってくれた」

「ああ、ニコラス！」ジュリアナは衝動的に手をのばして彼の手をとった。「知らなかったわ……」

ニコラスはさらに続けた。「おかしいかもしれないが、ここはぼくにとって、憩いの場みたいなものだった。幸せがある場所だったんだ」

「母にとってもそうだったらよかったのに」ジュリアナは小声で言った。

ニコラスは彼女のほうを向いた。「すまない」

ジュリアナは首を振った。「あなたが謝る必要はないのよ。あなたのせいじゃない。トレントンはみんなの人生を狂わせた。クランダルだってトレントンが父親でなかったら、もっとましな人間になっていたに違いないわ」

ふたりは馬をおり、ニコラスが馬を木につないだ。ドアはかたく、彼は肩で押し開けなくてはならなかった。

なかはかすかにかびくさいにおいがした。家具にはシーツがかけられており、薄暗い部屋にこんもりとしたシルエットがいくつも見えた。ニコラスは歩いていってカーテンと窓を開け、雨戸の掛け金をはずすと、押し開けて部屋に空気と光を入れた。

あちこちの窓を開けながら、ふたりでゆっくりと家のなかをまわった。ジュリアナは子供のころを思いだしつつ、廊下の壁紙を指でなぞった。

「ずっとわたし、母は父が亡くなったから不幸せなんだと思っていたの……。その後、ずっと父の死を悼んでいたんだと」

「父上を悼んでいたのは間違いないよ」

「そうね。でも、母の人生がどれほど不幸だったか、今わかったわ。母がトレントンを嫌っていたのはわかっていた、わたしには愛想よく、お行儀よくしなさいと言ってはいたけれど。挨拶《あいさつ》させるためにわたしを彼の前に連れていくとき、母の指が肩にくいこむのが感じられたものよ。さぞつらかったでしょうね……。なのにわたし、幸せそうじゃないっていつも母に怒っていたのよ」

涙がいっきにこみあげ、ジュリアナはもう抑えることができなかった。両手を目にあて、必死に泣くまいとしているのに、涙は次から次へとあふれでてきた。

「なにもかもわたしのためだった！　わたしに快適な住まいときれいな服、教育を与えるために、母は奴隷に身を落としたのよ。なのにわたしは母が笑わない、一緒に遊んでくれないって恨んでいたんだわ」

「母上はきみを愛していた」ニコラスは手をのばし、ジュリアナを引き寄せると、そっと胸に抱いた。「そして、きみのためにできる限りのことをしたんだ。なにより望んでいたのはきみの幸せだったはずだ。きみが自分を責めることは望んでいないと思う」

　ニコラスの手が安心させるように背中をさする。ジュリアナは彼の胸に顔をうずめ、思いきり泣いた。母のために、母が払った犠牲のために、そしてかつての自分――いつも少し寂しくて、父が死ぬ前の母を求めていた自分のために。

　徐々に涙はおさまったが、ジュリアナはまだニコラスの腕のなかにいた。彼のぬくもりに包まれていると、心から安心できた。ふと、ニコラスの唇が髪に触れるのが感じられた。手が背中でゆっくりと円を描いているのがわかる。

　ジュリアナのなかでなにかが目覚めた。深い官能的な欲求。ニコラスを求める熱いうずき。彼がいたわりを示そうとなにかしてくれるたびに情熱をかきたてられる自分が恥ずかしくなって少し赤面する。だいいち、母のことで泣いた直後に彼がほしくなるなんてどうかしているわ。けれども下腹部で脈打つ熱いものを否定することも追いやることも、ジュリアナにはできなかった。体がうずいているだけではない。心もまたうずいていた。

　なにも考えず、ジュリアナはニコラスの胸に頬をすり寄せた。彼の手がはたと動きをとめる。しばらくのあいだ、ふたりは身じろぎひとつしなかった。ためらい、どうしていいかわからずにいた。ニコラスのかすれた息づかいが聞こえ、頬の下に彼の鼓動が感じとれた。

やがてジュリアナは少しだけ身を引き、顔をあげてニコラスを見つめた。彼の顔に浮かんだ欲望を目にして、思わず息をのむ。ジュリアナがニコラスを求めるのと同じくらい、彼も彼女を求めていた。ふたりがともに感じているものを否定するのは間違いだと、そのときジュリアナは悟った。

彼女は爪先立ちになり、唇をニコラスの唇に近づけた。

16

ニコラスは腕を荒々しくジュリアナにまわし、自分のたくましい体に引き寄せた。ふたりの唇が重なる。彼女は暗い欲望の淵《ふち》にするすると落ちていくような気がした。不安はまったくなかった。体がかっと熱くなる。それを抱きとめる彼の体も同じようにほてっていた。

ニコラスの手が髪を探り、ピンを引き抜いていく。つややかな巻き毛がこぼれ落ちると、彼はそのシルクのような髪に指をさし入れ、頭を支えて唇を奪った。ジュリアナはニコラスの首に腕をまわし、必死にしがみついてキスを返した。ともに求める解放の時を探して、お互い夢中で体を押しつけていた。

ふたりはキスをし、愛撫《あいぶ》しあいながら、相手の服を脱がせていった。ジュリアナの乗馬用の上着は椅子の上にほうり投げられ、ニコラスのは床に落ちた。ニコラスは彼女のブラウスをスカートからたくしあげたが、小さな丸ボタンに手間どり、しまいには彼女が自らはずすことになった。

自分でボタンをはずすジュリアナをニコラスはけだるいまなざしで見ていたが、やがてブラウスを彼女の肩からおろすと、腕から抜いて床に落とした。白いシュミーズから豊かな胸がこぼれそうになっている。襟もとのリボンのおかげでなんとか押さえられている状態だった。

ニコラスはブルーのリボンの端の片方をつかみ、そっと引いた。リボンがするりとほどけ、綿のシュミーズが左右に開く。ニコラスはそうやってシュミーズの前についたリボンを上からひとつひとつほどいていった。彼の視線は自分の指が通ったところをじっと追っている。

やがてその視線がジュリアナの目に戻ってきた。黒い目には欲望が、どんな炎よりも熱い渇望が浮かんでいた。

「毎晩横になっても眠れずに、こうすることを考えていたんだ」ニコラスがかすれた声でささやいた。「形だけの結婚をしようと言いだした自分はなんてばかなんだと十回は思ったよ」

ジュリアナは小さな笑いをもらした。「わたしもよ」

ニコラスも笑い、また身をかがめてすばやくキスをした。それから体を起こし、シュミーズを左右に開いた。手をそっと胸もとに滑らせて、その生地を脇《わき》に押しやる。それからジュリアナの腕にそって手をおろし、シュミーズを脱がせると、床にあるほかの衣服の上にほうった。

　ニコラスの視線がゆっくりと胸をなぞっていく。やがて指がそっと白い柔らかな丸みに触れた。それにこたえてジュリアナの胸の先端がかたくなった。彼の指が動くたびに、ますますかたくなっていく。ニコラスは両手で胸を包むと、親指でその頂を撫《な》でた。彼女の体が歓《よろこ》びに震えるまで撫で続けた。

　ジュリアナはすすり泣くような声をもらした。もっとほしい、感じられるすべてを感じたいと、欲求が体の奥深くで脈打っていた。

　ニコラスが身をかがめて、一方の胸の先端にキスをした。彼の唇が信じられないほどやさしくジュリアナの肌を這《は》い、味わっていく。ジュリアナは倒れるのではないかと思うほど膝ががくがくしていたが、そのうち彼のたくましい腕が背中にまわされ、上へと持ちあげられた。ニコラスの唇が再び胸の先端をとらえた。

　痛いほどの快感が体を震わせ、両脚のあいだを湿らせる。ジュリアナは指をニコラスの肩にくいこませ、こらえきれずにうめき声をもらした。

　永遠にこのまま続けてほしいと思う一方、同時に服をすべてはぎとってもらい、このめくるめく快感の行き着く先へと急ぎたい。そんな支離滅裂な感情が荒れ狂っている。

　ジュリアナはニコラスのシャツに指をかけ、おぼつかない手つきで上からボタンをはずしていった。シャツの下に手を滑りこませ、胸もとを愛撫する。胸の先端を見つけると、そっと撫でてみた。そして、彼がもらした低い歓びの声にほほえんだ。

ニコラスが急いで体を起こし、シャツを脱ぐ。ジュリアナはその機会を逃さず、前かがみになって彼の胸板に唇を押しつけた。ニコラスが動きをとめた。彼女の唇がためらいがちに肌をなぞり、舌が彼の胸の頂を味わい、軽くはじくあいだも、微動だにしなかった。だがやがてニコラスはジュリアナの名前をささやきながら髪をつかみ、その指に力をこめた。

ついにもう爆発しそうだと感じると、ニコラスは体を離し、ブーツと膝丈のズボンを脱いだ。そのあいだにジュリアナもすばやく服を脱いだ。気がせくあまり、きまりが悪いとか恥ずかしいなどと思っていられなかった。目の前に、すらりと背が高く、男らしい肉体があった。ジュリアナは欲望におののいた。なにしろ全裸の男性を見るのは生まれて初めてなのだ。

「きみは美しい」ニコラスがそうつぶやいてジュリアナを再び引き寄せ、どれだけ味わってもまだ足りないとばかりにキスをした。

ジュリアナはニコラスの胸のなかでとけていくようだった。自分の体をなぞっていく彼の手を堪能《たんのう》する。やがてその手は両脚のあいだに入り、愛撫を始めた。彼女は低くうめき、愛撫にこたえて身じろぎした。

ニコラスは家具にかけられたシーツをひとつ引っぱり、床に落とすと、ジュリアナをその上に横たえ、自分も隣に寝た。そして時間をかけてキスと愛撫を繰り返し、彼女がもう壊れてしまいそうだと思うまで快感を引きのばした。

ついにニコラスが両脚のあいだに移動し、ゆっくりとジュリアナのなかに入ってきた。激しい痛みに、彼女は思わず息をのんだ。彼が動きをとめてジュリアナを見おろす。彼女はほほえんでみせ、ニコラスの頭を自分のほうに引き寄せてキスをすると、彼を奥まで受け入れた。

ニコラスがゆっくりと慎重に動き始める。ジュリアナは彼に腕をまわし、むきだしの背中に手をくいこませた。ニコラスはやさしい動きを繰り返していたが、しだいにリズムが速くなってきた。情熱はいっそう燃えあがり、わずかに手の届かないところにぶらさがっている、とらえがたいなにかへ向かって突っ走っていく。ジュリアナは息苦しさを覚え、全身が緊張に引きつるのを感じた。

やがて、ニコラスは叫び声とともに身をぶるっと震わせた。ジュリアナのなかで欲望がはじけ、めくるめく快感が全身を波打たせた。小さなうめき声とともにニコラスは彼女にのしかかった。

ジュリアナは目を閉じ、その瞬間を存分に味わった。汗ばんだニコラスの背中を手でなぞる。愛されているわけでないのはわかっていた。実際、心の一部は、彼が決して愛してくれないのではないかと恐れている。ふたりのあいだに起きたことは、ニコラスの愛ではなく、欲望によるものであることは百も承知だった。

それでも、ジュリアナはニコラスを抱きながら思った。今はこれで十分だわ。


ジュリアナはその日一日、幸せのあまり陶然として過ごした。その幸せは夜、ニコラスがふたりの部屋をつなぐドアを開けて彼女を抱き寄せたとき、さらに完璧《かんぺき》なものとなった。ふたりは愛しあった。彼がそのあとも部屋を出ていかなかったのはうれしかった。ニコラスはひと晩じゅうジュリアナを腕に抱き、朝目覚めると、もう一度愛を交わした。

ニコラスはジュリアナが眠っているあいだに部屋を出ていた。恥ずかしいことに、ジュリアナは朝食の時間がとうに過ぎたころまで寝ていた。侍女が紅茶とトーストののったトレイを持って入ってきて、うれしそうに、そしていささか訳知り顔でほほえんだときには赤面した。けれども、心にあふれる喜びは少々のきまり悪さで損なわれたりはしなかった。ジュリアナは脚つきの浴槽で体を洗うと、シーリアが用意してくれた午前用のドレスを着た。

ふと見るとドレスはハイネックで、首もとの、ニコラスののびたひげにこすられて赤くなったところを覆っている。シーリアは目ざというえに思慮深いわ、とジュリアナは思った。

入浴と着替えをすませると、ジュリアナは喪中の屋敷にふさわしい厳粛な表情をつくり、階下へおりて居間へ向かった。セラフィナとリリスがすでに来ていた。リリスはなにか縫い物をしているようだ。セラフィナは退屈そうに窓の外を眺めていた。

ジュリアナが入っていくと、セラフィナは顔をあげてほほえんだ。「あら、よかった。気晴らしをしたいと思っていたところなの。ウィニーは散歩に出かけてしまったし、わたしはここにいてもすることがなくて」

リリスは娘を見あげ、一瞬ジュリアナに目をやってからまた手仕事に戻った。娘の退屈をまぎらしてやろうという気はさらさらないようだ。

「なにをしましょうか?」ジュリアナは愛想よくきいた。カードでもと誘いかけたが、セラフィナがギャンブル好きであることを考えると、それは適切でないと思い直した。

「なんでもいいわ」セラフィナは答えた。「ウィニーにつきあって散歩をしようかと思っていたところなのよ」

お悔やみの手紙が山ほど届いており、読んで返事を書かなくてはならないのはわかっていたが、そんな仕事にセラフィナがかかわりたくないと思うこともまた、よくわかっていた。

「庭に出てみたらどうかしら? 花をいくつか切って、花瓶に飾りましょう」

セラフィナはその提案を聞いて鼻にしわを寄せた。「それはあなたとウィニーに任せるわ。田舎の生活は本当に死ぬほど退屈よ。娯楽さえ退屈だわ」

「いいこと、セラフィナ」リリスは顔をあげ、冷ややかな目で娘を見すえて鋭く言った。「わたくしは、ジュリアナにあなたのお兄さまの死を悼んでほしいとは思っていません。埋葬してから二日しかたっていないのに、彼女が家を花で飾りたててもかまわないと考えたとしても驚きませんよ。けれども、少なくともあなたは多少の悲しみは見せてもいいんではなくて?」

「ごめんなさい、お母さま」母の非難に、セラフィナはしゅんとなった。

「わたしも申し訳ありませんでした」ジュリアナは急いで謝った。「浅はかでした。花を飾るのはやめますわ」

「好きなようにすればいいわ」リリスは冷ややかにこたえた。「結局のところ、今ではあなたの屋敷なんですから」

ジュリアナはため息を押し殺した。悲しみも、リリスに別の不満を忘れさせたわけではないらしい。

そのとき、外の廊下で大きな音がし、ジュリアナははじかれたように立ちあがってドアへと急いだ。廊下では若いメイドが膝を突いて花瓶のかけらを拾っていた。彼女は肩越しにジュリアナを見あげた。目に涙が光っている。

「すみません、ミス――」

「あなたはレディ・バールに向かって話しているのよ」ジュリアナの背後でリリスがぴし

ゃりと言った。「〝ミス〟と呼んではいけません」

若いメイドは恥ずかしさに顔を真っ赤に染め、あわてて立ちあがると、ちょこんとお辞儀をした。「も、申し訳ございません、お……奥さま。新米なもので。すぐに片づけますから」彼女は怯《おび》えた、懇願するような表情でジュリアナのほうを見た。

彼女が得たばかりの職を失うのではないかと恐れているのは間違いない。ジュリアナはやさしく言った。「いいのよ。箒《ほうき》を持ってきて、そこを掃いておいて」

リリスはジュリアナのほうを向くと、賛成しかねるというように片眉をつりあげた。「新しい使用人を雇ったの、ジュリアナ？」

「いいえ……というか、ミセス・ペティボーンが雇ったんでしょう。わたしはなにも聞いていません」

リリスは無言だったが、そのまなざしは雄弁だった。ジュリアナが屋敷のことを掌握しきれていないと思っているに違いない。

立ち去りかけていたメイドが、ジュリアナのほうに向き直って言った。「わたしは今朝、ミセス・ペティボーンに雇われたんです。ひとりやめたから、至急メイドが必要だということでした」

ジュリアナは驚いて尋ねた。「誰がやめたの？」

「わかりません、ミス……いえ、奥さま」メイドは答えた。「でも、本当に急だったそうです」

「あなたは廊下をうろついて使用人と噂話《うわさ》をするのがお好きなのかもしれないけれど、さっさと彼女を仕事にかからせるべきではないかしら」リリスが言った。

リリスの言葉に、メイドは向きを変えて走り去った。ジュリアナは頬を紅潮させ、拳《こぶし》を握った。これはもうあなたが口出しすることではないでしょうと言い返してやりたいところだったが、怒りをぐっと抑えつけた。なんだかんだ言っても、この人はほんの数日前に息子を亡くしたばかりなのだ。皮肉をひとつふたつ言われたからといって非難することはできなかった。

「失礼させていただいて、ミセス・ペティボーンと話をしてきますわ」ジュリアナはなんとか冷静に言った。

「そうなさったら？」リリスはそう言うと、きびすを返し、居間へ戻っていった。

ふたりの後ろに立って一部始終を見ていたセラフィナは、ばつが悪そうにジュリアナに小さく笑いかけ、肩をすくめてから、母親のあとから居間に戻った。

ジュリアナは足早に廊下を歩き、台所へ向かった。ミセス・ペティボーンのことは信頼しているし、彼女が相談もなく新しいメイドを雇ったことを本気で気にしているわけではなかったが、居間に戻ってリリスと礼儀正しく話を続けることはできそうにないと思い、立ち去る口実に飛びついたのだ。

家政婦は台所の外の廊下にいた。花瓶を割った若いメイドをにらみつけている。ミセス・ペティボーンはジュリアナが近づいてくるのを見ると、悔しそうな表情ですぐにメイドをさがらせた。

「奥さま」ミセス・ペティボーンが言った。「ご相談なしに新しいメイドを雇ったことは、どうぞお許しくださいませ」メイドの背中にとがめるような視線を投げる。「経験不足でないかとは思ったのですが、なにしろ時間がなかったものですから」

「なにがあったの？」ジュリアナはきいた。「彼女の話だと、メイドのひとりが突然やめたそうだけれど」

ミセス・ペティボーンはうなずいて、ジュリアナを廊下の奥にある、狭い家政婦用の部屋へ導いた。「紅茶はいかがです、奥さま？」

「ええ、ありがとう」家政婦と紅茶を飲みながらおしゃべりをするほうが、リリスと話をするよりはるかに心を引かれた。

ミセス・ペティボーンはドアを開け、外に向かって紅茶を持ってくるよう言いつけると、ジュリアナがうなずくのを待って腰をおろした。「奥さまに謝らなくてはなりません。今週は大混乱でしたでしょう。おまわりさんが出たり入ったりして、使用人たちにいろんな質問をしましたし。それで、あの考えなしのアニー・ソーヤーが出ていったんですよ。この屋敷で働くのは怖いから家に帰るって」

「なるほどね」ジュリアナはクランダルが殺された翌朝、朝食のときにひどくとり乱し、怯えていたメイドがいたのを思いだした。「たしかに屋敷のなかで殺人事件が起きたとなれば、誰だって動揺するでしょう」

ミセス・ペティボーンは納得した様子もなく、鼻を鳴らした。「なにをそんなに怖がらなくちゃならないのか、わたしにはわかりませんね。狂人があたりに野放しになっていて、会う人会う人を片っ端から切り刻んでいるというわけでもないでしょうに」

「たしかにそうね」ジュリアナも同意した。「犯人はクランダル以外の人間に危害を加えるつもりはないと思うわ」

「あの方を嫌っていた人は、それこそたくさんいましたからね」家政婦は、故人に対する私的な感情をあからさまに口に出してしまったことに気づいてはっとした。「申し訳ありません、奥さま。こんなことを言うべきではありませんでした」

「いいのよ」ジュリアナはこたえた。「事実だもの。クランダルが人気者だったというふりをしても意味はないわ」

ミセス・ペティボーンはため息をついた。「悲しいことですけれどね。おまわりさんはしきりと鍛冶屋《かじや》のことをきいていましたよ」しかめっ面が、捜査の方向性に対する彼女の意見を物語っていた。「でも、ファローがあんなふうに背後から人を襲うようなまねをするでしょうかね。おまわりさんに言ったんですよ。あの方の死を願っていた人間なら山ほどいるんだから、ほかに目を向けたほうがいいって」家政婦は肩をすくめた。「奥さまはこんな話をしにここにいらしたわけではありませんでしたね。先ほどコーラが花瓶を落として割った件でございましょう？　ご心配なさらなくても大丈夫です。きちんとお仕置きしておきますから。それに二度とこんなことがないよう、コーラには床掃除をさせることにしました」

「コーラは緊張していただけだと思うわ」ジュリアナは言った。「慣れてくれば、きっときちんと仕事をこなせるようになるわよ」

「ええ、そうでしょうとも」ミセス・ペティボーンは苦い顔でうなずいた。その表情からして、あまり見こみはないようだった。

ジュリアナはもうしばらく紅茶を飲みながら、家事のあれこれについて話しあった。そして新しいメイドの件でミセス・ペティボーンの癇癪《かんしゃく》がおさまったのを見届けてから、部屋を出た。

気は進まないが、居間に戻るべきだろうか？　屋敷の女主人として、自分はある程度リリスとセラフィナに対して責任がある。リリスの気分を明るくするのはもちろん不可能だろうが、セラフィナの退屈をまぎらすことくらいはできるかもしれない。

ところが角を曲がって玄関ホールに出ると、こちらへ向かって歩いてくるニコラスとでくわした。セラフィナとリリスのことはいっきに頭から消え去った。彼がほほえむと、ジユリアナの胸は高鳴った。

「ニコラス」

「ジュリアナ」彼は近くに来ると、ジュリアナの両手をとり、彼女にほほえみかけた。

「きみを捜していたんだ」

「メイドのことでミセス・ペティボーンと話をしていたのよ」

「きみを遠乗りに誘いたくてね」ニコラスは少し身を寄せ、声を落として続けた。「ふたりだけになりたい」

なにげない誘いに、ジュリアナは思わず目をきらめかせて笑みを返した。「そうなの？」

「ああ」ニコラスの瞳も同じようにきらめいている。「馬に鞍《くら》をつけておくよう厩舎《きゅうしゃ》に伝えておいた。コックにはピクニック用に昼食をバスケットにつめてくれと言ってある」

とても楽しそうな思いつきだ。ジュリアナはすぐさま同意した。「階上《うえ》へあがって着替えてくるわ」

「わかった」そう言いながらもニコラスはジュリアナの手を放そうとしない。逆にさらに少し彼女を引き寄せ、身をかがめてささやいた。「ぼくが手伝うべきかな」

陰った瞳を見れば、その意味するところは明らかだった。ジュリアナの呼吸が少し荒くなった。「伯爵、あなたに手伝ってもらうと、すごく時間がかかってしまうような気がするわ」

ニコラスはにやりとした。「たぶん、きみの言うとおりだな。一歩も部屋から出ないってことになりそうだ」

ニコラスはジュリアナの頭のてっぺんに唇を押しつけ、それから額に、さらに下へと滑らせ、最後に軽く唇にキスをした。ジュリアナの心臓が早鐘を打ち始めた。ここで彼に抱きつき、思いきりキスをしたい。今ここで彼が腕をまわしてきたら、自分もそうしたに違いなかった。

けれどもニコラスは身を引き、ジュリアナの手を口もとに持っていってキスをしてから放した。そして階段のほうを顎でしゃくった。「すぐに行ったほうがいい。でないと、一生出発できそうにないからね」

声を出せる自信がなかったので、ジュリアナはただうなずき、階段を駆けあがって自分の寝室へ向かった。

三十分後、ジュリアナとニコラスは馬に乗っていた。今回は村へ向かうのではなく、そちらを背に庭や果樹園の先の草地を突っきっていった。空気には刈ったばかりの草の香りが漂い、肩にはあたたかな日ざしが降り注いでいる。

「どこへ向かっているの？」ジュリアナはきいた。ニコラスと一緒なら、どこへ向かっていようと実はどうでもよかったけれど。

「ここからさほど遠くないところに、使われていない水車小屋がある」彼が答えた。「廃《はい》虚だが、とてもきれいなところでね。座って川の流れを眺めるのにはうってつけの場所なんだ」

ジュリアナはほほえんだ。すてきな計画だ。「今思いだしたわ。わたしたち、よくそのあたりを探検したわね。別世界のようで、すごくわくわくしたものだわ」

ニコラスがリクウッド・ホールを出てからは行ったことがなく、そこはいつしか記憶の底へと沈んでいた。だがすぐに、苔《こけ》に覆われた灰色の石壁や大きな水車を見ると思いだすことができた。

借地人の農場をいくつか通りすぎたとき、子供たちが外に出てきてふたりに手を振った。借地人の妻が顔を見せた家も一、二軒あった。ニコラスはそうしたことを予想していたらしく、ポケットに手を入れると、キャンディの包みをとりだして子供たちに分けてやった。そして大人には足をとめて話しかけ、ジュリアナのことを紹介した。女性たちはにっこり笑って彼女にお辞儀をした。

「あなたがこれくらいの背丈だったときを覚えてますよ」髪にかなり白いものがまじった黒髪の頑丈そうな女性が、片手で自分の腰の高さを示して言った。「おふたりで、川まで走って魚をとってらっしゃいましたね」

ジュリアナはほほえんだ。魚がとれるかどうかはどうでもよかった。あのころも、ニコラスと一緒にいるだけで幸せだったのだ。「ええ、覚えているわ」

農場を過ぎて森に入ると、小道はさらに細くなって踏み分け道のようになった。木立を抜けたところでふたりは足をとめ、眼下の景色を眺めた。川はここでは細くなり、流れも速かった。古い水車小屋は変わらずにそこにあった。ジュリアナは大きな木製の水車を眺め、それから小屋の灰色の石壁に視線を移した。

ニコラスは馬をおり、まわってきてジュリアナがおりるのに手を貸した。水車小屋へくだる道は曲がりくねっているうえに岩だらけなので、馬を引いて歩いたほうが楽なのだ。小道をおりかけたとき、ジュリアナは小屋のドアにちらりと動くものをとらえた。足をとめ、手をのばしてニコラスの腕をつかんだ。

彼は振り向いて、ジュリアナの見ているほうに目をやった。水車小屋から誰かが出てきて、後ろを振り返って誰かに話しかけていた。女性で、黒っぽい乗馬服を身につけ、手には帽子を持っている。小屋の陰になっているとはいえ、髪が明るいブロンドなのはわかった。

ウィニフレッドだった。ウィニフレッドがドアを離れると、彼女が話しかけていた人物が小屋から姿を現した。男性で、濃いブロンドの頭を傾け、ウィニフレッドの話を聞いている。

ジュリアナは驚いて息をのんだ。ニコラスも身をこわばらせた。そして、ジュリアナと馬ともども、すばやく木々の陰に引っこんだ。ふたりは垂れさがる枝に隠れて立ち、目の前の光景を見守った。

ウィニフレッドと男性は立ちどまって話をしていた。ウィニフレッドの青白い顔が男性を見あげている。やがて男性は身をかがめて彼女にキスをした。ふたりが特別な関係であることは疑問の余地がないと思えるような、長く、ゆっくりとしたキスだった。やがて彼らは向きを変えると、建物の角を曲がり、その後ろの木立へと向かった。

ジュリアナはなんと言っていいかわからず、ニコラスを見つめた。

「ピクニックは別の場所にしたほうがよさそうだな」ニコラスは穏やかに言ってジュリアナの手をとり、木立のなかを上流へ向かった。

ふたりは無言のまま歩き、やがて川がゆるく湾曲し、木々が川岸ぎりぎりまで生えているところを見つけた。ここなら誰にも見られないだろう。

ニコラスは土の上に毛布を広げ、昼食のバスケットを置いて座った。しばらくはふたりとも黙ったまま、穏やかな川の流れを眺めていた。

やがてジュリアナはニコラスのほうを見た。「あの男の人のことは知っている？」

ニコラスはうなずいた。「サム・モーレイのようだった。借地人のひとりで……聞いた限りでは働き者で、正直な男だ」

「わたしたちが見たのは、その……」

「逢引《あいびき》だと言いたいのかい？」ニコラスが代わって言った。「たしかに、そうとしか思えないな。ふたりがどういう目的であそこにいたかは火を見るより明らかだ」

「いけないことなのはわかっているけれど、ウィニフレッドを責める気にはなれないわ。クランダルはひどい夫だった。彼女に惨めな思いをさせてばかりだったもの」

「ああ。クランダルは人に惨めな思いをさせるのがなにより得意な男だった」ニコラスはそっけなく言った。「ただ、このことから生じる可能性を無視するわけにはいかない」

「ウィニフレッドにはわたしたちが想像していた以上にクランダルを厄介払いしたいと思う理由があったことになるわね」ジュリアナも同意した。

「それに、もうひとり容疑者が出てきた」ニコラスが指摘した。「いくらクランダルを憎んでいたとしても、ウィニフレッドが火かき棒で彼の頭を殴るところは想像しがたい」

「でも、クランダルの妻を愛する男性……彼女をクランダルから救いたい、そして彼女と結婚したいとさえ考えているかもしれない男性なら、一撃を加えることもあり得る」ジュリアナはニコラスの言わんとすることをしめくくった。「そうね。あなたの言うとおりだわ。例の晩、彼はどこにいたのかしら？　あなたは会った？」

「ああ。握手をして、祝福を受けた。きみも会っているが、覚えていないだろうな」

「誰が誰だかまだよくわからなかったから」ジュリアナは認めた。「でもあなたの言うとおり、彼が庭にいたのなら、屋敷のなかに忍びこんであの部屋へ行くことは難しくなかったでしょうね。あそこまでクランダルをつけていくことも」

ジュリアナがバスケットの中身を広げ、ふたりは話しながら食べた。話に没頭していたため、味もほとんどわからなかった。

「ほかにも気になることがあるの」ウィニフレッドとその愛人についての話が一段落すると、ジュリアナは言った。「アニーというメイドが突然やめたのよ。それでミセス・ペティボーンが新しいメイドを雇ったの」

ニコラスは片眉をつりあげてジュリアナを見た。

「アニーはひどく怯えていたそうよ。ミセス・ペティボーンに家に帰りたいと言ったんですって。クランダルが遺体で発見された翌朝、朝食のときにお皿を落とした子よ」

「なにが言いたいんだい？」ニコラスが尋ねた。「彼女が殺人事件にかかわっていると思っているのか？」

「わからないわ。そのときは彼女の怯え方について、あまり考えてみなかった。屋敷のなかで人が殺されたのだから、怯えるのも当然だと思ったのよ。不安そうな様子を見せていたメイドはほかにもいたしね。実際、わたしだって以前より暗がりにどきりとするようになったもの。でも、ほかのメイドたちはだいぶ落ち着いてきたように見えるわ。ミセス・ペティボーンも指摘していたけど、これはおそらく行きずりの殺人ではないでしょう。犯人には、ほかの人間に危害を加える理由はないはずなのよ」

「なにかを目撃したのでない限り」ニコラスはぽつりと言い、ジュリアナを見た。「きみが言いたいのはそういうことかい？」

「確信はないのよ。単にアニーは普通の人より臆病《おくびょう》で、怖がりだというだけかもしれない。でも、あの部屋にクランダル以外の誰かが入っていくのを見たのだとしたら？　でなければ、殺人犯を特定し得るような……たとえばわたしが見つけた宝石みたいななにかを見つけたのだとしたら？」

「犯人に姿を見られたかもしれないと不安になるのはもっともだな。犯人は、彼女をほうっておくのは危険すぎる、なんとか始末しなくてはと考えるかもしれない」

ジュリアアナはうなずいた。

「明日、村へ行ってみよう」ニコラスが言った。「そしてアニーを訪ね、彼女がどうしてそれほど怯えているかをはっきりさせるんだ」

「いい考えだわ」

ニコラスは皿を脇に押しやると、横向きに寝転んで肘をついた。「ところで、もう殺人事件の話には飽き飽きしたよ。ぼくはここに妻とふたりきりになりたくて来たんだ」彼がジュリアアナのほうへ手をのばすと、彼女はその手をつかんだ。

ニコラスはそのままジュリアアナを引き寄せ、毛布の上に横たえた。ジュリアアナはニコラスに寄り添い、彼の肘に頭をのせた。

「午前中ずっと、きみとふたりきりになりたくてしかたがなかった。地所の管理人と一緒にいても、頭のなかはきみのことでいっぱいだったよ。仕事の話なんて半分も頭に入ってこなかった」ニコラスはジュリアナを見おろしてほほえんだ。彼女の顔をなぞるまなざしは熱を帯びている。

ニコラスは片方のてのひらをジュリアナのおなかにあてていたが、話しながらその手を徐々に肋骨《ろっこつ》のほうへと滑らせていった。やがて、胸の柔らかなふくらみに触れた。ジュリアナは下腹部に歓びがほとばしるのを感じた。目を閉じ、ニコラスが引き起こした快感を味わう。

ジュリアナの顔に欲求がはっきりと浮かぶのを見て、ニコラスがほほえんだ。身をかがめてそっとキスをし、小さくつぶやく。「きみは実に美しい」

もう一度キスをすると、ニコラスの唇は頬を横切って思わせぶりに耳を噛《か》んだ。ジュリアナは身を震わせた。両脚のあいだがうずき始めるのがわかる。そのうずきは激しくなってさらに広がり、やがて全身が脈打ち始めた。期待感に喉がしめつけられるようだ。

「こうするためにわたしをここに連れだしたの?」ジュリアナは目を開け、ニコラスの顔を見あげながら、からかうように言った。日ざしのなかで彼の黒髪が輝いている。

「そのとおり」ニコラスは答え、ジュリアナの首に鼻をすり寄せた。「きみを連れ去って奪うためさ」

ジュリアナは小さな笑い声をもらした。「伯爵……あなたって不謹慎な人ね」

「どうにも我慢できないんだ、レディ・バール」ニコラスはこたえた。手はさらに下へとおりていって、腹部を越え、両脚のあいだへと向かった。

ジュリアナは無意識のうちに大胆に両脚を開いてニコラスの手を受け入れていた。彼の手が服の生地越しに秘密の場所を撫で、すでにそこで燃えていた炎に油を注ぐ。ニコラスは身をかがめてキスをしながら、ドレスをひとまとめにして引っぱりあげ、ペチコートもめくって足首をむきだしにした。それからペチコートのなかに手をさし入れ、靴下にくるまれたふくらはぎをなぞり、徐々に上へのぼって、欲望の熱い芯《しん》を見つけだした。

薄い下穿《したば》き越しに、すでにすっかり湿ったその場所を愛撫する。ジュリアナは思わず体をのけぞらせた。

「ニコラス……」

そのせつなげな声に、ニコラスの欲望もいっきに高まった。彼が下着の紐《ひも》をほどき、手をジュリアナのもっともひそやかな場所のなかへと滑らせる。あまりの快感に彼女は息をのみ、体を震わせた。

「誰かに見られたらどうするの？」

「誰も来ないさ」ニコラスは請けあった。「でも、やめてほしいなら……」

「だめ！」ジュリアナは彼にほほえみかけた。その瞳は期待に満ちていた。腕をあげ、ニコラスの首にまわして自分のほうへ引き寄せる。

キスは長くて深く、ジュリアナのなかで欲望が大きくふくらんだ。ニコラスが秘密の場所を愛撫しながら彼女の下穿きをおろす。ジュリアナが進んで体を開くと、彼は両脚のあいだに移動し、自分もズボンを脱いだ。

ついにニコラスがなかに入ってきた。そしてジュリアナを満たし、欲望を満たした。ふたりは一緒にのぼりつめ、最後の瞬間、ともに砕け散った。

17

翌日の午後、ニコラスとジュリアナは村へ行き、アニー・ソーヤーの家を訪ねた。だが驚いたことに、アニーはいなかった。

アニーの母親は思いもよらぬ高貴な来客にあわてふためいた。あちこちの椅子から埃《ほこり》を払うふりをしつつせわしげに飛びまわって、どうぞお座りくださいと早口で言うと、紅茶とビスケットを用意しに駆けていく。紅茶も入り、ジュリアナが家やビスケットのおいしさをほめると、彼女もようやく落ち着き、ふたりがアニーとひと足違いだったことを打ち明けた。

「あの子は昨日、家を出て」ミセス・ソーヤーはうなずき、確認するようにアニーの妹のほうを見やった。「ブリッジウォーターのいとこのところへ向かいました」

「ブリッジウォーター?」ジュリアナはニコラスに目を向けた。

彼はうなずいた。「西へ馬車で二時間ほど行ったところだ」

「そうです」ミセス・ソーヤーが言った。「どうしても行くと言いはりまして。実を言いますと、ミスター・バールが亡くなってからというもの、アニーは普通ではなかったんです。ひどく神経質になり、おどおどしていました」

「理由はなにか言っていたかな?」ニコラスがきく。

「あの方が殺されたので怖いと言っていました。それだけです。だからってあなたの身になにか起こると考える必要はないでしょうと言って聞かせたんですが、それ以上なにも言いませんでした。リクウッド・ホールに戻るよう説得したんですけれどね。怖くなっただけだとわかってもらえば、仕事に戻していただけるかもしれないって。でもあの子は、うんとは言いませんでした。そしたら昨日、あのお金が届きましたでしょう。それで、飛びあがって出ていったというしだいなんです」

「お金?」ジュリアナは椅子に座り直した。「お金が届いたんですか?」

アニーの母親は大きくうなずいた。「ええ、そうなんですよ、奥さま。それもたいそうな金額でした」

「どういうわけで? 誰が届けたのかしら?」

「わかりません。昨日わたしどもが外に出ているとき、玄関のドアのところに小さな包みに入って置かれていたんです。表にはアニーの名前が書かれていました。それを見たとたん、あの子は真っ青になりました。わたしが包みを開けさせたんですけれども、開けてみたらなんと、銀貨で五十ポンドが入っているじゃありませんか!」

「手紙かなにかはついていなかったのか？」ニコラスがきいた。

「いいえ、なにも。わたしはどうしたらいいかわかりませんでした。そんな大金を誰が送ってきたのか娘にきいたんですが、あの子は答えようとしません。お母さんは知らないほうがいいとだけ言って、すぐに身のまわりのものをまとめ、郵便馬車が来るとそれに乗りこんだんです。理由も言わずに」ミセス・ソーヤーは心配そうにニコラスとジュリアナを見た。「娘は厄介なことに巻きこまれているのではないでしょうね？　アニーはいい子なんですよ。本当にいい子で」

「アニーが悪いことをしたと思っているわけじゃないんだ」ニコラスはそう言ってミセス・ソーヤーを安心させた。「ただ、クランダルが殺された件について、なにか知っている可能性はある」

「アニーが？　あの子がなにか知っているなんてことがあるんでしょうか？」アニーの母親は心底困惑した様子だった。

「わからない。だが、アニーと話をしなくては。クランダルを殺した犯人についてなにか知っているとすれば、彼女に危険が及ぶ可能性もある」

ミセス・ソーヤーははっと息をのんだ。「うちのアニーに危険が及ぶ、ですって？　娘が泊まっているのは、ブリッジウォーターで肉屋を営んでいるバートラム・ゴートンのところです。わたしの姪《めい》のエレンが二年前に彼と結婚しましてね。アニーはそこへ向かい、あの夫婦の家に泊めてもらっているはずです」アニーの母親は早口でまくしたてた。「娘に会いに行っていただけるんですね？　あの子を助けてやっていただけますでしょうか？」

「もちろんだ」ニコラスは約束した。「アニーを助けられるよう、できる限りのことはするよ」


「クランダルを殺したのが誰か、アニーは知っているんだと思う？」数分後、リクウッド・ホールへ戻る馬車のなかでジュリアナはきいた。

「わからない。ただ彼女がなにかを知っていて、そのために怯《おび》えているのは間違いない」ニコラスはこたえた。「なにを知っているにせよ、犯人は彼女がそれを人に話すんじゃないかと恐れている。お金を送ったのは間違いなくそいつだろう」

「問題は、犯人はどうしたらアニーが知っていることを誰にも話さないと確信できるかよ。数週間か数カ月後……ひょっとすると数年後、彼女が罪悪感か不安に駆られて犯人の名前を口にしないと、どうしたら確信できるかしら？」

「できないな」ニコラスは端的に答えた。「だから、アニーは今でも危険なんだ。知っていることを明らかにしない限り、危険な状態は続く。ひとたび話してしまえば、犯人には彼女を追う理由はなくなるわけだ。ところが、彼女が黙っている限り犯人は安全だということなら……そいつは彼女を殺すことで確実に黙らせようとするかもしれない」

「だったら、明日にでもアニーに会いに行ったほうがいいわね」ジュリアナは言った。

ニコラスは考え深げにうなずいた。「だが、ぼくたちがどこへ、なんのために行くのかは誰にも言わないほうがいいだろう」

「犯人はあの屋敷の誰かと考えているの？」ジュリアナは静かにきいた。

「確かなことは言えないな。別の人間かもしれない。だが、アニーはあの屋敷にとどまることを恐れていた。となると、彼女はクランダルを殺したのが村の誰かではなく、われわれのひとりだと考えていたことになる。村人だと考えていたなら、両親の家へ行くはずがないだろう」

「それにあのお金のこともあるわね」

「そうだ。それなりの資産を持つ人物に違いない。鍛冶屋《かじや》もサム・モーレイも羽振りはいいほうだが、どちらも五十ポンドをぽんと用意できるとは思えないな」

「アニーが村を出たことを、リクウッド・ホールのみんなに話したほうがいいかもしれないわね。そうすれば犯人が誰にせよ、賄賂《わいろ》がきいたと思うに違いないもの」ジュリアナは提案した。

ニコラスもうなずいた。「そうだな。それに、アニーがいなくなったと聞いたときのみんなの反応も見たい」

そこでその夜の夕食どき、スープが出されたあとでジュリアナはさりげなく言った。

「わたしたち、今日の午後アニー・ソーヤーの家へ寄ってみたの」

ジュリアナはテーブルを見渡し、みんなの反応を見きわめようとした。ほとんどがぽかんとした顔でこちらを見返している。

「誰ですって?」セラフィナがきいた。

「メイドのひとりよ」ウィニフレッドが説明する。「このあいだやめた娘」

「ふうん」セラフィナは興味なさそうにスープに視線を戻した。

「そうなの」ジュリアナには、ウィニフレッドの顔に浮かんでいるのが不安なのか、ただの驚きなのかは判断しかねた。

「またここの仕事に戻るのかしら?」ウィニフレッドが尋ねた。「動揺しているだけだと思うのよ、ほら、その、事件のことで」

「ばかばかしい。彼女をもう一度雇う気などわたくしはありませんよ」リリスはばかにしたように言った。「頼りにできないのははっきりしていますからね」

「彼女にも戻ってくるつもりはないようですよ」ニコラスが口をはさんだ。「完全に村を出ていってしまいましたからね」

「なんとまあ」サー・ハーバートが言った。「どこへ行ったんです?」

「それはわからないの」ジュリアナは嘘《うそ》をついた。「彼女の母親も知らないようだったわ。

母親によると、昨日の郵便馬車に乗ったとか。ひどく怯えていたらしいわ。だから、なにをそれほど怯えていたのだろうと気になっているのよ」

「なんだってメイドのことが話題になっているの？」セラフィナが退屈そうに言った。

「愚かな娘ですよ」リリスが言った。「おそらく幽霊とかそういう意味のないものを怖がっているんでしょう。鞭《むち》でもくれてやれば、そういうばかげた考えを追いだしてやれたでしょうに」

「そうですね。そういった解決法をあなたが好んでいるのはよく知っていますよ」ニコラスが冷ややかに言った。目つきが険しくなる。

リリスはわずかに眉をつりあげ、再びスープを食べ始めた。

「わたしは彼女がなにかを知っているんだと思うわ」ジュリアナは言った。

「なにを知っているのかしら？」ウィニフレッドは戸惑った顔できく。

「殺人事件について、ということでしょう？」サー・ハーバートがきき直す。

「なんですって？」リリスは驚いた様子で口をはさんだ。「アニーがクランダルを殺したというの？」

「それはどうでしょう……」サー・ハーバートはウィニフレッドをちらりと見て、目をそらした。そして、少々居心地悪そうに椅子の上で身じろぎした。「まあ、あり得ないことは思えませんね。クランダルについてはほら、いろいろ噂《うわさ》がありましたし」

セラフィナは一同がなんの話をしているのかようやくつかめたらしく、夫の発言にうなずいてつけ加えた。「アニーはかわいいしね」

「クランダルがその娘に手を出したってことですかね？」ピーター・ハックボーンがずばり言った。「で、殺されたと？」

「ばかなことを！」リリスが目に怒りをたぎらせて叫んだ。「どうしてそんなことが言えるんです？　あなた方、クランダルがもはや反論できないからといって、そんなふうに彼の名誉を貶《おとし》めていいと思っているんですか？　そんなことはわたくしが許しませんよ」

ジュリアナがあわてて言った。「わたしたちはクランダルを誹謗《ひぼう》中傷する気などありません。それははっきり申しあげておきます。それに、わたしはアニーがクランダルを殺したとも思っていません。ただ、彼女がなにか見たか、見つけたかしたのだとしたら、どうでしょう？」

ジュリアナはさっと一同を見渡した。アニーがなにか見つけたかもしれないと言ったとき、誰かの顔になにか表れないかと期待して。自分の推理が正しく、あのルビーは犯人が落としたものだとしたら、彼、または彼女は宝石がなくなっていることに気づいているかもしれない。だが、誰の顔にも特別気になる反応は見受けられなかった。

「でも、そうだとしたら……アニーがなにか見たんだとしたら、どうしてなにも言わなかったんでしょうね？」サー・ハーバートがきいた。

「わからない。ただアニーがひどく怯えていたのは確かだ。見たことを人に話したら犯人にねらわれると思ったのかもしれない。でなければ、犯人の正体をはっきり知っていたわけではないのかもしれない」ニコラスが指摘した。

「でも、彼女がどこかへ行っちゃったのなら、どうやって彼女の知っていることを突きとめればいいの？」セラフィナが言った。

「突きとめるのは無理でしょうね」ジュリアナは眉をひそめて答えた。がっかりしたふりをするのは難しくなかった。実際、みんなの表情になにも見いだせないことに失望していたからだ。

「いずれにしても」リリスはきっぱりと言った。「夕食の席にふさわしい話題とは言えないわね」

ジュリアナはおとなしく認め、スプーンをとりあげた。そして会話は終わった。


ふたりは翌朝ブリッジウォーターへ行く計画を誰にも話さなかった。朝食に食堂へおりていくと、リリスとピーター・ハックボーン、それにサー・ハーバートがいて、打ち解けた様子で会話を交わしていた。おもに天候と、馬車用に葦毛《あしげ》の馬を二頭買おうというサー・ハーバートの計画についてだった。

リリスは丁重に、いかにも興味なさげに今日はなにをするつもりかとジュリアナに尋ねた。

「ミセス・クーパーを訪ねようと思っています」ジュリアナは嘘をついた。思いつく限り、ほぼ丸一日家を空ける口実としてはこれがいちばんだった。

リリスはうなずいた。「紅茶をもっといかが?」

「ええ、ありがとうございます」ジュリアナはカップを渡した。

今日のリリスはいくらか機嫌がよさそうだった。普段より頬にも赤みがあるし、会話に加わってもいる。

やがて話題は作物のことに移った。サー・ハーバートが興味を示したのに対し、ハックボーンはまるっきり関心がなさそうだった。金欠だからといって、彼はいつまで退屈な田舎暮らしに耐えられるかしら、とジュリアナは思った。

ジュリアナは皿の卵をつつきまわした。胃が妙にむかつき、これ以上食べられそうにない。紅茶を少し飲み、トーストをもうひと口かふた口かじったところで、ちらりとまわりの皿を見渡した。ほかの人たちもじき食べ終わるといいけれど。早く出発したくてたまらなかった。自分たちが着く前に、アニー・ソーヤーがまた別の場所へ移りはしないかと心配だった。

ようやくみんなも食事を終えかけたので、ジュリアナは言った。「失礼していいかしら?」

「もちろんどうぞ」ニコラスはぱっと立ちあがって彼女の椅子を引いた。

ジュリアナはすばやく立ちあがった。その拍子に頭がくらくらし、よろめいた。ニコラスが手をのばして彼女の腕をつかむ。

「大丈夫かい?」ニコラスが眉をひそめてきいた。

「なんだか……少しめまいがするの」ジュリアナ自身驚いていた。今や落ち着きなくのたくっている胃のあたりに手をあてる。

「横になったほうがいいんじゃなくて?」リリスがすすめた。

「そうですね。じゃあ、少しだけ」ジュリアナも認めた。

ニコラスの腕を普段よりきつくつかんで、ふたりで部屋を出た。足の下で床が動いているような感じだった。傾き、揺れて……。

ジュリアナは足をとめ、手を口にあてた。つばをのみこみ、食べたものをなんとか胃におさめておこうとする。人前で、特にニコラスの前で朝食をもどすのはあまりに恥ずかしかった。

「ごめんなさい」彼女は小声で言った。

「謝ることなんかないさ」ニコラスがこたえた。「ひどく顔が青いよ。二階まで抱いていこう」

「いいのよ。歩けるわ」ジュリアナは抗議したが、ニコラスは無視して彼女を腕に抱きかかえ、階段をのぼり始めた。

ジュリアナは目を閉じ、頭をニコラスの肩にもたせかけて、吐き気を抑えることに神経を集中させた。なにか悪いものでも食べたかしら？　でなかったら、ひょっとして……いいえ、それは早すぎる。万が一妊娠したのだとしても、こんなに早くつわりが始まるとは思えない。それでも、ジュリアナは喜びがちらつくのを抑えることはできなかった。赤ちゃん、ニコラスの赤ちゃん……。

彼女はまたつばをのんだ。どういうわけか唾液《だえき》の分泌が過剰になっているらしい。

寝室に着いてニコラスがジュリアナをベッドに横たえるとすぐ、侍女のシーリアが部屋に駆けこんできた。「ミセス・バールに呼ばれて、奥さまの具合が悪いと聞いたものですから」シーリアはそう言うと、ベッドの脇《わき》にまわり、ジュリアナの額に触れた。

まるで部屋じゅうがぐるぐるまわっているようだった。ジュリアナは歯を噛《か》みしめた。

「吐き気がするの……」

「今、洗面器を持ってまいります」シーリアは落ち着いた口調で言うと、洗面器をとりに行った。

ジュリアナは最後の力を振りしぼった。じき猛烈に具合が悪くなるだろうということはわかっていた。胃は今や荒れ狂っている。ニコラスの目の前でこんな姿をさらしたくはなかったのに。

「あなたは行ったほうがいいわ」ジュリアナはなんとか普段どおりの声を出そうとした。

「いや、日を改めればいい」ニコラスが即座にこたえた。彼の顔もいつもよりだいぶ青白かった。「ぼくはきみのそばにいる」

「だめよ。お願い、わたしは大丈夫。ちょっと吐き気がするだけよ。たぶんなにか悪いものでも食べたんでしょう。シーリアが世話をしてくれるわ」

「でも、ぼくは――」

「本当にだめよ」ジュリアナは懇願するようにニコラスへ手をさしのべた。「あなたに行ってほしいの。アニーと話をしなくちゃ。逃がしてしまうわけにはいかないのよ。わたしなら、あなたが戻ってくるころにはすっかり元気になっているわ。絶対に先のばしにしちゃだめ」

ニコラスは迷っているようだった。「こんな状態のきみを置いてはいけないよ」

「少々ご気分がすぐれないだけですよ、ご主人さま」シーリアが割って入った。「うれしい知らせということになるかもしれませんわ」ニコラスに向かってうなずくと、にっこりほほえんだ。

「なんだって?」

「新婚でいらっしゃるわけですし、ほら、驚くことではありませんでしょう」シーリアが意味ありげな目をして続ける。

「なんだって？」ニコラスは仰天して侍女を見つめた。「ふざけているのか？」ジュリアナに視線を戻すと、彼女の唇には笑みが浮かんでいた。「そうなのかい？　きみもそう思うのか？」

「わからないわ」ジュリアナは惨めな気持ちで答えた。つわりではありませんようにと心から祈った。数カ月間も毎日こんな気分に耐えられる自信はない。

ニコラスは今や満面の笑みをたたえていた。身をかがめてジュリアナの額のてっぺんにキスをする。「わかった。ぼくは行ってくるよ。だが、医者は呼んだほうがいい」

「早すぎて、まだ判断がつかないと思うわ」ジュリアナはつぶやいた。再び吐き気の波に襲われ、ぐっと歯をくいしばる。

ニコラスはドアまで歩き、なるべく早く帰ると約束した。ジュリアナはもごもごとこたえ、彼がいなくなると、待ちかねたように洗面器を持っているシーリアのほうを向き、胃の中身を吐きだした。

ニコラスは馬車ではなく馬で行くことにした。なるべく早くブリッジウォーターに着き、戻ってきたかったからだ。気持ちは激しく揺れ動いていた。ジュリアナが妊娠したのかもしれないと思って有頂天になったり、ひどく具合が悪そうだったことを思いだしてたまらなく不安になったり。血の気の失《う》せた顔、玉の汗が浮いた額。つわりであそこまでなるものだろうか？

本当なら、ジュリアナのそばにいたかった。手を握っているだけにせよ、自分にできることをしてやりたかった。けれども彼女の表情には、行ってきてとはっきり書いてあった。ジュリアナはたいしたことがないようにふるまい、ぼくの前ではさほど具合が悪くないふりをしていた。その気持ちはよくわかる。ジュリアナが誇り高く、自立心旺盛《おうせい》な女性であることを知っているからだ。情けない姿を見せるのは、彼女のプライドが許さないのだろう。自分がいないほうがジュリアナとしてはうれしいに違いない。だからこそ、ブリッジウォーターへ行くことを承知したのだ。はっきり言って、クランダルを殺した犯人を突きとめたいという思いより、ジュリアナを気づかう気持ちのほうがはるかに強かった。

とはいえ、外出してなにか行動していれば、ジュリアナはどこが悪いのだろうとあれこれ思い悩まずにすむのはありがたいと認めざるを得なかった。彼女の青ざめた顔と苦しげなまなざしを見ていると、体が芯《しん》まで凍りつくように感じられた。

深刻な病気ではないだろう。爪をたてて喉もとへ這《は》いあがってくる恐怖を抑えつけながら、ニコラスはきっぱりと自分に言い聞かせた。ジュリアナが死ぬはずはない。なにか悪いものでも食べたのだろうと彼女も言っていた。でなければ侍女がほのめかしていたとおり、妊娠したのかもしれない。ジュリアナは若いし、健康だ。深刻な病気に冒されるなんて、考えるだけでもばかげている。

そんなことを思いつつニコラスは馬を飛ばし、記録的な速さでブリッジウォーターの町に着いた。二、三尋ねただけで、アニー・ソーヤーのいとこの家はわかった。彼は泥壁の古ぼけた小さな家の玄関をノックした。

しばらくして若い女性がドアを開けた。ぽかんと口を開けてニコラスを見つめている。

「あの……」

「アニー・ソーヤーを捜しているんだが」ニコラスは切りだした。

「アニー?」女性はなおのこと仰天したようだった。

「ああ。彼女はここにいるのでは?」ニコラスは穏やかに促した。

「ええ、もちろんおりますとも。無礼をお許しくださいませ。あなたさまのような方の訪問には慣れておりませんので」女性は膝を折ってお辞儀をすると、ニコラスをなかに招き入れた。「では、アニーを連れてまいります。しばらく……」彼女は今初めて気づいたかのように狭い家のなかを見渡した。そして椅子が数脚と足置き台《オットマン》がいくつか置いてある手前の部屋のほうをあいまいに示した。「どうぞお座りになっていてくださいませ。わたしはアニーを呼んでまいりますので」

ニコラスは部屋に入り、立ったままあたりを見まわしながら待った。数分後、アニーが部屋に駆けこんできた。玄関で出迎えた女性と同じく、驚いて声も出ないといった様子だ。その目に恐怖も浮かんでいないだろうか、とニコラスは思った。

「こんにちは、アニー」

「ご主人さま！　ここでいったいなにをなさっているんです？」無作法な言い方だったことに気づいたらしく、アニーはあわててつけ加えた。「申し訳ございません、ご主人さま。なにしろびっくりしてしまって」

「きみにいくつか質問があって来たんだ」ニコラスは言った。

アニーの顔に今度は警戒心がはっきりと表れた。「質問？」けげんそうに繰り返す。

「ああ。昨日、きみのお母さんに会いに行った。それで、ここにいると聞いたんだ」

「うちの母に！」アニーは自分の母親とニコラスが話をしている場面を想像することができないようだった。「でも、どうしてですか？　だって、その――」

「きみにききたいことがあるからだよ。クランダルが殺された件について」

ニコラスはアニーの表情をじっと観察した。クランダルの名前が出たとき、彼女の顔が引きつったのは明らかだ。

アニーは目をそらした。「わたし、本当になにも知らないんです」

「自分で思っている以上のことを知っているのかもしれない。少なくとも、誰にも話していないことがあるのは確かだ」

「どういう意味かわかりません」アニーは言い返した。だが言葉とは裏腹に、目には恐怖の色が浮かんでいた。

「きみはわかっているはずだ。こんなふうに家を出るなんてどう考えても怪しい」ニコラスは続けた。

アニーは面くらったようにニコラスを見つめた。「怪しい？　どういうことです？」

「つまり、ある人物が殺され、その人物と同じ屋敷に住む人間が突然そこから逃げだしたとなれば、疑いの目が向けられるということだ」

アニーは身をこわばらせた。怒りのあまりその顔が真っ赤に染まる。「わたしがミスター・クランダルを殺したとおっしゃるんですか？」

「そんなことは言っていない。ただ、きみが屋敷を出たことに首をかしげる人もいるということを指摘しただけだ」

「わたしは事件となんの関係もありません。あの方とも」アニーはきっぱりと言った。

「だが、事件のなにかを知っているはずだ」

「知りません！」アニーは反論した。

「それなら、どうして五十ポンドが送りつけられてきたんだろう？　きみはどうして村を出たんだ？」

「もうあそこで働くのがいやになったからです。それだけです」アニーは言いはった。

「殺人があった屋敷なんですよ。そんなところでは働けません。あんまりにも怖くって」

「たしかに怖いだろう」ニコラスは認めた。「だが、クランダルの不幸を願っていた人間が多いということは、みんなも認めているはずだ。彼を殺した犯人が誰にせよ、別の誰かを殺そうとするとは考えにくい」彼は言葉を切り、考え深げにつけ加えた。「もちろん、屋敷内の誰かに正体を知られたと思ったら別だろうが」

アニーは息をのんだ。「わたしはなにも知りません」

「きみは知っているんだと思うよ、アニー。きみの顔を見るだけで、それははっきりとわかる。あの晩、きみはクランダルを見たのか？　犯人を見たのか？」

「いいえ！」

「危険から身を守る唯一の方法は、知っていることを話してしまうことだ」ニコラスは断固とした口調で言って聞かせた。「秘密を明かしてしまえば、誰かがきみを黙らせるために危害を加える必要はなくなる」

「なにも見ていないんです！　わたしはただ……」アニーはため息をつき、抑揚のない口調で続けた。「外に料理を運ぶところだったんです。大きなボウルを持っていました。そうしたらいきなりミスター・クランダルに腕をつかまれて……。わたし、危うくボウルを落としそうになりました。あの方はボウルを受けとってテーブルに置くと、言ったんです。大きな重たいボウルを運ぶよりもっと楽しいことをしたくないかって。これがわたしの仕事ですからとこたえると、あの方は笑って、息ができないくらいきつく抱きしめ、そのうちキスをし始めました」彼女はその記憶に顔を赤らめながら下を向いた。「あの方はいつもそうでした。つねったり、腕をまわしてきたり、つかんだり。みんなあの方がひとりでいるときは部屋に入りたがらなかったものです」

ニコラスはじっとアニーを見つめ、やさしく言った。「で、きみはクランダルを撃退しようとしたのか、アニー？　逃れようとして火かき棒をつかんだのか？」

「いいえ」アニーはぎょっとしてニコラスを見あげた。「そんなことはしていません！　わたしはただあの方を押しのけて、仕事に戻らなくてはいけないと言っただけです。でもあの晩、あの方はひどく酔っていて、なかなか放してくれませんでした。でも、そこにミセス・バールが入ってきて、わたしたちを見ると――」

「彼の妻のことか？」

「いいえ、違います、ご主人さま。あの方なら泣きだしただけだったでしょうね。わたしが言ったのは、お母さまのミセス・バールのことです」

「リリスのことかい？」

アニーはうなずいた。「そうです。ミセス・バールはあの方にやめなさいと怒鳴って……いいえ、正確には怒鳴ったわけではありません。少しも声を荒らげないのですが、鞭のように響くんです。いつもそうなんです」

「知っているよ」

「で、あの方は手を離した。それだけです。わたしはボウルを持って、できるだけ急いで部屋を出ました。これが、わたしの知っているすべてです。誓って言います。これが、わたしの見たすべてなんです。でも、ミセス・バールがあの方を殺したなんてこと、あるはずがないですよね？　お母さまなんですから！」

ニコラスは長いことアニーを見つめていた。心のなかにもやもやしたものが広がっていく。リリス！　ぼくもジュリアナも、クランダルの母親が犯人かもしれないとは考えてもみなかった。

アニーの話を聞いた今でも、それはばかげた発想に思える。このところ息子のふるまいにいらだちを見せていたとはいえ、リリスは彼を溺愛《できあい》していた。実際のところ馬は別にして、クランダル以外にリリスの愛する人、愛するものは思いあたらないくらいだ。彼女がクランダルを殺したはずがない。

「誰にも言わなかったのはよくなかったんでしょうか？」アニーがきいた。「ミセス・バールがあの方を殺したはずはありません」

「もちろんきみの言うとおりだよ」ニコラスは請けあった。だが、家を出て馬に乗りながらも、内心では確信が持てずにいた。

ともかく何者かがアニーに金を送った。誰にせよその人物は明らかに、有罪の証拠となるなにかをアニーが知っていると思っているのだ。リリス以外の誰が金を送る？　アニーを黙らせるためでないとしたら、なぜリリスがそんなことをするんだ？

屋敷に向かうにつれ、疑念が広がっていった。なぜリリスは、クランダルが殺される直前、あの部屋で彼を見たことを誰にも言わなかったのだろう？　母親なのに犯人逮捕につながるかもしれない情報を隠したのはなぜなんだ？

筋が通らない……リリスが犯人逮捕を望んでいないのでなければ。

屋敷に残してきたジュリアナのことが思いだされた。彼女は体調を崩してベッドに横たわっている。ジュリアナはリリスが犯人かもしれないなんて思ってもみないはずだ。ほかの人間には警戒しても、彼女にはしないだろう。

恐怖が体を貫いた。ニコラスは馬の脇腹を蹴《け》り、全速力で走らせた。

18

ジュリアナはため息をついて枕《まくら》に頭を沈めた。胃のなかに吐くものはもう残っていない。最後の数回もすでに胃は空で、痙攣《けいれん》がおさまるまで数分ほど吐き気にあえいでいただけだった。

少なくとも吐き気の発作は徐々に減り、間隔が開いてきているのは確かだ。唾液《だえき》が妙にあふれてくる感じもおさまった。だがめまいがするかどうか試す気にはならず、目を閉じてベッドにじっと横になっていた。

今何時かしら？　もう午後になっているに違いない。何時間もたったような気がするけれど、たぶん苦痛のせいで実際より長く感じられるのだろう。ジュリアナは今初めて、ニコラスを行かせなければよかったと思った。こんなありさまの自分を見られたくはないけれど、怖くてたまらず、彼がそばにいてくれたらと何度も願ったものだ。ニコラスが一緒なら勇気もわくし、我慢もできるのに。

そしてようやく、ニコラスはアニーからなにかききだせたかしらと考える余裕も出てきた。どうやら本当に回復してきたようだわ、とジュリアナは思った。シーリアも熱いスープをとりに階下へおりていったところを見ると、わたしがもどさずになにか食べられそうだと考えているようだ。

ドアが開いて誰かが入ってきた。スカートの衣《きぬ》ずれの音からして、女性らしい。シーリアが戻ったのだと思い、ジュリアナは目を開けようともしなかった。

だが、その女性が言葉を発すると、声の主がわかった。

「リリスおばさま?」ジュリアナは驚いて目を開け、小さなトレイを手にベッドに近づいてくるリリスを見た。

「そうよ」リリスが言った。「様子を見に来たの」

「よくなったみたいです」

ジュリアナの驚きを感じとったのか、リリスは小さく笑みを浮かべて言った。「こう見えても病人の介護は慣れているのよ。なんといっても子供をふたり育てたんですからね。トレントンが最後に病に倒れてからはずっと付き添ったし」

疑問に思っているのはあなたの介護能力ではなくてやさしさよ、とジュリアナは思ったが、口にするのは控えた。

「あなたにシロップを持ってきたの」リリスはそう言うと、ベッド脇《わき》のテーブルにトレイを置いた。水が少しばかり入ったグラスと、茶色っぽい液体の入った小さな薬瓶がのっている。ジュリアナは不快そうにその液体を見た。今はなにも口にしたくなかった。いかにもまずそうな小瓶のなかのシロップは言うに及ばずだ。

「のめそうにありませんわ」ジュリアナは言った。

「なにを言っているの」リリスがいつもの有無を言わせぬ口調で言った。「これをのめば気分がよくなるのよ。わたくしたちが病気になったとき、母がいつもつくってくれた、古くから伝わる薬なの」

「本当にもうよくなったんです」リリスが小さなガラス瓶の栓を抜き、茶色の液体を少しグラスの水に注《つ》ぐのを横目で見ながら、ジュリアナは弱々しく言った。

「子供じみたことを言わないでちょうだい、ジュリアナ」リリスはグラスのなかで液体をかきまぜた。「少し苦いけれど、のんだあとはずっと気分がよくなるんだから」

　リリスはグラスをとりあげ、ベッドのほうに向き直った。ジュリアナはほんの少しあとずさりをした。その薬を見ただけで、胃がむかむかし始めた。リリスの気をそらすものはないかとあたりを見まわす。シーリアが戻ってきて、薬を無理にのませないようリリスを説得してくれたらいいのだけれど。

　ふと、リリスの喉もとについたブローチに目がとまった。編んだブラウンの髪が飾りに使われている。リリスはジュリアナの視線に気づき、手をあげてブローチに触れた。「形見のブローチなの。クランダルの髪でつくったのよ」

リリスの目に涙が光った。ジュリアナは同情に胸が痛むのを感じた。「お気の毒に」

リリスはかすかに首を振った。「クランダルはすばらしい子だったわ。わたしを愛してくれていた。みんなが言うような子ではなかったのよ。あの子をねたむ人たちにイメージを汚されてたまるものですか」

話しながらリリスの顔つきは険しくなり、伏し目がちになった。なにか慰めの言葉を言おうとしたジュリアナは、不意に結婚式のときのリリスの装いを思いだした。明るいグレーのドレスを着て、襟もとにブローチをとめていた。これと同じものではない。ダイヤモンドとルビーでできた大ぶりのものだ。

突然、ジュリアナは、心臓を鷲《わし》づかみにされたような恐怖を覚えた。ブローチを凝視し、はっとリリスの顔に視線を移す。不安がこみあげ、凍りついたように相手を見つめた。

リリスの目には邪悪な炎が燃えていた。彼女は前かがみになってジュリアナの肩をつかみ、グラスを近づけた。「のみなさい」ひと言、そう命じる。「さあ、のむのよ」

「いや！」ジュリアナはベッドの反対側のほうへ転がろうとしたが、リリスに腕をきつくつかまれた。リリスはグラスをテーブルに置いて両手でジュリアナの肩をつかみ、マットレスに押しつけた。そして自分もベッドに這《は》いのぼり、ジュリアナにまたがった。

「のむのよ、のむの！」かすれた声で繰り返す。リリスの目は狂気にぎらついていた。ジュリアナに覆いかぶさってくる顔は憎悪に醜くゆがんでいる。全体重をかけてくるので、指がジュリアナの肩にくいこむ。リリスがこれほど力が強いなんて信じられなかった。自分の体が数時間にわたる嘔吐《おうと》で弱っているせいもあるのだろうが。

「放して！」ジュリアナはあらん限りの力をかき集めて叫んだ。こんなに体を弱らせた病気が恨めしい。そう思ったとたん、気づいた。「あなたね。あなたがやったんでしょう。わたしが具合悪くなるよう、今朝なにかを盛ったんだわ」必死に思いだそうとする。「紅茶ね！　あなたが注いだ紅茶だわ」

「アイリスよ！」リリスはばかにしたような口調で言った。「死にいたることはないわ。ちょっと気分が悪くなるだけ。でも、どこでも手に入るの。いちいの葉を入手するのに少し時間を稼がなくてはならなかったから。母親と同じ死に方をするなんて、めぐりあわせというものじゃない？」

ジュリアナははっとし、リリスの言ったことがのみこめるまでじっと彼女を見つめていた。「母もあなたが殺したの？」

「そのとおり。疑う人なんていないのはわかっていた。いちいの葉には毒性があるの。わたくしは種をすりつぶし、それを煎《せん》じたものをあなたの母親の頭痛薬にまぜておいた。次に彼女が頭痛を感じたとき……」リリスは肩をすくめた。

ジュリアナの目に涙があふれた。「あなたが殺したの？」

「彼女はわたくしの夫を奪ったのよ」リリスはあっさりと言った。「彼女さえいなくなれば、夫はわたくしのもとに戻ってくると思ったわ」彼女の目がすごみを帯びる。「でもトレントンは同じようなことを続けた。ふしだらな女どもとつきあい、わたくしを辱め、蔑《さげす》んだ。メイドのひとりを妊娠させたのよ。この、わたくしの屋敷で！」

リリスの頬は真っ赤に染まっている。彼女は目にうつろな表情を浮かべ、ひとり言のように続けた。

「トレントンはいい夫となることを拒んだわ。わたくしは努力したのよ。なんとかチャンスをあげようとした」

「つまり、トレントンも殺したということ？」まさかと思いながらジュリアナはきいた。リリスに話を続けさせたかった。話しているうちに手の力もゆるんでくるだろう。力をかき集めれば、なんとか振りほどけるかもしれない。

「そのとおりよ。もちろん、やり方は違ったけれどね。たて続けにふたりも心臓発作に見せかけて殺すわけにはいかないでしょう？」リリスは唇をゆがめた。「誰ひとり疑わなかったわ。どうして誰もわたくしが毒に詳しいと思わなかったのかしらね」口調には嘲《あざけ》りが満ちていた。「ばかな人たち！　そんなことはすべて子供のころ父に教わったというのに。馬を傷つけたり殺したりする植物のことはすべて。誰かを心臓発作……あるいは病気で死んだように見せかけるにはなにを使い、なにを避ければいいか、ちゃんと知っていたわ。トレントンには沢菊を与えたの……毎日か一日置きに少しずつ。そうすれば肝臓がやられるのよ。みんなあのむくみは長年の飲酒のせいだと思ったわ。ぴったりの最期よ。彼の苦しむ姿を見るのは楽しかったわ」

リリスの目にある憎しみと怒りに、ジュリアナは背筋が寒くなった。

「でも、どうしてクランダルを殺したの?」ジュリアナはきいた。「彼のことは愛していたんでしょう」

「父親そっくりだったからよ!」リリスは吐き捨てた。「信じまいとしたわ。何年ものあいだ、クランダルのやることなすことについて……わたくしはなにか言い訳を考えていた。自分の父親のまねをしているだけだとか、本来クランダルのものになるはずの地所をあの成りあがりが継ぐという不当な仕打ちを受けたからだとか。妻のウィニフレッドのことも責めたわ。妻として夫をしっかりつかまえておかないからいけないんだって。嘘《うそ》をつかれてもだまされても、ギャンブルの借金を払うために宝石を盗まれたときでさえ、愛するがゆえに事実を認めることができなかった。なのに……」思いだして、彼女は唇を震わせた。目に涙があふれ、声はかすれてきた。「あのメイドといるところを見たのよ。クランダルはメイドの腕をつかみ、メイドはもがきながら、放してくださいと頼んでいた。そのとき、気づいたの。もう目をそむけることはできないと。あの子は父親と同じで、汚らわしい好色漢なんだって。耐えられない。そんなの耐えられなかった」

ジュリアナの肩をつかむリリスの手がわずかにゆるんだ。ジュリアナはそのチャンスを逃さなかった。持てる力を振りしぼって体を起こすと、両手をリリスの腹部に思いきりたたきこんで彼女を脇に押しのける。それからベッドの反対側へ転がった。

だが、端まで着く前につかまってしまった。リリスは爪を立てて組み伏せようとしてくる。ジュリアナは抗《あらが》い、なんとか身を振りほどこうとしたが、リリスの力は狂気じみていた。ふたりはベッドの上を転がった。リリスの拳《こぶし》が飛んできて、ジュリアナの頬をとらえた。あまりの痛みに目がうるむ。ジュリアナも蹴《け》ったり腕を振りまわしたりしながら、体をひねって逃れようとしたが、今度はリリスが後ろから飛びかかってきて背中に馬乗りになった。両手でジュリアナの頭をつかみ、柔らかなマットレスに顔を押しつける。ジュリアナは足や腕をばたばたさせたが、効果はなかった。やがて、息ができなくなった。

遠くで、かすかにドアをたたく音と自分の名前を呼ぶニコラスの声が聞こえた。なにかが激しくドアにぶつかった。鍵《かぎ》がかかっているんだわ。ジュリアナはぼんやりと考えた。このまま二度と彼に会えないかもしれない。愛していると言えないままかもしれない……。

そのとき、ドアが勢いよく開いた。次の瞬間、背中を圧迫していた重みが消えた。ジュリアナは空気を求めてあえぎながら寝返りを打った。ニコラスとリリスはベッドの反対側の床に落ちた。

シーリアがジュリアナのそばに飛んできて、彼女をベッドから助け起こした。ほかの家族や使用人たちもその後ろに集まっている。執事とサー・ハーバートがニコラスに駆け寄り、まだ意味の通らないことを叫びながら暴れているリリスをとり押さえた。

　ニコラスはリリスをふたりに任せると、ベッドのほうを振り返った。

「ジュリアナ！」そう叫んで彼女に近寄り、抱きしめた。「いとしい人《マイ・ラブ》、よかった。大丈夫かい？」

「ええ」ジュリアナはぎゅっとニコラスにしがみつき、小声で答えた。「もう大丈夫よ」

「リリスおばさまはどうなるの？」ジュリアナは尋ねた。

　彼女はもう前日の病からすっかり回復し、ベッドで体を起こしていた。アイリスの作用についてのリリスの判断は正しかったようだ。リリスに襲われたあと、ジュリアナは徐々に回復し、午後のほとんどを夫の腕のなかで眠って過ごした。実際、ニコラスは一時間前にリリスの処遇について判事と話しあうために階下におりるまで、ジュリアナのそばを離れなかった。そのときでさえ、戻るまでウィニフレッドに付き添わせた。

「おばはどうやら完全に正気を失っているようだ」ベッドの端に腰かけながらニコラスは答えた。「クランダルを殺したことは自供したよ。昔、トレントンときみの母上を殺害したことも認めた。それで刑務所に連れていかれたんだが、独房の近くまで来ると、いきなり騒ぎだし、叫んだり、蹴ったり、なにやらわけのわからないことをしゃべったりし始めたらしい。判事によると、そのあとは独房でじっと壁の一点を見つめ、身じろぎひとつせず座っているそうだ。彼も扱いに困って、ぼくの意見を聞きに来た」

「あなたはなんと言ったの？」

ニコラスの顔つきが厳しくなった。「彼女がきみにしたことを考えれば、縛り首にしてくれと言いたいところだ」

「リリスおばさまは正気じゃないのよ」ジュリアナは穏やかに言った。「今でも地獄にいるのと同じだわ。愛するただひとりの人を殺したんだもの」

「彼女には地獄がふさわしいさ」ニコラスは冷淡にこたえた。「とはいえ、裁判はきみにとってもつらいものになるのは間違いない。とんでもないスキャンダルになるだろう」

「かわいそうなのはセラフィナのほうだわ！　数日前に兄が――たとえひどい兄だったとしても――殺されただけでもつらかったでしょうに、今度はその兄と父親を殺したのが自分の母親だとわかったなんて！　それにウィニフレッドも苦しむことになるでしょうね。さっきここにいたときにサム・モーレイのことを話してくれたの。深く愛しあっているそうよ。服喪期間が過ぎたらすぐ結婚するつもりだと言っていたわ。とても幸せそうだった。でも裁判になって、クランダルや彼の両親のことが世間に知られたら、幸せも台なしよ。家名に傷がつくことにもなるわ。そんなスキャンダルがついてまわるようではミスター・モーレイとは結婚できないと感じるかもしれない。リリスおばさまの悪業がウィニフレッドにさらなる悲しみを与えるなんてあまりに不公平よ。本当にリリスおばさまは裁判にかけられて絞首刑を宣告されなくてはならないの？　ほかに方法はないのかしら？」

「この件で、きみがそう感じるだろうということはわかっていたよ」ニコラスはかすかにほほえみながら言った。「判事はおばを精神病院に幽閉したがっている。悲惨な運命だが、少なくとも絞首刑よりはましだろう」

「なんだか彼女が気の毒になってきたわ」ジュリアナは言った。

「ぼくもだよ……おばがきみを殺そうとしなければ、だが。そのことだけは許せない」ニコラスは手をのばし、ジュリアナを自分のほうへ引き寄せると、きつく抱きしめた。「昨日のあの数時間のような思いはもう二度としたくない。馬を駆っているあいだ、おばがクランダルを殺したのだという確信がしだいに強まっていって、そのうちここで弱りきって無防備に横になっているきみのことが浮かんだ。きみの病気のことを考えるうち、昨日の朝、朝食のときにおばが紅茶を注いだことを思いだしたんだ」彼はジュリアナの額のてっぺんにキスをした。「あれほど恐ろしい思いをしたのは初めてだった。きみを失ったらどうしていたか、わからない」

ジュリアナはニコラスに腕をまわし、ぎゅっと抱きしめた。「愛しているわ」小声でささやく。それから体を起こし、身を引いて彼を見つめた。「あなたが愛ある結婚を望んでいないのはわかっているわ。でも昨日、自分はもう死ぬんだと思ったとき、あなたにちゃんと言わなかったことをすごく後悔したの。あなたを愛しているわ、ニコラス。わたしを愛してくれとは言わない。でももうわたしは、あなたへの思いが愛でないふりを続けることはできないの。物心ついてからずっと、あなたを愛してきたのよ」

ニコラスはゆっくりとほほえんだ。「ぼくも同じくらい長いこと、きみを愛していたんだ。自分がなにを言ったかはわかっている。まったくばかだった。自分は人を愛したことがないと思いこんでいたとは。ぼくの心のなかはいつもきみでいっぱいで、ほかの女性を愛せなかっただけなのに。自分がいつかきみのもとへ戻るだろうということは、ずっと頭のどこかにあった。それを愛と呼ばなかっただけだ。それは世間一般の人が愛を語るときに表現するよりもはるかに強い思いだったから。きみはぼくの人生そのもの、ぼくの故郷、ぼくの中心なんだ」彼はもう一度ジュリアナを腕に抱くと、顔にキスの雨を降らせた。

「愛しているよ、ジュリアナ」

ジュリアナはニコラスの胸にもたれかかった。涙がこみあげる。これこそ、わたしが生涯待っていたものなんだわ。「わたしもあなたを愛しているわ」

訳者あとがき

本書はキャンディス・キャンプの『An Independent Woman』の全訳です。ときは十九世紀イングランド。いうまでもなくイギリス帝国の最盛期であり、社会面では過度に道徳観念や節度が求められ、細かなしきたりが重んじられた時代です。けれども、キャンディス・キャンプのヒロインはそんな規範やルールにしばられてじっとしてはいません。『裸足《はだし》の伯爵夫人』のチャリティ、『令嬢のスキャンダル』のプリシラなどなど、いずれも自分の意思をしっかりと持つ、魅力的な跳ねっ返り娘たちばかり。本書のヒロインも同様です。原題は直訳すれば〝自立した女性〟。タイトルどおり、ジュリアナは過酷な現実にもめげず、誰にも頼ることなく自分の力で生活していることに誇りを感じ、明るくたくましく生きている女性です。利発で、ちょっぴり皮肉屋さん。なかなか辛辣《しんらつ》な言葉も吐きますが、根はやさしい心の持ち主。現在は下級貴族の夫人とその娘のお相手役として生計をたてています。見栄っぱりで軽薄な雇い主に翻弄《ほんろう》されつつも、ユーモアのセンスを失いません。

が、ある日ジュリアナは仕事の一環として出席した舞踏会で、思いもかけずかつての幼なじみのニコラスに再会します。幼いころ父を亡くし、母のいとこの一家のもとに身を寄せていたジュリアナは、やはりその一家に引きとられていた孤児のニコラスと親友でした。一家のなかでよそ者扱いを受けていた幼いふたりは、互いを心のよりどころにして生きてきたのです。やがてニコラスは屋敷を逃げだし、以来行方知れずに。ジュリアナもお相手役として自活を始めました。彼とは実に十五年ぶりの再会……。ジュリアナの心は高鳴りますが、数カ月前に爵位の継承者であることが判明したニコラスは今や伯爵。加えて、個人的にも莫大《ばくだい》な資産を築いてきたらしい。それを知ってジュリアナは、すでに彼は別世界の人なのだと自分に言い聞かせます。彼だって、もうかつての友情など忘れているに違いない、と。

一方、ニコラスはジュリアナとの再会を心から喜びますが、かつての幼なじみが思いがけず美しい女性に成長したことに驚き、彼女に引かれていく自分に戸惑います……。と、そんなもどかしいふたりの恋愛を縦糸に、後半はリクウッド・ホールで次々と明らかになっていく過去、複雑な人間関係、そして殺人事件――とミステリー・タッチにストーリーが進んでいきます。そのあたりのさじ加減はさすがベテラン作家の巧みさ。きらびやかな時代の空気とともに、たっぷりとお楽しみください。

なお、本国ではジュリアナの友人エレノア・タウンゼントの物語『A Dangerous Man』

も刊行されていて、日本でも来年の刊行に向けて準備中とのこと。同じく自由な女性ながら、ジュリアナとは対照的なキャラクターの彼女の人生にも興味を引かれるところですね。ご期待ください。

二〇〇八年十一月

井野上悦子

訳者　井野上悦子
1962年東京生まれ。早稲田大学第一文学部英文科卒。商社勤務を経て翻訳家に。おもな訳書に、マギー・シェイン『暗闇のプワゾン』『暗闇のラプソディ』、ステラ・キャメロン『デジレー王女の甘美な憂愁』（以上、MIRA文庫）がある。

伯爵とシンデレラ
2008年12月15日発行　第1刷

著　　者／キャンディス・キャンプ
訳　　者／井野上悦子（いのうえ　えつこ）
発 行 人／ベリンダ・ホブス
発 行 所／株式会社 ハーレクイン
東京都千代田区内神田1-14-6
電話／03-3292-8091（営業）
03-3292-8457（読者サービス係）
印刷・製本／凸版印刷株式会社
装 幀 者／笠野佳美（シュガー）
表紙イラスト／もと潤子（シュガー）

定価はカバーに表示してあります。
造本には十分注意しておりますが、乱丁（ページ順序の間違い）・落丁（本文の一部抜け落ち）がありました場合は、お取り替えいたします。ご面倒ですが、購入された書店名を明記の上、小社読者サービス係宛ご送付ください。送料小社負担にてお取り替えいたします。ただし、古書店で購入されたものについてはお取り替えできません。

ISBN978-4-596-91330-2

罪深きウエディング
キャンディス・キャンプ
杉本ユミ 訳

兄の汚名をすすぐためストーンヘヴン卿から真実を聞き出す――使命に燃える令嬢ジュリアが考えた作戦とは、娼婦になりすまして彼に近づくことだった！

モアランド公爵家の秘密
遠い夢の秘宝
キャンディス・キャンプ
平江まゆみ 訳

兄を殺した次期公爵テオを裁くため、アメリカ人女性新聞記者ミーガンは、ロンドンの公爵家に双子の家庭教師として潜入するが…。人気シリーズ完結編。

ド・ウォーレン一族の系譜
仮面舞踏会はあさき夢
ブレンダ・ジョイス
立石ゆかり 訳

叶わぬ恋と知りながら次期伯爵を一途に想い続けるリジーを数奇な運命が襲う。アイルランド貴族の気高き愛と名誉の物語〈ド・ウォーレン一族の系譜〉第1弾。

憂鬱の城と麗しの花
クリスティーナ・ドット
細郷妙子 訳

ヴィクトリア女王が後援する家庭教師斡旋所の院長ハナ。ある伯爵との再会で彼女の秘められた過去が明らかになる！ 大物作家の話題シリーズ第3弾。

湖畔の城の花嫁
キャサリン・コールター
富永佐知子 訳

伯爵令嬢シンジャンが一目惚れした相手は、見目麗しき貧乏貴族コリン。裕福な花嫁を探していると知った彼女は…。〈シャーブルック・シリーズ〉第3話。

うたかたの輪舞曲《ロンド》
ナーン・ライアン
小長光弘美 訳

19世紀末、絶体絶命の危機を脱したクレアは英国を離れた。NYで恋多き公爵夫人と間違われた彼女は、当代きっての名士とはかない情事に溺れていくが…。